KB042272

신의
연기

신의 연기 7 완결

초판 1쇄 인쇄일 2017년 2월 22일 ｜ **초판 1쇄 발행일** 2017년 2월 27일

지은이 백락 ｜ **펴낸이** 곽동현 ｜ **담당편집 팀장** 이범수
편집부 신연제 이윤아 홍현주 김유진 조서영 임소담

펴낸곳 (주)조은세상 ｜ 출판등록 제 2002-23호
주소 경기도 연천군 미산면 청정로 1355
TEL 편집부 02)587-2966 ｜ FAX 02)587-2922
e-mail bukdu@comics21c.co.kr

ⓒ백락 2016
ISBN 979-11-5832-891-7 ｜ ISBN 979-11-5832-460-5(set) ｜ 값 8,000원

신의 연기

백락白樂 현대판타지 장편소설

NEO MODERN FANTASY STORY

북두
(주)좋은세상

CONTENTS

신의 연기

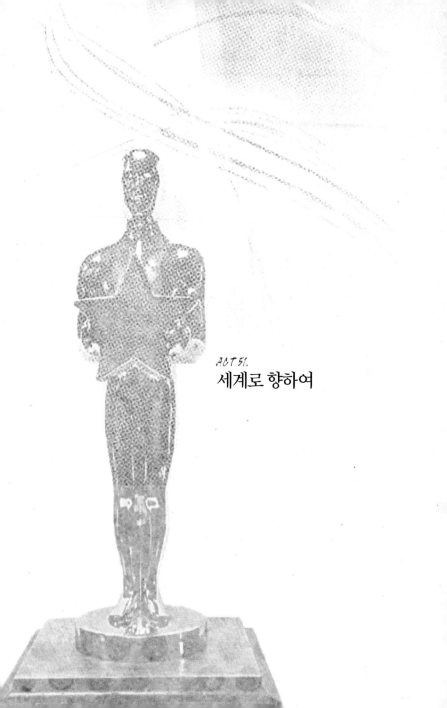

ACT 51.
세계로 향하여

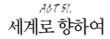

세계로 향하여

FD가 전달사항을 말했다.

"다음 참가자 곧 들어온답니다."

신은 심사위원석에서 한 참가자와 관련된 서류를 바라보았다.

'역시 왔구나.'

신의 입가에 미소가 맺혔다.

한데, 예선 통과자 목록을 훑어봐도 다른 학생들은 보이지 않았다.

'아무도 모르게 참가했거나 학교 대표로 참가했거나 둘 중 하나겠지.'

신은 '강윤'이 어떤 모습을 보여줄지 기대되었다.

'학교에 들렀을 때 재밌는 장면을 봤는데.'

신이 생각에 잠시 빠져있을 때였다.

교복을 입은 학생이 오디션장 안으로 들어왔다.

그는 세 심사위원에게 인사했다.

"안녕하세요. 제 이름은 강윤입니다. 출생지는 서울이며 나이는 17세입니다."

"열일곱이라니 되게 뽀송뽀송한 나이네요."

"지나가는 낙엽만 봐도 웃을 나이죠."

강윤이 "그런가요?"라고 하며 볼을 긁적이자 남혜정과 이종화 감독이 미소를 지었다.

'10대가 지닌 특유의 싱그러움을 가지고 있네.'

'나이가 어려서 그런지 역시 풋풋하군.'

'강윤이 자기가 지닌 무기를 잘 발휘하면 좋겠는데.'

강윤은 신을 바라보며 속으로 중얼거렸다.

'나 잘할 수 있을까?'

어쩌면 실수할지도 모른다.

어쩌면…….

'그래, 떨어질 때 떨어지더라도 후회는 없어야 해.'

강윤은 최선을 다하겠노라고 다짐했다.

이종화 감독이 말했다.

"그래, 뭘 준비해오셨나요?"

"〈지킬과 하이드〉에서 지킬이 임상 시험을 하는 장면입니다."

"호오, 뮤지컬인가요?"

"아뇨, 창작연극입니다."

"원작 연극을 새로이 각색했다는 거군요? 좋습니다."

한편, 이종화 감독은 강윤의 눈빛이 생생히 살아있는 걸 보면서 그가 각오를 단단히 품었다는 걸 알 수 있었다.

'훌륭한 눈빛.'

남혜정이 말했다.

"그럼 시작해주세요."

시작이라는 말에 강윤은 숨을 골랐다.

"후우……."

호흡을 가다듬으니 두근거리며 뛰어대던 심장이 진정되기 시작한다.

'실수해도 아무렇지 않은 척하자. 당당하게 하는 거야.'

'오디션'이 시작되자 신을 비롯한 심사위원은 냉철한 시선으로 강윤을 바라보았다.

강윤은 심사위원을 응시하며 첫 대사를 내뱉었다.

"날 욕하지 마. 날 그런 눈빛으로 보지 마. 제발."

'지킬의 독백.'

"그래, 난 잘못한 게 없으니까!"

강윤은 주위를 두리번거리기 시작했다.

무언가를 찾는 것일까.

강윤은 발걸음을 다급하게 내디뎠다.

한 걸음, 두 걸음…….

그의 표정과 행동에 불안한 기색이 엿보였다.

걸음을 멈춘 강윤은 무릎을 꿇었다. 그리고 손을 부들부들 떨다 몸을 감쌌다.

"그래, 난 죄인일지도 몰라. 누군가는 날 구제 불능인 악인이라고 하지도 몰라."

남혜정과 이종화 감독이 속으로 중얼거렸다.

'대사전달력은 나쁘지 않지만, 발성이 조금 아쉬워.'

'그래도 무대 장악력은 뛰어난데.'

오디션 공간이 무대라고 친다면 이 무대에는 단지 한 사람만이 있는 것이다.

한데, 아무런 공백이 없었다.

한 사람이 있는데도 무대 공간이 꽉 채워진 거 같다.

신은 고개를 끄덕였다.

'즉, 극의 인물에 녹아들고, '사건'을 이끌어가는 힘이 있다는 거지.'

배우가 연기하다 보면 캐릭터 인물 그 자체 혹은 캐릭터의 감정같이 주관적인 측면에 사로잡히기 쉽다. 이리되면 극중에서 일어나는 '사건'을 종종 까먹고 만다.

여기서 유의해야 할 건 사건은 '변화'라는 점이다.

여기서 '변화'는 극의 분위기나 인물이 느끼는 바를 바꾼다.

즉, 사건은 일종의 전환점이 되는 셈이다.

배우는 극의 상황 속에서 캐릭터를 연기하는 부분에서 이 '변화'가 일어나는 흐름을 유심히 관찰해야 한다.

그리고 지금 이 순간의 강윤은 냉철했다.

그의 머릿속에서는 상황에 대한 그림이 그려지고 있었다.

강윤의 입가에 미소가 맺혔다.

지금 강윤은 다른 인물로 변모하고 있었다.

신은 속으로 중얼거렸다.

'장면의 분위기와 리듬이 슬슬 고조되어 가겠지.'

"비겁자."

낮은 읊조림.

강윤은 이에 반문하듯 소리를 꽥 질렀다.

"아니야! 아니라고!"

지금 '지킬'은 마음 깊은 곳에서 울리는 '그'의 말을 애써 부정하고 싶었을 테다.

강윤은 숨을 고르게 내 쉰 다음 말했다.

"이봐 진정하고 내 말 들어봐. 원래 처음이란 게 어려운 거야. 눈 한번 딱 감으면 모든 게 다 해결되어 있을걸?"

지금 강윤이 된 인물은 지킬 속에 잠들어 있는 또 다른 얼굴이었다.

바로 '하이드'.

"너 자신을 속이지 마. 또 다른 나. 난 네가 어떤 인간인지 잘 알고 있으니까."

'그'의 킬킬대는 말에 강윤은 간질환자처럼 발작을 일으켰다.

"아니야! 아니라고!"

지킬은 '그'의 제안에 강렬하게 거부하려고 했다. 그러나 강한 부정은 강한 긍정인 법.

지킬은 하이드의 목소리를 진정으로 거부할 수가 없었다.

하이드는 지킬의 또 다른 자신이었으니 그의 목소리는 지킬의 목소리이기도 했다.

강윤은 숨을 거칠게 헐떡이고 있었다.

"절망과 탐욕이 나를 삼키는구나. 난 알고 있어, 하이드가 언젠가 날 망칠 거라는 거. 그러나 답은 이미 나와 있잖아!"

〈지킬 앤 하이드〉 뮤지컬 넘버로 따진다면 이제 이 부분은 〈지금 이 순간〉으로 이어진다.

"그래, 넌 나의 것이야."

"난 내 거야. 누구의 것도 아니야!"

"지킬, 널 누구에게도 양보할 생각이 없어."

강윤은 자문자답을 하며 극의 흐름을 클라이맥스로 몰고 갔다.

신은 흐름을 타는 강윤을 바라보았다.

'신예는 무언가를 경험할 기회가 적지. 또, 실력 면에서 부족한 경우가 많아.'

이러니 신예가 보여줄 수 있는 무기로 승부를 봐야 했다.

강윤은 이 무기를 본능적으로 알고 있었다.

'지금 이 부분.'

그리고 이때!

강윤은 숨을 몰아쉬며 대사를 토해내다시피 했다.

"후회는 없어! 주사위는 이미 던져졌으니까!"

신은 쾌재를 불렀다.

'그래! 바로 이거야!'

세련된 형식과 정제된 기술을 가지고 있지 않으면 뭘로 승부수를 띄워야 하느냐?

바로 '투박함'으로 승부를 봐야 한다.

이것이 신인이 지닌 '패기' 였다.

신을 비롯한 모든 이가 강윤 속에서 강렬히 꿈틀거리는 '야성' 을 느낄 수 있었다.

이 야성은 폭발적인 힘을 지닌 다이너마이트 같았다.

'이것이 강윤의 개성이자 강윤이 지닌 무기.'

연기를 끝낸 강윤은 숨을 내쉬며 말했다.

"후, 제가 보여드릴 건 여기까지입니다."

신은 이종화 감독과 남혜정이 어떤 반응을 보이는지 바라보았다.

'이 녀석도 괜찮은 재목이군. 잘 갈고 닦으면…….'

'정화라는 아이도 흥미롭고 이 아이도 흥미롭고.'

신은 속으로 흐뭇한 미소를 지었다.

'만족스러운 결과가 나오겠다.'

이때 〈양과 늑대〉 이종화 감독이 말했다.

"이번 심사평은 제가 먼저 말하는 거죠?"

신과 남혜정이 고개를 끄덕였다.

"무대장악력 정말로 좋습니다. 그러나 부족한 점이 보입니다. 뭐, 기술적인 면은 지금 이 자리에서 굳이 지적하지 않겠습니다. 제가 말해드릴 건 강윤 군이 터뜨려야 하는 부분에서 좀 더 터뜨리지 않은 게 정말 아쉬웠다는 겁니다."

신도 아쉬워 한 부분이었다.

"또, 인물에 몰입하는 게 보였지만 몰입하지 않은 게 보였습니다. 뭐랄까. 뭔가 상황을 생각에 두고 계산적으로 딱딱 움직인다고 해야 할까요? 아시겠지만 인물은 기계 인간이 아닙니다."

'극 중 인물이 자연스럽게 되어 인물이 느끼는 감정을 공유하는 것, 이게 정말로 어렵지.'

촌철살인과도 같은 일침에 강윤은 얼굴을 굳혔다.

'결국, 이렇게 탈락하는 걸까.'

강윤은 지금 이 결과가 아쉬웠다.

더 잘할 수 있었을 텐데.

좀 더……

그래도 후회는 없다.

'지금 내 실력을 다 보여줬으니까.'

신과 두 심사위원은 강윤이 보여준 연기에 관해 이야기하기 시작했다. 강윤은 무슨 말이 오가는지 궁금해하지 않았다. 곧 있을 '결과'를 허심탄회하게 기다릴 뿐.

"강윤 씨."

"네."

"결과가 나왔습니다."

강윤은 눈을 감으며 말했다.

"어떤 결과가 나오든 담담하게 받아들이겠습니다."

내리깔린 정적 속에서 누군가가 침을 꿀꺽 삼켰다. 지금 이 장면을 지켜보는 사람들의 애간장도 탔지만 강윤이 느끼고 있는 것만큼은 아닐 테다.

이때 신이 결과를 통보했다.

"강윤 씨 앞으로도 좋은 모습 보여주실 수 있으시겠죠?"

강윤은 이게 무슨 소리인가 싶어 얼떨떨한 표정을 지었다.

"한번 기대해보겠습니다."

"감사합니다!"

"축하합니다. 강윤 씨."

강윤의 입가에 웃음꽃이 맺혔다.

기뻐하기는 이르다.

아직 여러 난관이 남아 있으니까.

시험에 도전할 가치는 있었다. 이 프로젝트에 최종으로 뽑히게 되면 연습생 기간을 거치고 방송파 진출 기회가 주어지기 때문이다.

솔직히 연기만으로 방송에 나가기 어려운 시대다.

연기가 하고 싶으면 연기 지망생이 되지 말고 아이돌을 하라는 말이 있을 정도다.

물론 오디션 출신이라는 게 '이름표'가 되어 이들의 뒤를 쫓아다닐 수도 있다. (연예인 대부분이 소속사 연습생으로 시작해서 혹독한 연습생활을 거치기 때문에 오디션 출신은 비주류 출신이라 할 수 있다.)

'이는 이들이 헤쳐나가야 할 과제가 되겠지.'

"야호! 붙었다!"

강윤은 결과에 기뻐하며 날뛰었고, 신은 강윤을 바라보며 생각했다.

'섬세하면서 화려한 정화와 투박하면서 폭발적인 강윤…….'

두 사람 각기 다른 개성을 지니고 있기에 누가 더 나은 배우인가라는 질문은 무의미했다.

신은 이 둘을 한번 붙여보면 재밌을 거 같다는 생각이 들었다.

'이 둘이 이번 프로젝트에서 폭풍의 핵이 될지도.'

그리고 이 두 사람은 신과 효원과 같은 선의의 경쟁을 치르는 관계가 될지도 몰랐다.

'이렇게 미래의 호적수가 탄생한 건가.'

어쩌면 신은 지금 역사적인 순간을 보고 있는 걸지도 몰랐다.

'뭔가 흥미진진해지는데.'

한편, 신은 미래가 기대되는 유망주가 나타나는 걸 보면서 세월이 흘렀다는 사실을 새삼 깨달았다.

'하긴 내가 데뷔한 지도 9년이 되었으니까.'

소위 짬밥을 먹게 되면 노련함이 생기게 된다. 그러나 이는 좋아할 만할 것이 아니다.

잘 벼린 칼날도 세월이 흐르면 무뎌지듯 전성기 때의 예리한 감각과 상상력도 빛바래지기 마련이니까.

'뒤처지지 않기 위해서는 공부하고 또 공부하는 수밖에 없지.'

오디션 참가자들만이 오디션에서 무언가를 얻어가는 게 아니었다. 신 또한 프로듀스 프로젝트를 통해 얻어가는 소득이 있었다.

때문에, 신은 오디션 참가자가 된 듯한 기분이 들었다.

'이런 기분 싫지는 않네.'

이후 프로젝트 '프로듀스' 오디션은 계속해서 진행되었다.

"한예슬 씨는 합격입니다."

"강승우 씨는 탈락입니다."

사람들이 지닌 꿈과 희망은 냉혹한 평가 앞에 희비가 엇갈렸다.

"좋았어!"

"아, 젠장!"

"이딴 오디션에 참가하나 봐라!"

어떤 이는 기뻐하고 어떤 이는 실망하고……

한편, 〈프로듀스〉 기획진 일동은 오디션에 응시한 모든 참가자 중에서 유망주 목록을 만들고 있었다.

프로젝트 목적이 미래의 스타를 육성하는 것이니 떡잎을 지닌 이들을 눈여겨볼 필요가 있었다.

하지만 원석을 알아보는 건 쉬운 일이 아니었다.

지금 당장은 아무 가능성이 없는 것처럼 보일 수 있기 때문이었다.

물론 이들 모두를 발견하기란 불가능에 가까웠다.

그러나 프로듀스 기획제작진 이런 인재를 놓치면 망한다는 각오로 원석 찾기에 혈안이 되어 있었다.

이러는 한편 프로듀스 프로젝트가 진행될수록 스포트라이트를 받을 인물들의 윤곽이 점점 드러나고 있었다.

바로 정화와 강윤이었다.

– 합격입니다.

박명우는 TV에 나온 신을 바라보며 흐뭇하게 웃었다. 다른 참가자는 눈에도 들어오지 않는다. 신에게 자꾸만 눈길이 간다.

'잘 지내고 있구나, 녀석.'

이때 누군가가 방문을 두드렸다.

"네, 들어와요."

한 외국인 남성이 들어왔다.

박명우의 매니저 존 코넬이었다.

"박, 무슨 일이 있으신가 봅니다?"

"아무것도 아냐."

그러던 이때, TV에서 신의 얼굴과 오디션 참가자들의 얼굴이 스쳐 지나가면서 이런 어구가 흘러나왔다.

– 프로젝트 '프로듀스'는 당신의 청춘과 열정에 찬사를 보냅니다!

프로듀스의 모토는 'Be Alive'.

그와 신이 함께 찍은 모큐멘터리는 'LIFE'.

사실 이 '프로젝트'는 신이 박명우에게 보내는 '안부 편지'이기도 했다.

"아드님 아닙니까?"

"그렇지."

"그런데 왜 그런 표정을 짓습니까?"

"아들 녀석이 잘 나가는 걸 보니 기뻐서."

"아드님과 만나고 싶은 생각은 없습니까?"

"한번 만나보고 싶기는 해."

박명우가 쓴웃음을 짓는 이때였다.

"그럼 아드님을 LA로 초대하는 건 어떻습니까?"

☆　　★　　☆

"율아, 잠 와?"

예리의 품에 안겨있는 율의 눈꺼풀은 서서히 닫히고 있었다.

예리는 잠이 와 투정부리는 율을 다독이고는 아기 침대에 눕혔다.

이내 하율은 잠에 곯아떨어지기 시작했다.

예리는 하율의 이마에 입을 맞추고는 하율의 방에서 조용히 나섰다.

"보자, 어떤 일부터 시작해볼까."

일단 설거지부터 하기로 했다.

주방으로 간 그녀는 수세미에 주방 세제를 묻히고 물을 틀었다.

그녀의 부모님이 입을 쩍 벌리며 놀라워할 광경이었다.

그녀는 살면서 손에 물을 묻힌 적이 별로 없었으니까.

이 정도면 가히 기적적인 변화라고 말할 수 있었다.

앞치마를 두른 그녀 주위로 즐거운 콧노래가 흘러나왔다.

그리고 예리가 설거지를 끝내고 커피를 즐기고 있을 때였다.

전화벨이 울렸다.

발신인은 박명우였다.

"아버님, 요즘 잘 지내시죠?"

― 나야 항상 잘 지내지.

"제가 좀 더 신경 써드려야 하는 건데……."

― 괜찮아. 괜찮아. 밥도 제때에 챙겨 먹고 운동도 열심히 한단다.

"그래도 제 마음이 편하지 않아서요. 아, 참. 아버님. 율이가 뒤집기를 시작했어요."

― 그거 정말로 경사구나.

"제가 지금 메일로 사진 보내고 있거든요."

― 오, 도착했구나.

박명우는 율의 사진을 확인하고는 하려던 말을 입안으로 삼켰다.

예리는 통화기 너머에 있는 박명우가 갈등하고 있다는 걸 짐짓 눈치챘다.

"아버님, 저희가 거기 가도 돼요."

손녀가 태어났다는 소식을 들었을 때 누구보다 기뻐한 그였다.

손녀 얼굴을 사진으로 봤을 때 그의 아내와 정말로 닮았다며 남몰래 눈물 흘리던 그였다.

손녀를 보고 싶은 마음은 아마 굴뚝같을 것이다.

– 아니, 됐다. 지난번에도 말했지만 우리는 시간이 좀 더 필요하지 않을까 싶다.

말을 이렇게 하면서도 그는 신을 항상 생각하고 있었다.

신과 예리의 결혼식 때도 먼발치서 두 사람의 축복을 빌어주기까지 했다.

신은 이 사실을 모를 테다.

박명우가 말하지 말라고 했으니까.

예리는 박명우의 마음을 알고 있었기에 그와 안부를 주고받고 받으며 지내오고 있었다.

그와 연락하며 지내는 건 신을 위한 것도 했다.

신이 훗날 아버지와 진정으로 가까워지지 못한 것에 후회하게 되면 이미 늦어버린 뒤일 테니까.

예리는 조심스레 말했다.

"아버님도 아시겠지만, 가만히 있기만 하면 나아지는 게 없어요."

더불어 시간은 기다려주지 않는다.

"한번 만나보는 건 어떨까요?"

– 초대해보는 건 어떨까 싶은데.

"아, 참. 그렇지 않아도 신이 조만간 LA에 갈 거라서요."

박명우는 갈등에 휩싸인 것인지 아무 말도 하지 않았다.

예리는 그의 어떤 생각을 하고 있는지 조금이나마 짐작할 수 있었다.

'두 사람 모두 서로에게 서툴러.'

그녀가 보기에 그 아버지에 그 아들이었다.

〈프로듀스〉 프로젝트 오디션 현장 내부.

프로젝트 참가자들은 각기 떨어져서 제 연습에 집중하고 있었다.

몇몇 참가자들은 옛 된 외모를 지닌 여중생을 힐긋힐긋 바라보았다.

정화는 이에 아랑곳하지 않고 상대 연기자와 호흡을 맞추는 것에 집중하고 있었다.

"내가 그랬잖니. 넌 누나라고."

"그런 법이 세상에 어딨어요. 저도 장난감 좋아해요. 저도 맛있는 거 좋아해요. 저도 가지고 싶은 거 있어요."

"나도 안다."

"아시면서 왜 저한테만 뭐라고 하세요? 왜 항상 희승이, 희승이만 찾아요? 제가 좋아하는 게 뭔지는 아세요? 제가 싫어하는 건 뭔지는 아세요? 제가 잘하는 건 뭔지 아세요? 대답해보세요. 모르죠? 희승이에 대해 모든 건 아시면서……."

지금 정화가 그려내는 인물은 따스한 보살핌에서 소외를 당하는 캐릭터다.

"그냥……."

정화는 대사를 내뱉으려다 말고 멈췄다.

그녀의 아픔이 자연스레 이해돼서다.

'그녀가 바라는 건 따뜻한 관심이야.'

따뜻한 눈길이면, 그저 따스한 말 한마디면 되었다.

정화는 그녀의 아픔이 이해되었다.

불쌍한 외톨이.

환영받지 않는 왕따.

정화는 중얼거렸다.

난 너와 같구나.

어느새 정화의 눈에서는 눈물이 흘러내리고 있었다.

캐릭터가 흘리는 눈물이기도 했고 정화가 흘리는 눈물이기도 했다.

사람들 모두가 정화를 주목했다. 이윽고 정화는 '그녀'가 마음속의 대사를 꺼냈다.

"저한테 잘해주면 안 돼요?"

소녀의 요청은 거창하지 않고 소박했다.

별거 아닌 대사지만 사람들의 심금을 울리기에는 충분했다.

멋진 대사는 멋진 수사로 점철된 단어들의 나열들이 아니었다.

캐릭터와 캐릭터가 처한 상황 그리고 이를 표현해내는 배우, 이 삼박자가 어우러져야 명대사가 탄생하는 것이었다.

정화를 바라보던 사람들이 저마다 상념에 빠졌다.

'대단한데.'

'최종후보까지 가지 않을까.'

'부, 부럽다.'

이들의 눈빛에는 질투도 담겨 있었고 경쟁심이 깃들어 있기도 했다.

한편, 신은 멀찌감치 떨어져서 정화 쪽을 바라보고 있었다.

"정화는 섬세한 무기를 가지고 있어요."

정화의 연기는 감정적인 폭발이 두드러지지 않는다. 겉으로 보기에 차분하면서 고요한 연기라 할 수 있겠지만, 속은 격정적이다. 깊은 울림이 있다. 이제 이 울림이 뽈고둥의 파장처럼 서서히 퍼져 사람의 감수성을 자극한다고 해야 할까.

"그보다 선생님은 정화가 지닌 재능 몰랐어요?"

"잘 몰랐지."

조광우는 정화가 신을 통해 연기자 꿈을 키워가는 걸 알고 있었으나 정화가 연기하는 모습을 목전에서 한 번도 보지 못했다.

솔직히 말해 정화가 연기가 하고 싶어하는 건, 관심을 바라는 행위인 줄로만 알았다.

이렇게 오해하는 것도 당연할지도 모른다.

그는 정화가 보육원에서 자라나는 과정을 보아왔으니까.

'난 정화를 그저 어린아이로만 생각해왔던 걸지도.'

정화가 이 자리에 오기까지 얼마나 많은 땀과 눈물을 보육 사람들 모르게 흘렸을지 상상조차 되지 않았다.

"애들은 말이에요. 어느새 어른이 되어 있는 거 같아요."

"그러게 말이다."

이때, 한 남학생이 정화에게 다가갔다.

"야, 꼬맹이. 역시 꽤 하는데?"

"내가 제법 하긴 하지."

정화는 콧대를 세우는 것도 잠시 눈을 새초롬하게 떴다.

"그나저나 왜 자꾸 꼬맹이라고 하는 거야."

"꼬맹이를 꼬맹이라고 하지. 그럼 뭐라고 하냐?"

말다툼으로 티격태격하는 게 유치해 보이기까지 한다.

조광우가 웃음을 피식 흘렸다.

"저 둘을 보고 있자니 네 오래된 친구가 떠오르는구나."

"서효원이요?"

"그래. 그 친구는 잘 지내고 있고?"

"잘 지내고 있던데요. 얼마 전 한국에 와서 얼굴 비치고 갔었어요. 광복의 봄 촬영할 때였는데, 저한테 이런저런 이야기를 하더라고요."

"설마 일인자가 누군지 가리자고 한 거냐?"

"그걸 어떻게 아셨어요?"

조광우가 하하 웃자 신은 볼을 긁적였다.

'하긴 뻔하지.'

뭐, 신도 서효원과 언제고 한번 호흡을 맞춰보고 싶었다.

"아, 참. 선생님 저 조만간 LA에 가요."

"작품 이야기 때문이겠구나."

신이 LA에서 만나려는 감독은 〈아만다〉를 촬영했던 콘 감독이었다.

그는 신을 무척 마음에 들어 했고 차기작 출연을 제안하기까지 했다.

'민석 형님 제가 그랬죠. 이 녀석은 세계에서 놀 놈이라고요.'

조광우는 오 PD가 신이 세계에서 승승장구하는 걸 더는

보지 못한다는 게 못내 아쉽기만 했다.

"애들 잘 부탁해요."

"그래, 잘 다녀와라."

한편, 조광우는 원석들을 어떻게 다듬어놓을지 고민에 빠졌다.

그리고 신은 LA 방문을 준비하기로 했다.

바야흐로 세계를 향한 본격적인 발걸음이었다.

☆　　★　　☆

자리에 빙 둘러앉은 사람들의 수는 총 다섯이었다.

이들은 연예인협회 임원들이었다.

이들이 이 자리에 있는 건 한 가지를 토의하기 위해서였다.

"강신을 영입할 수 있을까요?"

"솔직히 회의적이기는 합니다."

"게다가 눈치가 보이는 것도 사실이죠."

누가 봐도 신 주위에서 떨어지는 떡고물을 주워 먹으려한다고 생각할 것이다.

"신인 시절 때 잡지 못한 게 아쉽군요."

물론 신을 못 끌어들일 수도 있었지만 적어도 시도라도 해보면 좋았을 테다.

"그때로써는 어쩔 수 없는 일이었잖아요. 당시 협회는 힘이 없었으니까요."

그의 말대로 협회는 이름만 '협회'를 지닌 유령단체였다.

그러나 협회는 이제 새로 태어났다.

문제는 이것이었다.

신생협회다 보니 영향력이 크지 않다는 거다.

협회는 위상과 영향력을 끌어올리기 위해 신을 포섭하려는 것이었다.

이때 한 남자가 말했다.

"다들 걱정하지 마세요. 저에게 좋은 생각이 있습니다."

"뭐죠?"

"일단 강신 씨를 만나야 합니다."

"오, 회장님은 강신 씨와 개인적인 친분이 있으신 겁니까?"

"생면부지인 사이입니다."

"하면. 어떻게?"

남자가 후후 웃으며 말했다.

"한번 보시면 알 겁니다."

☆　★　☆

LA로 출국하는 당일.

신은 인천국제공항으로 향했다.

그리고 출국 절차를 밟고 있을 때 한 남자가 신을 불렀다.

"강신 씨! 강신 씨!"

신을 호위하던 경호원들은 일단 그가 신에게 다가오지 못하도록 제지했다.

신은 남자 쪽을 바라보았다.

'처음 보는 얼굴인데.'

그는 경호원에게 아랑곳하지 않고 외쳤다.

"잠시만 이거 놓아주세요! 이 대본 한번 봐주시면 고맙겠습니다."

한 손에 대본을 꽉 쥐고 들고 있는 그의 눈빛은 필사적이었다.

신은 경호팀을 이끄는 경호원에게 고개를 끄덕였다.

경호팀장이 손짓을 까닥이자 경호원들이 남자를 풀어주었다.

"죄송하지만 일정이 있어서 대본을 못 볼 거 같거든요."

신이 사양까지 했으나 그는 신에게 대본을 다짜고짜 내밀었다.

"제가 열심히 쓴 대본입니다. 보시면 후회가 없으시리라 확신합니다."

경호팀장이 손사래를 치며 말했다.

"죄송한데 여기서 이러시면 곤란합니다."

"저도 양보할 수 없습니다. 이 대본에 제 사활이 걸려있습니다!"

자신의 작품을 위해 직접 찾아오기까지 한 데다 열정적인 모습까지 내보이니 마음이 흔들거린다.

신은 난처하다는 표정을 지었다.

이때 공항직원이 기체 결함으로 LA행 비행기가 1시간 늦게 출발한다는 사실을 알렸다.

'아, 뭔가 출발부터 꼬인 느낌인데.'

신은 남자를 바라보며 말했다.

"어쩔 수 없네요. 한번 보도록 하죠."

남자는 희희낙락하며 신에게 드라마 대본 속 캐릭터 대사를 줄줄 읽어주었다.

신은 남자의 이야기를 들으며 고개를 끄덕였다.

"장르는 수사물이고, 작품에 나오는 캐릭터도 흥미롭고요. 대본 재밌네요."

"감사합니다."

"인상적인 게 과거 속 사건이 바뀌면 지금 현재도 바뀐다는 거네요."

대본 속 이야기는 이랬다.

주인공은 범죄자를 등쳐먹고 살아가는 범죄자다.

그가 이 길에 빠져들게 된 건 계기가 있었다.

바로 '삼촌'의 죽음.

가장 소중한 사람의 죽음은 그의 세계를 뒤흔들어놓기에 충분했다.

그러던 어느 날 인공위성이 태양폭풍에 영향받게 되고, 주인공은 삼촌의 유품인 핸드폰에서 벨소리가 나오는 걸 듣게 된다.

주인공은 핸드폰 통화 버튼을 누르고 과거의 삼촌과 통화하기 시작한다.

즉, 작품 이야기의 주된 내용은 범죄자와 형사가 콤비가 되어 사건을 해결해나간다는 것이었다.

'제목이 〈웨이브〉라······.'

뭔가 느낌이 온다.

신은 반문했다.

"그런데 저와 만나고자 한 용의가 뭡니까?"

"그게 무슨 말씀이신지?"

"뭐, 연예계 소문에 빠삭하시고 파파라치 같은 직업을 지니셨으면 저를 쫓아다닐 수도 있겠죠. 그런데 급하게 온 거치고 비싼 향수도 뿌리셨고, 신발도 좋은 거네요."

"역시 눈치가 빠르시군요."

그는 품속에서 명함을 하나 꺼냈다.

"정식으로 인사드리겠습니다."

신은 명함을 보며 중얼거렸다.

"연예인협회?"

"맞습니다."

"뭐 제가 협회에 가입하면 좋겠다는 건가요?"

"본론을 말하자면 그렇습니다."

신은 이지운을 멀뚱멀뚱 바라보았고, 이지운은 생글생글 웃고 있었다.

그리고 신은 싱긋 웃으며 말했다.

"싫은데요."

어떤 단체 어떤 연맹 혹은 협회든지 신은 질색이었다.

어떤 기관에 얽히게 되면 재수 없는 경우가 많아서였다.

이지운은 황당한 표정을 지었다.

'보통 거절하더라도 제의에 대해 한 번 생각해보겠다고

하지 않나?'

이렇게 단도직입적으로 거절할 줄은 상상도 못 했다.

이지운은 중얼거렸다.

아무래도 전생에 단호박 장사를 했나 보군.

"그리고 이 대본 누가 쓴 거예요?"

"제가 개인적으로 아는 지인입니다."

"그 지인과 한번 만나볼 수 있을까요?"

"바로 부를 수 있습니다."

"그 지인이 누구길래요?"

"제 친동생입니다."

신은 깔끔하게 포기하기로 했다.

"음, 즐겁고 재밌는 시간이었네요."

"아, 잠시만요!"

신은 그가 무어라 말하건 말건 LA로 떠나기로 했다.

그러나 이러한 거절이 그를 불태우리라는 걸 신은 몰랐다.

이지운은 주먹을 꾹 쥐며 속으로 외쳤다.

'여기서 포기할 수 없어!'

그는 협회를 위해서라면 뭐든지 할 수 있었다.

'협회장은 꼭 강신이 되어야 해!'

☆　★　☆

신은 LA 더 헝그리캣 프라이빗 룸에서 콘 감독과 만나기로 했다.

그리고 약속 당일 그는 신을 반갑게 반겨주었다.

"어서 오게. 먼 길 오느라 고생이 많았네."

"간만에 LA 구경도 하고 재밌더군요."

"그동안 잘 지낸 것인지 신수가 훤하네."

한편, 장내에는 콘 감독 말고도 두 사람이 더 있었다.

신은 이 두 남자를 보고는 입을 살짝 벌렸다.

이들은 할리우드에서 유명한 사람들이기 때문이었다.

'코엔 형제가 여기에 있는 건 이들이 각본을 맡기로 해서겠지?'

이들은 감독으로서의 능력도 뛰어나지만, 각본가로서 역량이 더 뛰어난 사람들이었다.

"둘만 오붓하게 대화하지 말고 우리도 소개해주지그래?"

매부리코가 인상적인 남자가 핀잔하자 콘 감독이 하하 웃으며 말했다.

"그리고 이쪽은……."

"콘 감독이 얼마나 칭찬한 건지 귀에 딱지가 앉을 정도야. 한국에서 god이라고 불린다던데. 신이 신으로 불리는 건 어떤 기분인가?"

제 딴에는 기막힌 유머를 했다고 생각한 것인지 그는 어깨를 으쓱였다. 콘 감독은 고개를 절레절레 흔들었다.

"제 취향에 마음에 드는 개그네요."

매부리코(신은 남자의 별명을 코주부라 붙이기로 했다.)가 가만히 있던 남자의 어깨를 툭툭 쳤다.

"이 친구가 내 농담이 마음에 든대."

"그냥 하는 소리인 거야. 대놓고 재미없다고 하겠어?"

'이쪽은 얼음 왕자인가.'

두 사람의 생김새는 닮아있지만 기억하기 쉬웠다. 한 사람은 코가 크고 활기가 넘친다면 나머지 한 사람은 눈썹이 다소 짙고 분위기는 가라앉아있었다.

코주부가 신이 마음에 든다는 눈빛으로 신의 구석구석을 살펴보았다.

"Mr. 강. 이쪽은 코엔 형제일세."

"사람들은 우리를 괴짜 콤비라고 부르기도 한다지."

'코가 큰 사람의 이름은 조세프 코엔, 눈썹이 짙은 사람의 이름은 에디 코엔.'

신은 코엔 형제와 악수를 했다.

"어떤 작품이 나올지 벌써 가슴이 두근거리며 뛰네요."

코엔 형제가 여태껏 만난 사람들 대부분이 '당신들의 작품을 정말로 사랑하는 팬인데 당신들과 만나는 게 영광이다' 와 같은 시시콜콜한 말을 하며 그들과 친분을 맺으려는 데만 주목하는 멍청이들이었다.

그러나 신은 이 쭉정이들과 달랐다. 코엔 형제의 유명세에 집중하기보다 '작품' 에 주목하고 있었다. 이는 코엔 형제에게 인상적으로 다가왔다.

'프로다운 마음을 가지고 있군.'

'그 인색한 콘 감독이 입이 닳도록 칭찬한 이유가 있었어.'

코엔 형제는 신에게 호감을 내비치기 시작했다.

'역시 Mr. 강은…….'

콘 감독은 미소를 슬며시 지으며 말했다.

"인사는 이 정도로 하면 된 거 같고 일단 식사부터 즐기죠."

씨푸드 전문 레스토랑이라 해산물이 천지였다.

식사하는 도중 영화산업에 관한 화제들이 자연스레 나왔다.

"할리우드 산업은 도박이다."

영화 10편을 만들면 대략 6편은 실패하고 만다. 제작한 영화에서 2편에서 3편이 손익분기점에 도달하리라 예상한다.

즉, 영화사의 '흥망' 은 대박이 터지는 한 작품에 달려있다고 해도 과언이 아니다.

콘 감독이 이어 말했다.

"10개의 영화를 만든다면, 그중 한 편만이 잭팟을 터뜨린다. 영화는 만드는 사람은 도박꾼의 심장과 마음이 있어야 한다."

이 말은 할리우드에서 하나의 신조로 내려오는 말이다.

"그 치들 입장에서 영화는 돈벌이 사업이니 그런 말을 하는 거지. 그 사람들은 자동차도 터져주고 건물도 터져주고 끝에는 멋진 미녀 배우와의 키스로 마무리하면 박수를 짝짝칠 사람들이잖아."

"꼭 좋은 작품이라고 해서 흥행에 성공하는 거 아니지."

"내가 여기서 말하는 건 이 작품 저 작품에 나오는 스토리나 장면들을 짜깁기해서 만든 작품을 말하는 거야."

"그런 부분은 그렇지. 그러나 영화에는 익숙한 부분들이 있어야 한다고. 솔직히 말해 이야기 원형 자체로 보자면 다 뻔한 이야기지."

"80%의 익숙함과 20%의 독창성. 20%의 독창성이 있으면 80%도 독창적으로 보이게 되지. 그러나 요즘 영화에는 이 20%로의 독창성이 잘 없단 말이야."

'대화로 비추어 봤을 때 코엔 형제에게는 예술적인 성향이 콘 감독에게는 상업적인 성향이 드러나네.'

그렇다고 코엔 형제가 상업성을 무시하는 것도 아니고 콘 감독이 예술성을 무시하는 것도 아니었다. 어떤 부분에 좀 더 초점을 맞추느냐에 따른 관점 차이였다.

"이대로 이야기하기에는 밑도 끝도 없겠네. 언제 날 잡고 이야기해보자고."

"좋아, 그렇게 해보자고."

콘 감독이 신에게 대본을 내밀었다.

"한번 봐보게."

"감사합니다."

빳빳한 종이의 질감과 종이 특유의 냄새가 신을 반겼다.

'이게 코엔 형제가 쓴 대본.'

신은 어떤 각본일지 한번 생각해보았다.

'콘 감독님은 이 각본에 대해 상세히 말해주지 않았지.'

신은 대본을 훑어보았다.

대본 표지에는 'AWAKEN'이라는 글자가 적혀 있었다.

앞에 정관사 the를 붙이면 '깨어있는 사람들'이 된다.

'내용이 뭔가 심상치 않을 거 같은데.'

한편, 대본에는 작품의 세계관과 전반적인 이야기 그리고 등장인물과 관련된 각종 설명이 한국어로 해석되어 있었다. 콘 감독의 배려였다.

신은 작품 세계관을 읽다가 한 단어에 주목했다.

바로 Zombie!

'좀비 장르는 인기가 많지.'

좀비라는 소재로 정말로 많은 콘텐츠가 쏟아져나왔다. 이제 좀비라고 하면 이전만큼 신선함을 주기 힘들다. 사람은 익숙함의 동물이기 때문이다.

신은 일단 작품 설정을 살펴보기로 했다.

작품은 어느 날 지구에 운석 수백 개가 떨어지는 거로 시작하고 있었다.

이 운석은 평범한 운석이 아니었다.

어떤 '존재'가 운석으로 위장하여 지구에 온 것이었다.

'여태 나온 좀비물과 차별성을 두기 위해 공상과학적인 요소를 집어넣었구나.'

설정은 이랬다. 이 '무언가들'은 동물을 숙주로 삼아 살아가는 존재들이었다. 이들의 머릿속에는 계획이 각인되어 있었다.

– 인류에 기생하여 '아이'들을 퍼뜨려라. 그리고 인류를 지배해라.

이들은 이 아젠다를 실현하기 위해 기업가, 정치인 등등 다양한 계층에 스며들었다.

그리고 이들이 개체를 늘려가던 도중 몇몇 목격자가 이들을 목격하게 되고, 기자 출신의 한 목격자는 프리크(괴물)를 추적하기로 한다. 그로서는 도시에서 어떤 괴상망측한 일이 일어나고 있는지 알아내야 했다.

어느 날, 네바다 주에 있는 한 중학교에서 학교 사람들 전체가 코마에 빠지는 기이한 사건이 일어난다.

'이것이 제1의 코마 사태.'

미국 질병관리본부 CDC는 조사단을 파견한다.

'여자주인공이 움직이기 시작하는구나.'

에레나는 이런 기묘한 사건은 처음 겪어보는 것인지라 여러모로 난감했다.

'그녀가 있는 장소는 수면병을 옮기는 체체파리가 있는 지역도 아닌 데다, 생화학 테러 흔적을 발견하지도 못하지.'

그러나 그녀는 끈기의 소유자였다. 그녀는 남들이 훑어보지 않는 곳까지 샅샅이 살펴보기로 한다. 이러다 UV 라이트에만 보이는 '물질'을 발견한다.

이 '물질'의 흔적이 하수구 쪽까지 이어져 있는 걸 본 그녀는 동료 제임스와 함께 하수구 안으로 들어가기로 한다.

이들은 하수구 속에서 인간이 아닌 '무언가'와 마주하게 된다.

그는 '무언가'에 죽게 되고 그녀만이 가까스로 살아남는다.

CDC 사람들은 그녀가 인간이 아닌 무언가를 봤다는 이야기를 믿어주지 않는다.

죽었던 '동료'가 무사했기 때문이다.

'이야기가 흥미진진하게 흘러가네.'

그녀는 재확인을 위해 하수구 쪽으로 아무도 모르게 내려가기로 한다. 그리고 그가 약혼자에게 주려고 했던 반지와 혈흔이 남은 손톱을 발견한다. DNA를 검사해본 결과 그녀는 그의 손톱이 그의 것이라는 걸 알게 된다.

'그녀가 그의 손톱을 보았을 때 빠진 게 없었지.'

그녀의 '동료'는 자신의 정체를 드러내지 않기 위해 그녀가 혼자가 있을 때 노린다. 그녀가 밤길을 걷던 도중 동료는 그녀를 죽이려 든다. 이때 그는 하수구에서 그녀가 봤던 괴물과 같이 변해버린다.

신은 미지의 생명체와 마주한 그녀의 모습이 머릿속에서 상상 되었다.

'내가 그녀를 연기한다면 생존 욕구를 강렬하게 살려내도록 할 거 같은데.'

신은 상황 속 캐릭터를 어떻게 표현할지 생각하며 작품 내용에 집중했다.

'이때 한 남자가 나타나 그녀를 도와주지.'

남자의 정체는 괴물을 쫓는 '목격자'였다.

그는 집단 코마 사건을 조사하다 그녀의 기묘한 이야기를 듣고는 그녀 주위를 맴돌기 시작한 것이다.

이로써 그녀는 목숨을 부지하게 된다. 그리고 그와 함께 동료의 시체를 살펴보기로 한다.

한데, 시체 목 쪽에 미세한 흉터가 두 개나 있는 것을 발견한다. 날카로운 돌기 형태에 찔렸다고 해야 할까.

이윽고 이들은 해부까지 결심하게 된다.

'인간과 다른 신체구조와 장기배열. 그리고 이늘은 괴물이 전염을 퍼트리는 돌기 기관을 지니고 있다는 것도 알게 되지.'

이런 차에 코마에 빠졌던 몇몇 사람들이 코마에서 깨어나게 된다.

한편, 에레나는 코마에 빠진 사람들에게서도 목 쪽에 미세한 '상처'가 있다는 걸 알게 된다.

그녀는 코마에서 깨어난 사람들을 사회와 격리해야 한다고 상부에 보고한다.

'이렇게 전개가 흘러가면 재미가 없지.'

그러나 CDC는 여론이 그들의 복귀를 원한다며 의식을 회복한 사람들을 사회에 내보낸 상태였다.

'사실 '빅브라더'가 CDC에 압박을 넣은 것이지.'

'빅브라더'는 작품 초반부에 인간세계에 녹아든 '그들'이 만든 거대한 권력집단이었다.

이 '빅브라더'는 작품 속에서 중대한 떡밥이기도 했다.

한편, 에레나는 잠에서 깨어난 사람들의 명단을 추려 그들을 찾으려고 한다.

그러나 상부에서 허가해주지 않은 일인지라 일손이 매우 부족한 상황이었다.

'상황은 좋지 않은 방향으로 흐르기 시작하겠다.'

가정에 복귀한 사람들은 잇몸 사이에서 피가 흐르고 어지럼증을 느끼는 등 각종 이상증세를 느끼게 된다.

그러나 이들은 이 이상증세를 그리 심각하게 생각하지 않는다.

'이는 '변화'가 차츰차츰 진행되고 있다는 증거.'

이들이 뭔가 이상하다는 걸 눈치챘을 때는 인간이 아닌 '무언가'로 변해버린 후였다.

그들은 사랑하는 가족, 연인, 친구 괴물로 만들어버렸다.

인간 사회는 빠른 속도로 전염되기 시작했다.

'그리고 주인공 윌은 한계가 존재하는 인간.'

시원한 카타르시스를 원하는 사람들은 이런 주인공에게서 답답함을 느낄지도 모른다.

그러나 신은 주인공이 초인적인 인물이 아니라는 점이 마음에 들었다.

그는 주인공 이전에 고뇌하고, 아파하고, 슬퍼하는 한 명의 인간이었다.

이때 콘 감독이 질문했다.

"작품이 어떤가?"

신은 생각을 정리하고는 말했다.

"이 작품에서 무엇보다 흥미로운 건 같은 사건에 직면하더라도 사람들이 다양하게 생각하고 다양한 반응을 보인다는 거예요."

어떤 이는 생존을 위해 맞서 싸우기로 하고 어떤 이는……

"또, 인류가 수천 년간 쌓아올린 윤리, 도덕, 법과 같은 사회적인 가치들 생존이라는 이름 앞에 무력하게 무너지죠."

생존만이 최우선시되는 세상 속에서 생존하는 것만으로도 급급하다.

그러나 약육강식인 사회는 적막하고 차갑다.

"작가는 여기서 중요한 질문을 하고 있어요."

신은 세 사람을 바라보며 말했다.

"인간으로서 지켜야 할 건 무엇인가?"

즉, 'AWAKEN'은 '생존'에 관한 이야기지만, '어떻게 살아가야 할 것인가'와도 연관된 작품이었다.

"또, 그리고……."

신은 작품에서 나오는 여러 인물에 관해 이야기하면서 코엔 형제가 의도하고자 한 바를 정확하게 짚어냈다.

'단순히 작품을 보는 눈만 좋은 게 아니야.'

같은 작품을 보더라도 내용을 파악하고 내용의 흐름을 느끼는 건 천차만별이었다. 신은 이 작품에서 나오는 캐릭터를 연기할 때 기가 막힐 거라는 걸 동물적인 육감으로 느끼고 있었다.

인물의 관점에 동화하는 감각적인 배우라…….

조세프 코엔이 미소를 씩 지으며 말했다.

"흥미로운 이야기 잘 들었습니다. 하나 짚고 넘어가야 할 건 지금 이 자리는 특전을 주기 위한 자리가 아니라는 겁니다."

신 또한 지금 이 자리가 친목을 뛰어넘는 자리가 되길 원하지 않았다.

"대본이 오디션에 보는 사람들에 한하여 오픈될 겁니다. 경쟁력이 어마어마할 거예요."

그는 신에게 붙을 수 있겠느냐고 말하고 있었다. 신이 풋내기라면 도전의식을 활활 불태웠겠지만, 신은 싱긋 웃으며 대본을 콘 감독에게 내밀었다.

"이곳 할리우드가 정말로 치열한 곳이라는 걸 잘 압니다."

적자생존.

할리우드에 대해 잘 설명해주는 곳이었다.

연기력이 검증되고 이름이 잘 알려진 배우라 해도 오디션에서 떨어질 수 있는 곳이 바로 할리우드였다.

신 또한 이 난관을 통과해야 했다.

'이 드라마에 꼭 출연하고 만다.'

신이 도전할 역은 작중에서 주인공을 돕는 한국인 역이었다.

ACT 52.
월드 스타

ACT 52.
월드 스타

신은 카페 자리에 앉아 아메리카노를 쭉쭉 빨고 있을 때, 베레모를 쓴 남자가 신의 테이블에 합석했다.

신은 상대를 바라보며 말했다.

"여기는 또 어떻게 찾았어요?"

이지운은 베레모를 벗고는 이마에 흐르는 땀 줄기를 닦아 냈다.

"이번에는 제법 고생했습니다."

"정말 징글징글하네요."

"바퀴벌레같이 생명력이 질기다는 말도 많이 듣습니다."

이지운은 '연예인협회장을 맡아주세요.' 라는 말과 함께 신을 진득하게 쫓아다녔다.

이 정도면 스토커나 다름없었다.

'내가 어딨는지 어떻게 알고 찾아오는 거지.'

심지어 여기는 LA다.

'그의 정보력만큼은 인정해야겠네.'

신은 그에게 국정원에 취직할 생각은 없는지 진지하게 묻고 싶었다.

"근데 난 진짜……."

"압니다. 귀찮은 감투 질색하시는 거. 저도 이제 협회장 자리 권할 생각 없습니다."

"이제 이야기 끝난 거네요."

"대신!"

그는 비장한 태도로 말했다.

"이곳에 있을 동안 매니저 역할 단단히 하겠습니다."

"누구 매니저요?"

"강신 씨요."

"휴, 나도 이제 모르겠다."

"당분간만 잘 부탁하겠습니다."

신은 그저 허허로운 미소를 지을 뿐이었다.

"그런데 제 동생 작품에 출연할 생각 없으십니까?"

"끌리는 작품이기는 한데, 제가 준비 중인 게 있어서요."

"괜찮습니다. 그 정도야 얼마든지 기다릴 수 있으니까요. 또, 케이블 방송사에서 이 드라마를 기획 중이라서 시간은 많습니다."

신은 고개를 갸웃거렸다.

"그 정도 작품이면 공중파 갈 수 있지 않나요?"

"뭐, 멜로적인 요소도 없는 데다가 작품 전개가 사건 중심으로 진행되어서 까였죠."

'하긴 영화도 그렇고 드라마도 그렇고. 우리나라 작품은 대체로 '캐릭터'를 많이 강조하지.'

이러한 현상이 두드러지는 건 영화나 드라마를 주로 소비하는 게 여성들이기 때문이다.

여성 관객들은 캐릭터가 처한 상황과 캐릭터에 감정 이입하길 원한다.

작품 전개가 사건 위주로 진행되면, 글쎄…….

이런저런 이유로 작가들은 작품을 사건 중심으로 전개하지 않는다.

방송사나 제작사의 경우 위험부담이 따르는 모험을 굳이 감행할 필요가 없는 것이다.

또, 사건 위주의 전개는 캐릭터 위주의 전개보다 제작비가 많이 든다.

"케이블 방송사가 인지도에서 밀리지만, 작품 입장에서는 케이블 방송사가 더 좋을 수도 있어요."

공중파 방송사가 보수적이라면 케이블 방송사는 도전적이었다.

무언가를 시도하기에는 케이블 방송사가 더 좋을 수 있었다.

"이 시나리오를 쓴 동생, 작가분과 만나보시는 건 어떻습니까?"

신은 시간이 날 때 〈웨이브〉를 쓴 작가와 한번 만나기로 했다. 그리고 그와는 많은 이야기를 나누었다. 이야기하다 보니 웨이브라는 작품이 신의 마음에 쏙 들어버렸다.

'이거 차기작이 벌써 정해진 거 같은데.'

이로부터 며칠이 흘렀다.

☆   ★   ☆

블라인드 오디션 당일.

신은 대기표를 뽑고 자기 순번이 올 때까지 기다리고 있
었다.

오디션 현장이다 보니 긴장감이 자리 잡고 있었다.

한편, 신은 연기할 배역에 최대한 집중하고 있었다.

이때 주위가 시끄러워지기 시작했다.

사람들이 무어라 한마디씩 말했지만 신은 소리에 신경 쓰
지 않았다.

주위가 시끄러워진 건 한 외국인 남자 때문이었다.

외국인 남성은 주위를 한번 둘러보다 신을 발견하고는 신
에게 다가갔다. 주위 사람들의 반응은 다양했다.

"'그'가 저 동양인에게는 왜 다가가지?"

"서로 아는 사이인가?"

'그'가 신에게 말을 걸었다.

"저, 혹시 마에스트로 박 아드님 되십니까? 한국 이름으
로 박명우라고 하죠."

신은 그를 바라보며 말했다.

"집중하고 싶어서 그러는데, 나중에 대화할 수 있을까요?"

신의
연기7

신이 지금 대화하고 있는 외국인 남성은 할리우드 톱스타 앤드류 넬슨이었다.

앤드류 넬슨!

그가 누구란 말인가.

배우들이 함께 연기하고 싶어하는 배우! 투자사와 제작사 반드시 섭외해야 할 1순위 연기자!

그런데 그가 거절당했다.

여기저기서 숱한 러브콜을 받는 그가 말이다!

이때 앤드류가 미소를 지었다. 사람들은 그가 왜 이런 반응을 보이는지 이해할 수 없었다.

"이거 본의 아니게 실수를 저질렀군요."

배우는 연기에 몰입하기 전에 감정적으로 민감해지는 법이다. 물론 앤드류 딴에는 신과 만나게 된 게 반가워서 대화를 건 것이지만⋯⋯.

사람들이 웅성거렸다.

"저 배우 도대체 누구길래 그가 사과하는 거지?"

그들이 기억을 되새겨 볼 때 신은 할리우드에서 한눈에 알아볼 정도로 유명한 아시아계 배우가 아니었다.

이때 누군가가 말했다.

"그러고 보니 저 남자 〈아만다〉에 출연했던 거 같은데."

"아마 장Jang이었나?"

이곳 사람들은 남들보다 연기에 관심이 있는 이들이라 〈아만다〉에 나온 신을 기억하는 이들도 더러 있었다.

"그 장이 아시아 갱 두목이었지?"

"그런 역으로 등장했던 거 같기도……."

이 말에 몇몇 사람들은 신이 장춘동이라는 배역으로 출연하여 짧고 강렬한 인상을 보여준 걸 기억해냈다. 이들은 신을 물끄러미 바라보다 중얼거렸다.

"그런데 그 사람 맞아?"

"그렇지? 장은 터미네이터 같았다고."

이들이 의아해하는 것도 당연했다. 신이 극 속에서 보여주었던 장춘동과 지금의 신은 다른 사람이라고 해도 무방했으니까.

한편, 신은 앤드류의 사과를 받아들일 작정이었다. 그가 의도적으로 시비를 건 게 아니었기 때문이었다.

그보다 의아한 게 있었다.

바로 앤드류의 감정 구체가 붉은색이라는 점.

신과 앤드류는 같이 작품 활동을 한 적도 없고 개인적인 친분이 있는 것도 아니다.

한데, 이 정도의 호감이라니?

도대체 어떤 인연이길래 생판 남인 신에게 이 정도의 호감을 보이는 것일까.

'그가 아버지를 알고 있다고 했으니까.'

신은 박명우가 신의 어머니로부터 떠나있을 때 미국에 간 적이 있었다고 말한 걸 떠올렸다.

'이때 서로 알게 된 걸까.'

신은 앤드류에게 손을 내밀며 말했다.

"괜찮습니다. 저도 배우로서 당신과 만나보고 싶었으니까요."

앤드류가 신의 손을 붙잡았다.

두 사람은 서로를 탐색했다. 만나자마자 서로가 만만치 않은 상대라는 걸 두 사람은 직감적으로 느낀 것이다.

두 사람의 기 싸움은 팽팽했다. 한 치의 양보도 없었다.

사람들은 신이 패기 있는 배우라고 생각했다. 자신들은 앤드류와 눈을 마주치고 어깨를 당당히 펼 수가 없었으니까.

신은 앞으로 흥미진진한 일이 발생할 거 같다는 예감이 들었다.

"그럼 다음에 보도록 하죠."

"그러죠."

두 사람의 만남은 여기까지였다. 앤드류는 걸음을 떼며 속으로 중얼거렸다.

'역시 그와 많이 닮았어.'

문득 박명우와의 첫 만남이 떠올랐다.

– 자네 연기 다시 해볼 생각 없나?

영화 〈줄무늬 파자마 소년〉과 〈나 홀로 로빈!〉이 앤드류의 아역 시절의 대표작이다.

〈줄무늬〉는 홀로코스트와 관련된 영화이며 〈나 홀로 〉는 소년 로빈이 어느 날 집에 혼자 있게 되면서 빈집털이범을 상대한다는 코메디 영화다.

집을 노리는 도둑들을 각종 재밌는 장치로 물리치는 과정은 사람들에게 커다란 웃음을 선사하면서, 이 영화는 큰 성공을 거두게 된다.

그러나 이것이 '불행'의 시작이었다.

사이가 좋지 않던 앤드류 부모는 앤드류가 벌어들인 돈을 누가 가질지 다투기 시작했다.

이러던 차에 앤드류 부모는 앤드류가 출연할 영화를 멋대로 정하고 투자까지 한다.

영화 흥행은 처참하게 실패하고 만다. 결국, 그의 부모는 이혼하고 만다,

이후 앤드류는 방황하기 시작하면서 질 나쁜 친구들과 어울려 놀다가 마약에도 손대고 만다.

마약의 늪에서 헤어나올 수는 있었으나, 기다란 공백기를 가져야만 했다. 앤드류는 망가졌으니까.

'그와 만났던 건 그때였지.'

앤드류가 바에서 애꿎은 술만 축내고 있을 때였다.

- 연기? 난……. 이제 연기할 생각이 없어.

희망도 없는 말에 박명우는 미소를 지으며 이렇게 말했었다.

- 그래도 연기하고 싶지 않아?

- 난 이제 망가졌다고!

- 왜 망가졌다고 생각하는 거지?

앤드류를 가장 괴롭혔던 것은 극심한 슬럼프였다. 사람들 앞에 서기만 하면 손이 떨리고 가슴이 옥죄어 왔다.

설령 이를 버텨내고 연기를 해도 제대로 된 연기를 하는 거 같지 않았다.

- 난 쓰레기야.

- 연기 다시 시작할 수 있으면 하고 싶지 않아?

- 안 한다니까! 당신이 누군지 모르겠지만 좋은 말로 할

때 여기서 꺼져! 죽여버리기 전에!

– 지금 눈빛 살아있는데?

세상 모두가 등 돌리고 마약쟁이 앤드류를 외면할 때 오직 박명우만이 앤드류를 도와주었다.

박명우는 연기도 가르쳐주었고 삶을 살아갈 원동력까지 불어넣어 주었다.

물론 이 과정이 그저 순탄한 건 아니었다. 서로 다투기도 했다.

시간이 흐를수록 박명우는 앤드류에게 '아버지'라는 존재로 점차 자리 잡아갔다.

앤드류는 연기를 다시 시작할 수 있게 되었다.

– 제가 해냈어요, 해냈다고요!

이후 앤드류는 〈레전드〉라는 영화를 우여곡절 끝에 찍게 되었다.

영화가 큰 성공을 거두면서 앤드류는 할리우드에 화려하게 복귀한다.

– 지금의 제가 있는 건 마에스트로 박! 당신 덕분이에요.

– 내가 한 게 뭐 있나. 땀과 눈물을 흘린 건 자네인데.

'내가 그에게 신세를 갚는다고 하니 극구 사양했었지.'

앤드류는 그 대신 신에게 이 '은혜'를 갚을 생각이다. 신이 이 생각을 알았다면 펄쩍 뛰며 사양했을 테지만, 이는 앤드류가 알 바가 아니었다.

'어떻게 해야 그의 아들에게 도움을 줄 수 있을까.'

앤드류는 문득 이곳이 오디션 장소라는 걸 상기해냈다.

'아, 좋은 생각이 떠올랐다.'

바로 이 드라마에 참여하는 거다!

앤드류는 AWAKEN에 관심이 없었다. 그가 이곳에 온 건 지인을 만나기 위해서였다.

'이거 재밌겠는데.'

앤드류의 입가에 의미 모를 미소가 번졌다. 이때 신은 몸을 우뚝 세웠다.

'왜 섬뜩한 느낌이 들지.'

☆　　★　　☆

신은 가운 차림으로 소파에 앉았다.

"아, 개운하다."

신은 오디션을 보고 난 후 국내로 돌아와 프로듀스 프로젝트를 일단락지었다.

이 프로젝트에서 수확은 강윤과 정화를 비롯한 몇몇 후보생들이었다.

신은 이들과 연습생 계약을 맺기로 했다. 향후 몇 년간은 이들을 제대로 숙성할 작정이었다.

그리고 신은 지금 집에서 간만의 휴식을 취하고 있었다.

이때 폰이 울렸다.

"네, 여보세요."

신은 아무 말이 없었다. 신이 통화를 끝내자 예리가 말을 걸어왔다.

"무슨 전환데?"

"AWAKEN 오디션 결과 발표."

"어떻게 됐는데?"

신은 고개를 살짝 기울이며 몸도 살짝 늘어뜨렸다. 예리는 신을 안고는 괜찮다며 신의 등을 토닥거렸다.

"괜찮아. 그럴 수도 있지."

이때 신은 예리를 번쩍 들어 올렸다.

"당연히 합격이지."

"뭐, 정말?"

신은 진심으로 기뻐하는 예리의 모습에 기분이 좋아졌다.

"어떤 역으로 출연하는 거야?"

신은 출연이 확정 났을 때 그녀에게 어떤 역으로 출연할지 말해주기로 약속했다.

"브렌 리."

"인물 설정이 뭔데?"

"사냥광인 아버지를 따라 주말마다 사냥 다니면서 각종 기술을 익히고 '활'을 자유자재로 다루는 인물."

"왜 하필 활이야?"

"감독님과 작가님이 등장인물들이 총만 다루면 재미가 없대서."

"활이라……. 뭔가 흥미가 가네."

"그렇지? 나도 보고 느낌이 팍 왔다니까. 아, 그리고 감독님이 양궁 선수에게 훈련 좀 받으면 좋을 거 같다고 이야기하시더라."

예리는 신의 손을 꼭 붙잡았다.

"고생하겠네."

그래도 많은 사람에게 얼굴을 알릴 좋은 기회였다.

미국의 경우 드라마를 시즌제로 촬영한다. 드라마가 좋은 성적을 얻고 캐릭터 인기가 유지가 된다면 신은 시즌에 계속해서 참여할 수 있을 터였다.

'시즌이 거듭되면 어떤 파급력을 불러올지 모른다는 것, 이것이 시즌제의 무서운 점이지.'

"아, 그리고 말이야. 앤드류 넬슨이 〈AWAKEN〉에 출연한대."

예리가 눈을 휘둥그레 떴다.

"정말?"

솔직히 말해 앤드류 넬슨이 드라마에 출연할 급은 아니었다.

신이 중얼거렸다.

"설마 나 때문에 참여하는 건 아니겠지?"

"그건 무슨 소리야."

박명우와 앤드류가 아는 사이라고 하면 그녀는 뭐라고 할까.

신이 이에 대해 말을 꺼내려고 하자 예리는 신의 엉덩이를 때렸다.

"누구 남편이길래 이리 능력이 넘치는 거람?"

신도 이에 질세라 예리의 엉덩이를 움켜잡았다.

"둘째 한번 만들어 볼까?"

신은 예리를 껴안고 소파에 누웠다.

"우왓!"

예리는 얼떨결에 리모콘 전원을 눌러버렸다. TV가 켜졌다.

"……방송사 작가 및 시나리오 작가가 단체파업을 하면서……."

예리는 신의 몸 아래에 깔린 채로 TV 화면을 바라보았다.

"사태가 점점 심각해지네."

작가 단체파업 사태는 하루아침 만에 터진 일이 아니었다.

이는 제작방식과 연관되어 있는데, 미국 같은 경우 투자사가 '제작사'에 투자하고, '제작사'는 이 자본을 알아서 굴려 작품을 만든다.

반면 한국은 투자사가 '작품'에 투자한다. 배우 챙겨주고 감독 챙겨주고 나면 '작가'에 대한 처우는 우선순위에서 밀려날 수밖에 없다.

그래도 영화감독은 작품수익에 대한 '지분'이라도 받아갈 수 있지, 시나리오 '작가'는 어림도 없다.

시나리오 계약서에 '계약'하는 순간 작품에 대한 모든 권한을 업체에 양도하게 된다.

좋은 영화는 좋은 시나리오에서 나온다며 시나리오의 중요성에 대해 하나같이 말하지만 시나리오 작가는 '소모품' 취급받는다. 참으로 아이러니한 현실이다.

솔직히 말해 작가 파업 사태는 그동안 곪아진 게 한 번에 터진 것이다.

신은 미간을 좁혔다.

'사태가 어떻게 흘러갈지 일단 지켜봐야겠네.'

이때 예리가 신의 입술에 손가락을 대었다.

"지금은 일 생각하지 마."

"그러죠, 마님."

두 사람은 쿡쿡 웃으며 눈을 마주쳤다.

더는 말이 없었다.

이내 신과 예리는 뜨거운 사랑을 나누기 시작했다.

☆　★　☆

이후 신은 국가 대표에게서 양궁 교습을 받으며 활쏘기에 관한 감을 익히고 각종 기술을 배워나갔다.

그리고 고대 궁술을 연구하는 라스 앤더슨이라는 사람의 영상을 참고하기도 했다.

그의 활 솜씨는 신묘했다.

날아오는 화살에 화살을 쏴 화살 반을 정확하게 가르기도 하고 날아오는 화살을 잡아서 되쏘기도 했다.

브렌 리도 그처럼 실력이 출중한 명사수다.

솔직히 말해 신이 죽었다 깨어나도 명사수가 될 수 없었다.

그러나 신은 포기하지 않고 연습하고 또 연습했다.

훈련이 끝나고 나면 손가락이 덜덜 떨릴 정도였다. 덕분에 손에 굳은살이 배겼다.

솔직히 기술적인 부분은 연출로 때우면 그만이다. 그러나 그럴듯한 태나 분위기는 신이 표현해야 하는 부분이었다.

게다가 활쏘기는 브렌 리라는 캐릭터를 어떻게 연기할지 아니, 브렌 리를 어떻게 이해할지에 관한 '출발점'이었다.

신은 활을 계속해서 쏘다 보니 '무언가'를 깨닫게 되었다.

콘 감독이 양궁을 배워보라는 것에는 어떤 '이유'가 있었다.

때문에, 신은 고민에 빠지게 되었다.

촬영에 들어갈 때까지 신은 이 '해답'을 좀처럼 찾아내지 못했다.

☆　　★　　☆

〈PRELUDE〉 촬영 당일.

신은 〈AWAKEN〉 촬영세트장에 당도하면서도 여전히 고민에 빠져있었다.

'아직도 감이 안 잡힌다.'

신은 브렌 리를 연기할 때 무언가 마음에 들지 않았다. 어떤 미묘한 게 빠져 있기 있었다. 평범한 연기자라면 넘어갈지도 모르지만, 감각이 예민한 신은 이를 느낄 수 있었다.

뭔가 알 듯하면서도 모르겠고 닿을 듯하면서 닿지 않고…….

이 미묘한 무언가가 신을 미치게 했다.

촬영 시간은 점점 다가오고 있었다.

촬영진은 슬슬 움직이기로 했다.

콘 감독이 장내에 있는 사람들에게 말했다.

"오늘은 오프닝에 쓰일 장면을 찍을 겁니다."

이 오프닝에는 주요 캐릭터들이 출연할 예정이었다. 한데, 이 오프닝을 배우들이 다 같이 모여서 촬영하는 게 아니었다. 배우마다 오프닝을 따로 촬영하기로 한 것이다.

이 때문에 신은 다른 배우들이 어떻게 촬영한 건지도 몰랐다.

신이 촬영할 부분은 건물 쪽 창가에서 '감염체'들에 활을 쏘는 장면이었다. 브렌 리가 '저격수' 캐릭터라는 점을 강조하는 대목이었다.

신은 검은 라운드 티에 청바지를 한 차림새로 대기하기로 했다.

잠시 후. 장비 담당하는 스태프가 신에게 컴파운드 보우와 어깨 쪽에 메는 화살집 그리고 화살 몇 개를 가져다주었다.

신은 리허설에 들어가기 전에 제자리 뛰기를 시작했다. 이 장면에서 땀이 어느 정도 나야 했다.

"그럼 이제 리허설 시작해보겠습니다!"

시험 삼아 합을 한번 맞춰보는 자리이지만 신은 정신을 바짝 차렸다.

"스탠바이, 큐!"

콘 감독의 지시와 함께 슬레이트가 부딪쳤다.

탁!

햇빛이 허름한 건물 내부로 비스듬히 들어오고 있었다. 유리창이 여러 색깔로 알록달록한 스테인드글라스로 되어 있어서 독특한 분위기가 연출되고 있었다. 흡사 성당 내부에 있는 거 같았다.

신은 숨을 거칠게 내뱉으며 주변을 두리번거렸다. 그저 바라보는 것인데도 다급함이 느껴진다. 신의 이마에서 식은 땀이 살짝 흘러내렸다.

주륵.

신은 축축한 공기 속에서 건물 창가 쪽을 바라보았다. 창가 쪽으로 슬금슬금 다가갔다. 카메라도 신의 시선을 좇았다.

창가에 다가선 신은 건물 아래쪽을 응시했다.

실제로는 아무것도 없다.

그러나 건물 아래에는 상상의 '감염체'들이 돌아다니고 있었다.

신은 숨을 한번 골라 내쉬고 화살집에서 화살을 꺼냈다.

"후우!"

신은 활에 화살을 끼우고는 활시위를 걸었다.

콘 감독은 스크린으로 신을 바라보며 속으로 중얼거렸다.

'보통 배우들은 어떤 캐릭터가 자신을 좀 더 부각해 줄지 고민하지.'

솔직히 말해 배우 입장에서는 자신만 두드러지면 장땡이다. 작품의 이야기가 좋든, 엉망이든 간에 말이다.

'Mr. 강은 주목받는 걸 좋아하는 부류가 아니다.'

그럼 어떤 배우가 좋은 배우일까.

캐릭터를 잘 나타내는 거?

여기에만 급급하면 '자신'만의 캐릭터를 만들지 못하게 된다. 또, 배우 본인이 지닌 '매력'도 보여주지 못한다.

그럼 캐릭터가 배우를 주목받게 해주는 거 어떨까. 이도 좋지 않다. 배우가 치열한 고민을 하지 않고 캐릭터가 지닌 매력에만 편승한 것이기 때문이다.

'배우는 캐릭터를 자기 쪽으로 끌어당겨야 하지.'

배우가 캐릭터를 연기할 때 캐릭터가 배우를 빛나게 해주고 배우가 캐릭터를 빛나게 해주어야 한다. 즉, 배우와 캐릭터는 상호보완적인 존재인 셈이다.

콘 감독은 속으로 중얼거렸다.

'자네는 내가 내어준 과제를 하면서 무엇을 느꼈나?'

그리고 이때!

신이 활시위를 당기고는 퉁겨냈다.

화살은 활시위를 떠나 날아가기 시작했다.

쌔애애애애액!

사람들의 시선이 화살이 그리는 포물선을 쫓아갔다.

화살이 목표지에 점점 가까워지기 시작했다.

이것도 잠시 사람들은 아쉬운 반응을 보였다.

화살이 목표지에서 빗겨나간 것이다.

"컷!"

이때 콘 감독이 들고 있던 무전기가 울렸다.

– 감독님! 바람이 강하게 불고 있습니다!

콘 감독은 하늘을 잠시 올려다보았다. 하늘에 먹구름이 점점 끼는 것이 곧 비바람이 불 거 같았다.

"깃발 여러 개 설치해두고 목표지점 부근에 노란색 목표물 세워둬!"

AWAKEN 세트촬영장이 실내 스튜디오가 아니다 보니 사람들은 분주하게 움직여야 했다.

콘 감독은 촬영지시를 내렸다.

"다시 한 번 가볍게 가도록 해보겠습니다."

신은 자리를 잡고서 건물 아래쪽에 세워진 목표물을 바라보았다.

목표지 거리까지는 대략 50M. ?

"Mr, 강! 맞추는 거에 너무 의식할 필요는 없어!"

목표물을 맞히려는 것에 급급하기만 하면 강박관념이 생긴다. 이리되면 쓸데없는 긴장이 생겨나고 쏴야 하는 중요한 순간에 망설이게 된다.

'좋아, 다시 해보는 거야.'

쉽지는 않을 테다. 포물선 형태로 날아가는 화살은 바람에 영향받기가 쉬우니까.

"후우……."

신은 숨을 내쉬었다. 폐 안의 공간이 '공기'로 채워지는 걸 느꼈다. 공기는 내부에 잠든 감각을 일깨웠다. 내부 깊이 잠들어 있던 동물적인 본능. 이 육감적인 감각을 날카롭게 유지해야 했다.

신은 숨을 고르며 속으로 중얼거렸다.

'호흡을 통제하면 마음이 통제되고, 마음이 통제되면 몸도 통제된다.'

이때 신의 머릿속에서 번뜩하고 스쳐 지나가는 생각이 있었다.

'브렌 리는 자신을 통제하는 사냥꾼…….'

브렌 리가 겪었을 경험을 좀 더 생각해본다면, 브렌 리와 관련하여 고민했던 문제를 해결할 수 있을 거 같았다.

신은 그가 사냥하는 장면을 한번 상상해보기로 했다.

'여기서 여러 조건을 걸어보자.'

첫 번째 조건.

사냥꾼이 상대하기 위험천만한 맹수는 무엇일까?

어렵게 생각할 거 없다.

'호랑이로 정하자.'

신의 귓가에 놈이 낮게 울부짖는 소리가 들렸다.

크르르…….

신은 여기서 좀 더 구체적인 그림을 그려나갔다. 그러자 시베리아의 설원이 신의 눈 앞에 펼쳐지기 시작했다.

시베리아 벌판을 고른 건 생명체가 생존하기에 척박한 지대이기 때문이다.

덕분에 맹수는 며칠이나 굶었다. 입 바깥으로 삐죽 튀어나온 송곳니 밑으로 침이 뚝뚝 흘러내리고 있었다.

때마침 놈의 눈앞에는 피가 뚝뚝 흐르는 고기가 놓여 있다. 먹잇감을 바라보는 샐쭉한 노란 눈동자는 어둠 속에서 맹렬하게 타오르고 있었다.

이윽고 놈이 코를 킁킁했다. 주위에 뭔가 이상한 게 있는지 없는지 확인하기 위해 냄새를 맡아보는 것이었다.

여기서 놈이 신의 냄새를 맡게 되면 곤란해진다.

놈은 가차 없이 신을 물어뜯어 죽일 테니까.

'난 지금 바람이 불어오는 반대 방향에 몸을 숨기고 있어.'

자신의 위치를 들키지 않는 건 저격수가 지켜야 할 기본 철칙이다.

사냥꾼에게 필요한 것이 또 무엇이 있을까.

인내심이다.

'때'를 참고 기다리는 것.

그러나 추위와 같은 환경적인 요소를 견디는 건 쉽지 않다.

한파가 살결을 뚫고 뼈마디까지 찌르고 있는 거 같고, 마치 바늘이 온몸을 쑤시는 거 같다.

숨을 내쉬면 입김이 나올 것만 같다.

그러나 숨 쉬는 거조차 함부로 할 수 없다. 놈이 알아챌지도 모르니까.

놈은 고개를 좌우로 두리번거리며 주변을 계속해서 살폈다. 정말로 신중한 놈이었다. 그러나 유혹에 결국 무너지고 말았다.

야수는 고기에 슬금슬금 다가가기 시작했다. 신은 활에 화살을 걸었다.

'쏠 때 한 치의 실수도 있어서는 안 돼.'

가능하다면 한 방에 치명타를 입혀야 한다.

이렇게 하지 못하면 놈을 상대하는 게 상당히 불리해지기 때문이다.

만일 여기서 치명적인 실수를 하게 되면…….

'놈의 송곳니가 내 경동맥을 파고들고 목통을 뜯어버릴 테지.'

신은 순간 뒷덜미가 서늘해지는 걸 느꼈다.?

'이 한 발에 내 목숨이 달린 거야.'

자칫하면 죽을지도 모른다는 공포에 신은 식은땀을 흘렸다.

이때 콘 감독은 신이 미간을 좁히고 활대를 만지작거리는 부분을 주목하고 있었다.

'그래, 그거야! 그거라고! Mr. 강!'

극 중의 브렌 리가 가져야 할 건 '생즉사 사즉생'의 정신이었다.

'활을 사용하는 그에게 화살은 그의 '목숨'이나 다름없지!'

쏠 수 있는 화살 개수는 한정적이니 정말로 신중하게 써야 한다.

또, 쏘더라도 백발백중이어야 한다.

'웬만한 배우라면 잘 쏘려는 것에만 신경을 쓰겠지. 혹은 어떻게 해야 자신이 돋보일지 고민하면서 말이야.'

결국, 어떻게 해야 하느냐가 아니다. 무엇을 해야 하느냐다.?

콘 감독이 신에게 활을 쏴보라고 권한 건 이런 이유에서였다. 캐릭터 본질을 꿰뚫어보고, 캐릭터를 연기할 때 어떤 마음가짐을 지녀야 할지 말이다.

콘 감독은 친절한 선생님이 아니라 이런 세세한 부분은 알려주지 않았다.

지엽적인 부분은 배우가 직접 깨닫고 챙겨야 했다.

'역시 Mr. 강이야!'

그는 신이 이를 당연히 해내리라 믿고 있었다.

이때, 활을 쥔 신의 손바닥은 땀으로 흥건했다. 콘 감독도 긴장하여 주먹을 꽉 쥐었다.

'자, 보여주게.'

어느덧 사생 결단의 순간이 다가오고 있었다.

신은 활시위를 쭉 당겼다.

야수는 귀를 쫑긋하며 소리가 난 쪽을 바라보았다.

크르르…….

신은 놈이 내풍기는 역겨운 노린내를 맡았다.

짐승의 냄새.

놈이 신을 노려보다 땅을 박찼다.

파밧!

스프링처럼 튀어 오른 놈은 한줄기의 섬광이 되었다.

육중한 덩치에 어울리지 않게 놈의 움직임은 정말로 재빨랐다.

놈과 신과의 거리는 점점 가까워지고 있었다.

그러나 신은 움직이지 않았다.

겁을 먹은 게 아니었다.

신은 완벽한 순간을 계산하고 있었다.

극도의 집중력이 발휘되자 신의 눈에 호랑이의 움직임

하나하나가 정지된 순간으로 포착되기 시작했다.

흥분한 것인지 코에는 주름이 잔뜩 져 있고, 몸을 뒤덮은 새하얀 털은 바람에 나부끼고 있으며, 발을 내뻗을 때마다 근육 더미들은 역동적으로 움직이고, 숨을 거칠게 훅훅 내뱉을 때마다 입가 주변으로 하얀 입김이 성에처럼 껴 있는 모습까지…….

신은 호흡을 조절했다.

'숨을 내쉬고 숨을 들이마신다.'

신의 호흡이 자연스레 멎었다.

그리고 이 순간!

신은 화살을 쏘아냈다.

핑!

화살이 목표물을 향해 날아가기 시작했다.

쌔애애애액!

거리는 이제 지척이다. 놈이 포효를 내질렀다.

크허허허허헝!

그리고 호랑이가 팔을 벌려 신의 머리를 공격하려는 순간!

둔탁한 소리가 울렸다. 퍽! 화살이 호랑이의 미간을 꿰뚫었다. 그리고 이때! 부서진 건물 외벽 너머에 있는 노란 목표물에도 화살이 꽂혔다.

호랑이는 잔상이 되어 산산조각으로 흩어졌고, 신은 화살이 표적에 명중한 걸 바라보았다.

사람들은 눈을 크게 뜨고 입을 벌렸다.

화살이 노란 표적에 꽂히며 경쾌한 소리가 날 때 자신들도 꿰뚫린 듯한 느낌이 든 것이다.

"컷! Mr. 강. 아주 좋았어! 이 느낌 정말 좋아! 이전과는 다르게 짜릿하고 긴장감이 넘쳐!"

잠시 후.

신과 콘 감독은 촬영한 것을 보며 피드백을 주고받았다.

"방금 화살을 쏠 때 무슨 생각을 했나?"

"호랑이와 대결했는데, 놈을 맞추지 않으면 제가 죽을 거 같더군요."

"긴박함은 그런 상황에서 비롯된 것이군!"

콘 감독은 손뼉을 짝 치며 내심 감탄했다.

'상황을 생생하게 연상하는 풍성한 상상력에 이를 표현하는 전달력까지……'

그는 확신했다.

신은 이 드라마를 기점으로 유명 셀럽(인기인)이 될 것이라고.

이때, 분장팀이 엑스트라들의 특수분장이 완성되었다고 알려왔다.

엑스트라 배우들은 흉측한 몰골을 하고 있었다. 머리털은 왕창 뽑혀있고 특수컬러렌즈를 낀 눈동자는 흐리멍덩해 있고 얼굴 피부는 썩어 문드러져 있었다.

한 엑스트라 배우의 경우 볼 쪽 피부가 걸레 짝처럼 완전히 파여 있었다.

질감이 어찌나 생생한지 가짜 피부가 아니라 진짜 피부 같았다.

신은 분장에 감탄하기보다 돈 꽤 들었겠다는 생각부터 들었다.

특수분장에 백 명이나 가까이 되는 엑스트라까지……. 하기야 시즌1에 천억을 투자한다고 하나 이 정도는 껌값일지도 몰랐다.

신은 촬영을 위해 이전에 있던 위치로 돌아갔다.

콘 감독이 메가폰을 잡았다.

"3, 2, 1! 액션!"

스크립터가 슬레이트를 쳤다.

탁!

엑스트라 배우들이 기생 감염체 '포비아'들을 연기하기 시작했다.

"꾸워어어어억!"

"끄으으으윽!"

괴성을 내지르는 건 기본이었다. 한 배우는 다리를 절며 흐느적거리며 움직였고 어떤 배우는 누워서 몸을 들썩거리기도 했다.

한 명이 이런 행동을 하면 무덤덤할지 모르겠는데, 단체로 이상한 행동을 하는 걸 보고 있자니 이상한 기분이 들었다.

게다가 하늘에 먹구름까지 잔뜩 껴있으니 뭔가 그로테스크한 분위기가 연출되고 있었다.

카메라가 건물 위에서 아래에 있는 엑스트라 배우들을 찍었다.

이는 '부감' 이라는 촬영기법으로, 군중이나 풍경을 담아
낼 때 많이 쓰이는 기법이었다.

신은 건물 위에서 엑스트라를 내려다보며 생각했다.

'만약 현실에서 이런 사태가 일어나면 나는 어떻게 행동
할까.'

전염이 지역 사회를 넘어서게 되면 국가는 결국 마비될
것이다.

이런 아비규환 속에서 사람들은 어떤 선택을 할까?

이 '현실' 을 비관하고 자살을 선택할지 모르지만 대체로
살려고 발버둥 칠 것이다. 그러나 자신이 살아남기 위해 얼
마든지 무서워질 수 있는 게 바로 인간이었다.

브렌 리는 한 의문을 지니고 있다.

이런 비정한 세상 속에서 인간의 존엄성이란 존재하지 않
는 것일까 하고.

신의 눈이 무겁게 가라앉았다. 활을 꾹 쥐어 잡았다.

신은 '포비아' 를 상대로 활을 쏴야 했다.

이전과 차이라면 화살 없이 활을 쏘는 걸 연기해야 한다
는 거?

'이들은 인간이 아니야.'

포비아는 인류를 위협하는 적.

반드시 죽여야 하는 '괴물' 이다.

신은 입술을 꽉 물고 활시위를 당겼다.

이런 빌어먹을 세상 속에 살아가야 한다는 절망감을 담아서.

촬영은 콘 감독이 OK 할 때까지 이루어졌다.

촬영이 끝나자 비가 촬영세트장 위로 쏟아지기 시작했다.

사람들은 이 사이 점심을 즐기기로 했다.

촬영하거나 연기하는 사람들이 모인 자리이다 보니 연기에 관한 이야기들이 쏟아져 나왔다.

콘 감독이 한 말 중에 인상적인 말이 있었다.

"연기란 건 말이야. 표현하고자 하는 마음을 이 현실에 그려내는 거야."

콘 감독은 자기가 한 말이 멋지다고 생각한 것인지 "크." 하는 추임새를 넣기까지 했다.

다른 사람은 이 말을 그냥 넘어갔다.

그러나 신은 아니었다. 마음을 그려낸다는 말이 신에게 묘한 울림을 준 것이다.

'내가 꿈꾸는 연기의 경지…….'

이때 신의 영어 발음에 관한 이야기가 나왔다.

"그러고 보면 Mr. 강에게 특유의 억양이 좀 있어."

신은 이게 무슨 말인가 싶었다.

"저 영어 발음 좋지 않나요?"

"그게 무슨! Mr. 강은 th의 발음이랑 악센트가 잘 안 돼."

신이 콘 감독에게 아니라고 말했지만, 콘 감독이 손사래를 쳤다.

"거봐! 잘 안 된다니까."

식사 자리에는 웃음이 넘쳤다.

이것도 잠시 콘 감독은 한 전화를 받았다. 그리고 난감한 표정을 지었다.

무슨 일인가 하니 자우 리 역을 맡은 '기노무라 준스케' 측이 촬영일정을 오늘로 앞당기고 싶다고 양해를 구한 것이다.

촬영이 더 남아 있지만, 문제가 딱히 될 건 없었다. 어차피 모래 찍을 부분이었으니까.

다만. 기노무라 준스케가 속한 매니지먼트사가 투자사 대주주라 무작정 무시할 수 없다는 게 콘 감독은 짜증 났다.

마음 같아서는 확 무시해버리는 건데!

콘 감독은 신과 스태프들에게 이 사실을 말했다.

스태프들은 마지못해 고개를 끄덕였지만 신은 촬영하는 게 정말로 기대되어 흔쾌히 한다고 했다.

콘 감독은 두 눈을 빛내는 신을 보며 허허 웃었다.

'이런 걸 보면 Mr. 강은 아이 같단 말이지.'

신은 촬영을 기다리며 브렌 리와 관련된 내용을 복습하기로 했다.

'주인공 세력에 '브렌 리'가 있다면 상대편 세력에는 '자우 리'가 있지.'

가문 '리'에는 한 가지 비밀이 있다.

검은 세계를 주름잡고 있는 범죄조직이라는 것.

이 조직은 마약, 무기밀수 등 돈 되는 것이라면 다루지 않는 게 없다.

브렌 리는 이런 생활에 최적화된 존재다.

사람들을 무자비하게 대하고 수틀리면 피를 봐야 직성이 풀리는 미친개.

형 자우 리도 착한 인물이 아니다. 브렌 리에게 심한 열등감을 느끼고 있으며 포악하고 잔인한 인물이다.

차이가 있다면 브렌 리는 제 사람은 어떻게든 챙기는 '의리파'라는 것?

아버지는 이런 브렌 리를 무척 마음에 들어 하고 차기 내정자로 내세운다. 그러나 형 자우 리가 삼촌과 가문의 어른들과 합심하여 아버지를 죽이고 브렌 리를 내쫓는다.

'형제가 만나게 된 시점은 '포비아' 사태가 발발하고 난 1년 이후지. '

브렌 리는 주인공과 만나면서 교화되어 다른 인물이 된다. 그러나 모순을 그대로 지니고 있다.

바로 과거가 깨끗하지 않다는 것.

이런 '모순'을 극대화해주는 인물이 바로 그의 '형'이다.

두 사람의 만남이 신의 상상력을 마구 자극해대니 신이 곧 있을 촬영을 기대하는 건 당연한 일이었다.

'아, 안 되겠다!'

신은 바깥으로 나가서, 기노무라 준스케와 같이 연기하는 걸 상상하며 연기해보기로 했다.

비가 오고 있지만 신은 상관하지 않았다.

"난 상상도 못 할 거 경험했어."

신의 머리 위로 빗물이 뚝뚝 떨어졌다.

"내 손으로 소중한 사람을 죽이기도 했고. 사람들이 잡아 먹히는 것도 바라보았어."

신은 빗줄기 속으로 손을 내뻗었다.

"그 모든 기억이 이제 바래질 거야."

쏴아아-.

시원하게 쏟아지는 빗줄기가 신의 손바닥을 두드렸다.

툭, 툭, 툭.

신은 빗줄기가 온몸을 적시는 걸 느꼈다.

이때, 신의 망막에 빗물이 맺혔다.

이 빗줄기가 신에게는 하늘이 흘리는 '눈물' 처럼 보였다.

신은 이 무심한 세계 속에서, 정적이 내리 앉은 속에서 눈을 감았다가 떴다.

빗물이 신의 머리 위로 툭툭 떨어지며 흘러내렸다.

이마, 코, 입술, 그리고 턱…….

가느다란 물방울은 턱밑으로 매끄럽게 미끄러져 내렸다.

그리고 신은 중얼거렸다.

"이 빗속의 눈물과 함께-."

신이 브렌 리의 연기를 끝낼 때였다.

짝. 짝. 짝.

신은 박수를 친 남자를 바라보았다. 야구모자를 눌러 쓴데다 후드 모자를 쓰고 있어 얼굴에 음영이 드리워져 있었으나 신은 남자가 앤드류라는 걸 알아보았다.

그는 엄지를 척 내밀었다.

"끝부분이 좋았어요. 인물의 고뇌가 응축되었다고 해야

할까."

"그런데 여기는 웬일로?"

"지나가는 길에 이곳에 잠시 들렀죠."

빗길을 뚫고 이곳까지 온 게 잠시 들른 것이라니, 개소리다.

"꼭 말하고 싶은 게 있어 여기에 온 거 같은데요?"

"이거 정곡을 찌르시네요. 맞습니다. 만나게 되면 말하고 싶은 게 있었습니다."

앤드류는 살짝 뜸을 들이다 말했다.

"전 마에스트로 박의 비밀을 알고 있습니다."

무슨 비밀을 말하는 걸까.

앤드류의 입가에 미소가 맺혔다.

"사람의 감정을 색깔로 보는 거 말입니다."

신은 뜻밖의 사실이 앤드류의 입에서 나오자 살짝 놀랐으나 천연덕스럽게 연기했다.

"무슨 말도 안 되는 이야기를 하시는지 이해가 안 되네요."

"그렇게 말씀하시지 않아도 됩니다. 어릴 때 마에스트로 박에게서 들었으니까요."

신은 질투와 실망이 뒤섞인 이상한 기분을 느꼈다.

이런 이상한 기분을 느끼는 게 당연한 건지도 몰랐다.

두 사람이 만난 건 신이 아버지의 손길이 필요한 때였으니까.

'이미 과거에 다 일어난 일들. 부정하고 부인하려고 해봤자 바뀌는 건 아무것도 없지.'

신은 이 사실을 흔쾌히 인정하기로 했다. 이러니 마음이 한결 가벼워진다.

"Mr. 강이 특별한 능력을 지닌 것도 알아요. 그렇기에 전 당신과 연기해보고 싶었어요."

"그럼 이 드라마에 출연하기로 한 건……."

"맞습니다. Mr. 강 때문에 이 드라마에 출연하기로 한 겁니다."

한편, 신은 앤드류가 왜 이렇게 신에게 집착하는 것인지 이해가 되지 않았다.

'앤드류는 아버지를 존경해.'

그로서는 그의 아들이 아버지처럼 대단한지 아닌지 확인해보고 싶은 마음이 있는 것인지 모른다.

'어쩌면 나를 인정하기 싫은 걸지도 모르지.'

때문에, 신은 앤드류는 박명우의 아들이 진정으로 될 수 없는 것에 콤플렉스를 지닌 게 아닐까 하는 생각도 들었다.

단순한 억측이 아니다.

앤드류가 박명우에게 은혜를 입었다고 한들 신과 앤드류는 남남. 그가 이렇게까지 나오는 건 그를 사로잡는 강박관념에 비롯된 것일 가능성이 컸다.

'한 명은 아버지와는 남남처럼 살았던 친자, 나머지 한 명은 진짜 아들이 되고 싶은 양자라…….'

무슨 아침 드라마를 보는 거 같다.

'앤드류 또한 엉킨 인연의 희생자라고 보면 그를 미워할 이유는 없지.'

그러나 이는 그의 시각에서 보자면 그렇다는 것이지 신이 이를 이해할 필요는 없다.

어쨌거나 앤드류와의 충돌은 피할 수 없다. 신은 이 승부를 받아들일 생각이다.

한편, 신의 눈에는 앤드류의 감정 구체는 붉은빛(호감)을 띠고 있는 게 보였다.

'지금 자신의 감정을 연기하는 것일까. 아니면 진심인 걸까.'

신은 앤드류의 의중을 분석했다.

'아무튼, 자신의 패를 보여주고 이렇게 나를 도발한 건, 아직 보여주지 않은 패가 있다는 것이겠지.'

즉, 앤드류는 자신에게 승산이 충분하다 생각하여 도발한 것일 터.

'앤드류는 뭐에 자신이 있길래……'

솔직히 말해 할리우드 정상급 배우가 펼치는 연기라고 해서 거창하고 특별한 건 없을 테다.

연기의 본질이란 사람의 보편적인 정서를 건드리는 것이기 때문이다.

그리고 이때, 앤드류가 말했다.

"제가 바라는 건 간단합니다. 저와 연기를 할 때 최선을 다하는 것."

신은 앤드류를 바라보며 말했다.

"전 항상 최선을 다합니다."

앤드류는 꾸벅 인사하며 뒤돌아서는 신을 바라보며 속으로 후후 웃었다.

'이런 식으로 자극을 주는 것도 나쁘지 않군.'

앤드류가 신을 자극한 건 여러 가지 이유에서다.

첫 번째로 신을 시험해보고 싶은 것.

두 번째로 신을 유명해지게 함으로써 박명우에게 입은 은혜를 갚는 것.

내가 널 유명하게 해줄 테니 최선을 다해보라고 하면 신 성격상 순순히 알겠다고 할까.

천만에!

이런 이유로 앤드류는 악역을 자처하면서 신에게 동기를 불어넣은 것이다.

'이렇게 무대는 마련되었어, 후후.'

이제 이 무대 위에서 재밌게 뛰어노는 것만 남았다.

☆　　★　　☆

기노무라 준스케와 촬영이 있었는지도 일주일이 흘렀다.

신은 배우를 비롯한 업계 관계자들이 이 파업 사태에 끼어들면서 작가 파업 사태가 점점 커지고 있다는 소식을 인터넷으로 접했다.

네티즌의 반응은 각양각색이었다.

greenapple 스태프와 작가들이 정당한 보상을 받지 못하는 게 업계 관행이라고 함,

└ zzangdol 내가 보기엔 밥그릇 싸움 같은데?

└ love1004 사람들한테도 피해를 주지는 말아야지.

└ hoihoi45 동감.

사람들이 하는 오해가 작가들이 무분별하게 파업을 일으
킨다는 것이었다.

그러나 방송사 작가들 경우 프로그램에 지장을 주지 않는
한에서 파업에 임하고 있었다.

한편, 이런 댓글도 있었다.

khj305 그런데 강신은 왜 나서지 않음? 지난번에 대상 시
상식에서 작가랑 스태프 대우 개선에 관해 말하지 않았던가?

└ hany 혹시 암? 쫀 건지 ㅋㅋㅋㅋㅋ

이 밖에도 말과 행동이 다르다는 둥 실망했다는 둥 신을
비판하는 댓글도 있었다. 그러나 신은 움직일 때 확 움직여
야지 분위기에 휩쓸려 어영부영 움직이면 안 된다는 걸 잘
알고 있었다.

일단 신은 앤드류의 연기 스타일을 분석하기 위해 앤드류
가 출연한 모든 작품을 처음부터 끝까지 다 훑어보기로 했다.

어느새 AWAKEN 오프닝 피날레 촬영이 눈앞으로 성큼
다가왔고, 신은 조지아주 애틀란타로 향했다.

ACT 53.
할리우드 스타

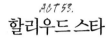

ACT 53.

할리우드 스타

신과 앤드류가 촬영장에서 마주쳤을 때, 서로 아무런 일도 없었던 것처럼 인사했다.

콘 감독이 두 사람 곁을 지나칠 때 신이 미소를 지으며 말했다.

"편하게 말 놓으세요."

앤드류는 호탕하게 웃으며 말했다.

"그럴게. 편하게 앤드류라 불러."

콘 감독이 걸음을 멈추고 두 사람에게 말했다.

"두 사람 사이 좋아서 보기 좋아."

그렇지 않아도 콘 감독은 신이 외국 배우들과 함께 잘 어울리면 좋겠다고 생각하던 차였다.

〈AWAKEN〉이 장기프로젝트다 보니 동료 배우들 간의 화합도 중요했기 때문이다.

그런데 신이 앤드류와 친하게 지내는 걸 보니 불안했던 마음이 싹 가셨다.

"앤드류. Mr. 강, 잘 부탁할게."

콘 감독은 앤드류의 어깨에 손을 올렸다.

"감독님, 그렇지 않아도 라스베가스에 같이 가보자고 했습니다."

앤드류가 호탕하게 웃자 콘 감독은 만족스러운 미소를 지으며 자리에서 벗어났다.

앤드류는 콘 감독이 듣지 못하게 조그마한 목소리로 '이렇게 된 거 앞으로 친하게 잘 지내자.' 라고 신에게 말했다.

이렇게 신은 앤드류와 기묘한 파트너가 되었다.

뭐, 앤드류와 같이 있는 게 나쁜 것만은 아니었다.

배우들이 앤드류에게 알아서 인사하러 와서 신은 배우들과 손쉽게 인사를 나누고 친해질 수 있었다.

오늘 촬영할 부분은 시즌1 총 22화에서 10화 끝에 해당하는 장면으로 주인공 월과 브렌 리가 얽히기 시작하는 대목이었다.

신은 배우들과 함께 곳곳에 깔린 기생 감염체 프리크(포비아)들을 피해 편의점 가게 내부로 도망치는 장면을 찍었다.

인물의 관점에서 본다면 지금 이 상황은 안심할 수 있는 상황이 아니었다.

'포비아' 들이 가게 주변을 에워싸고 있었기 때문이었다.

"자, 여기서 끊었다가 촬영 들어가 봅시다!"

곧 촬영할 부분은 윌과 브렌 리가 힘을 합치게 되는 상황 이었다.

신과 앤드류는 리허설을 간단하게 하고 촬영에 들어가기 로 했다.

촬영은 롱테이크Long take로 가기로 했다.

NG가 나면 다시 처음부터 찍어야 하는 불상사가 일어날 수도 있어서 배우들은 긴장을 유지해야 했다.

배우들이 촬영 동선에 맞춰 자리를 잡았다.

콘 감독이 지시를 내렸다.

"스탠바이! 큐!"

스크립터가 슬레이트를 쳤다.

탁!

한 남자를 노려보고 있던 앤드류가 단역 배우의 멱살을 잡아 쥐었다.

"이 개자식! 아까 왜 그랬어!"

이에 질세라 단역 배우가 소리를 악 질렀다.

"살아야 할 거 아니야! 당신 애인이지 내 애인인지 간에 나부터 살아야 하잖아!"

감정이입을 불러일으키는 발암 대사.

그는 앤드류를 비웃었다.

"잘 들어, 헛똑똑이 형씨. 내가 아까 문을 닫아서 우리가 무사할 수 있었던 거라고, 알겠어?"

"당신은 지금 살아 있는 사람을 죽인 거라고!"

앤드류는 가게 바깥을 가리켰다.

수잔 역의 배우는 자동차 안에 숨죽인 채로 숨어 있었다.

그리고 차 주변에서 포비아들이 기이한 소리를 내면서 돌아다니고 있었다.

만약 놈들이 수잔이 있다는 걸 알아차리면 촉수를 내뻗어 수잔을 어떻게든 먹으려 할 것이었다.

"어차피 죽을 사람! 왜 살리는데!"

앤드류는 남자를 벽으로 밀쳤다. 남자는 웃음을 킥킥 흘리며 말했다.

"내가 뭐 틀린 말 했어? 보니까 나만 나쁜 사람 된 거 같은데. 다른 사람들도 다 그렇게 생각하고 있을 거야."

가게 내부에 있는 사람들은 눈을 질끈 감았다. 대사는 없지만, 그들의 대답은 행동으로 드러나고 있었다. 안타깝지만 자신들의 생존이 우선이었다.

"네가 밖에 있어도 그런 소리 할 수 있어?"

"안타깝지만 어쩌겠어. 난 이 안에 있는걸."

그는 천연덕스러운 표정을 지으며 웃었다.

"이 개자식……."

앤드류는 주먹을 불끈 쥐었다. 남자를 때릴 수 있는데도 때리지 않기로 했다.

남자는 겁쟁이라고 중얼거렸다. 앤드류의 기세에 쫀 것이다.

앤드류는 주변을 훑어보기 시작했다. 이때, 한 여인이 말문을 열었다.

"뭐하시는 거예요?"

"여기서 나가려고 합니다."

"잘됐네. 여기서 나가서 죽으면 되겠네."

"그쪽은 여기에 평생 있을 건가?"

신은 앤드류가 다른 배우의 대사에 맞받아치는 걸 보면서 앤드류의 숨긴 패가 무엇인지 확신할 수 있었다.

'역시 앤드류의 장기는 '리액팅'(반응연기)이야.'

그가 슬럼프에 빠졌던 시절 박명우와 수많은 연기연습을 했고, 그는 '리액팅'으로 돌파구를 찾았다.

상대 배우의 연기를 맞받아침으로써 자신을 돋보이게 하는 전략은 확실히 나쁘지 않다.

그러나 리액팅이 그가 지닌 전부라고 하면 실망할 거 같았다.

'당신의 밑천 내가 끌어내 주겠어.'

이때 신이 말문을 열었다.

"우리 여기에 계속 있으면 안 됩니다."

초점이 신 쪽으로 쏠렸다.

사람들은 무슨 소리를 하냐는 표정으로 신을 바라보았다.

"저것들 생각할 수 있는 거 같습니다."

사람들의 눈에 의혹이 서렸다.

가게 바깥을 둘러싼 저 미친 살인귀들이 생각할 수 있다고?

"지금 저놈들 하는 행태를 봐요. 우리 가만히 지켜보고 있어요. 이곳을 어떻게 공략해야 할까 생각하는 거죠."

"그게 무슨 소리야! 저것들이 어떻게 생각을 해!"

신은 사람들을 천천히 설득했다.

"아까 전까지만 해도 우리를 쫓아왔어요. 이제 멈췄죠. 게다가 결정적인 건 원 형태로 우리를 둘러싸고 있어요."

사람들은 가게 주위를 둘러보았다.

삐딱하게 기울어진 가게 간판 밑으로 불똥이 튀는 아래, 머리카락이 왕창 빠져있고 비루한 행색을 갖춘 포비아들이 서성이고 있었다.

"지금 우리는 사냥을 당하고 있는 겁니다. 놈들에게."

주변은 침묵에 휩싸였다.

한번 피어오른 공포는 걷잡을 수 없이 사람들에게 퍼졌다.

"마, 말도 안 돼."

"난 나갈 거야! 여기서 나갈 거라고!"

한 중년 부부가 문을 열려고 하자 사람들이 중년 부부를 말렸다.

"안 돼요! 나가면 안 돼!"

"나가면 죽을 거라고요!"

그러나 중년 부부는 사람들의 말을 듣지 않고 문을 열고 바깥으로 나섰다.

앤드류와 승강이질을 벌였던 단역 배우는 문 쪽으로 잽싸게 날아가 문을 잠가버렸다.

이때, 뜻밖의 사태가 일어났다.

포비아들은 아무 움직임도 취하지 않은 것이다.

중년 부부는 건너편으로 무사히 건너갔다.

사람들은 서로 쳐다보았다. 이곳에 나가면 살 수 있지 않을까 하고 생각하는 것이다.

신이 소리를 질렀다.

"나가면 안 됩니다. 우릴 유인하려는 겁니다!"

"난 여기서 나가겠어!"

이때, 얄밉게 행동했던 남자가 문을 열고 나가버렸다.

포비아들이 움직이면서 남자는 놈들에게 둘러싸이기 시작했다.

"오지 마! 오지 말라고!"

남자는 위협했지만 포비아들에게 남자의 저항은 우습기만 했다.

이윽고 남자는 아래에 깔렸다.

"사, 살려! 끄아아아아아!"

아무도 나가는 이가 없었다.

자신의 목숨만 챙기다가 목숨을 잃게 되는 아이러니한 경우였다.

"그럼 놈들이 사고를 공유한다는 거요?"

"지금으로 그렇게 추측할 수 있겠죠."

"그걸 어떻게 알지?"

"감이죠."

"흐음."

"여기서 빠져나가야 합니다."

신과 배우들은 UV 라이트를 챙기기로 했다.

"컷! 아주 좋았습니다!"

잠시 후 촬영할 부분은 가게를 나서서 놈들과 혈전을 벌이는 부분이었다. 어느덧 피날레 촬영하는 부분으로 넘어가기로 했다.

이 피날레에서 기노무라 준스케도 등장할 예정이었다.

그는 '포비아'와 비슷한 '변형인간'이 된 것이었다.

포비아는 이성이 없고 무한한 허기만 채우는 최하위 개체다.

변형 인간은 포비아 보다는 한 단계 위인 개체로 이성을 지니고 있고 힘도 더 세고 움직임도 더 날렵하다.

다음 장소로 이동하기 전에 부감독이 콘 감독을 불렀다.

"감독님 큰일 났습니다!"

☆   ★   ☆

카라반(캠핑트레일러) 내부.

콘 감독은 기획사 사람이 이야기하는 내내 아무 말도 않았다.

기획사 남자가 한 이야기는 콘 감독 입장에서 수긍할 수 있는 이야기가 아니었다. 그냥 허탈하다고 해야 할까.

콘 감독은 품에서 담배를 꺼내 물자 기획사 사람은 라이터를 재빨리 꺼내 불을 붙여주었다. 두 사람이 함께 일해 온지 어언 십수 년, 이제 눈빛이나 행동만 봐도 이심전심이었다.

콘 감독은 불붙인 담배를 뻐끔뻐끔 피우더니 말문을 열었다.

"내가 담배 끊은 지 올해로 5년인데."

"감독님 담배 끊으신 거 보고 깜짝 놀랐죠."

옛날 생각이 떠오른 것인지 두 사람이 하하 웃었다.

이것도 잠시.

"솔직히 자네나 나나 못 볼 거 다 봤잖아."

"그렇죠."

"나도 이전보다 이해심이 많아져서 웬만한 거 다 이해할 수 있어. 다 이해할 수 있는데 말이야."

콘 감독은 말을 잠시 끊으며 담배 연기를 내뿜어댔다. 기획사 측 인물은 속으로 중얼거렸다.

'이제 곧 시작이겠군.'

콘 감독은 책상을 갑자기 후려치고는 외쳤다.

"이렇게 나오자면 어쩌자는 거야! 이게 솔직히 말이 돼?"

그는 재빨리 맞장구를 쳤다.

"제 말도 그렇습니다! 작품 콘셉트를 갑자기 바꾸자니……!"

AWAKEN 오프닝 촬영에 들어갈 때 아니, 제작에 들어가자는 확정적인 이야기가 나오기 전에 막바지 작업에 한창 중이었던 좀비 영화가 있었다.

제목은 〈TRAIN〉.

열차라는 한정된 공간에서 사람들이 좀비들과 사투를 벌이는 영화였다.

"〈TRAIN〉과 〈AWAKEN〉은 지향점이 완전히 다르잖아! 하려는 이야기도 다르고!"

"맞습니다."

다만 문제라면 〈TRAIN〉이 초대박을 치면서 여러 기획사와 제작사에서 좀비물을 제작하려는 움직임이 일기 시작했다는 거다.

이런 이유로 기획사 내부에서 AWAKEN의 '콘셉트'를 다른 버전으로 바꾸면 어떨까 하는 이야기가 나왔다.

"게다가 왕따 소년이 산탄총을 들고 좀비들을 시원하게 쏴 죽이는 〈킬 더 좀비〉라는 영화도 나올 예정이기도 하고……."

〈TRAIN〉이 대박을 터뜨린 건 감독이 연출을 정말 멋들어지게 해서 나온 결과였지만, 〈킬 더 좀비〉는 대본도 좋고 연출도 좋아서 관련 업계 종사자 모두가 기대하는 대박 작품이었다.

만일 〈킬 더 좀비〉도 초대박을 거두면 좀비 작품들이 우후죽순 쏟아져 나올 기폭제가 될 게 틀림없었다.

"사실 AWAKEN 설정상 기존의 좀비물과 다른 설정이 있잖아요. 이 설정을 좀 더 색다르게 활용하면 좋은 작품이 나타날 수 있을 거 같습니다."

AWAKEN 대본을 맡은 코엔 형제는 여태 나온 좀비 작품들과 다른 차별점을 주었다.

바로 기생체(포비아)라는 존재였다.

이들은 촉수 같은 것을 지니고 있는데, 사람이 이 촉수에 달린 돌기 기관에 물리면 감염되는 것이었다.

때문에, 기획사와 제작사 사람들이 이 초기기획안을 두고

'설정과 기획이 기존의 좀비물보다 참신하니 다른 기획물로 가보자!' 와 같은 반응도 나왔었다.

당시 콘 감독은 초기기획안을 강하게 밀어붙였었다.

과거에 제2의 기획안과 비슷한 작품을 만들었다가 쫄딱 말아먹은 추억이 있기 때문이었다.

'이거 골치 아프게 됐군.'

콘 감독은 관자놀이 쪽을 꾹꾹 눌러대며 말했다.

"그래서 이래저래 상황도 변했으니 콘셉트를 바꾸자는 게……."

남자는 콘 감독의 말을 이어받았다.

"바로 바꾸자는 게 아니고 한번 고려해보는 게 어떨까 이겁니다."

"그 말이 바꾸자는 거지."

조용히 중얼거리는 콘 감독의 말에 남자는 어깨를 살짝 떨었다.

'지랄 같은 감독. 또, 성질부리려고 하네. 어휴, 내가 더러워서 참는다.'

남자는 표정관리를 애써 하며 콘 감독을 다독였다.

"다 같이 한배를 탄 파트너이지 않습니까. 최선의 결과를 위해 다 같이 달려 가보는 겁니다!"

콘 감독은 한숨을 푹 쉬었다.

"후……. 그래서?"

"기존의 설정은 그대로 가져가고 일전에 나왔던 B 콘셉트 '뱀파이어 물'로 가자고 하더군요. 어차피 지금 OPENING만

촬영한 거고 아직 외부에 발표 난 것도 아니니까 시간은 아직 있습니다. 물론 감독님이 몇몇 부분은 손 보셔야겠죠. 아, 비용은 걱정하지 마세요. 위에서 충당해주겠다고 합니다."

"내용을 건드리지 않는 한에서 분위기는 기존 그대로 하고 작품의 콘셉트만 바꾸자 이거지?"

"그렇습니다. 모쪼록 수고를 좀 해주시면 고맙겠습니다."

사실 작품제작에 들어가면 초기기획안과 다르게 이야기나 등장인물 등이 바뀔 수 있었다.

이는 흔한 일이었다.

그러나 작품 콘셉트가 바뀌는 경우는 웬만해서 잘 없었다.

특히 제작사나 기획사가 개입하여 작품 콘셉트를 바꾸면 좋은 결과가 나오는 경우는 적었다.

대표적인 예가 바로 〈수어사이드 스쿼드〉였다.

콘 감독이 우려하는 게 윗선의 개입으로 작품의 콘셉트를 바꿨다가 결과가 좋지 않게 나왔을 경우였다.

이때 기획사 측 인물이 말했다.

"솔직히 아깝지 않습니까? 뱀파이어 물로 가면 사람들에게 좀 더 신선한 반응을 줄 수 있을 거 같은데. 감독님, 잘 생각해보세요. 이 드라마 대박 나면 영화까지 찍을 겁니다. 메가폰은 감독님 차지라고요. 이 작품 〈트와일라잇〉도 능가할 겁니다!"

"이전에 뱀파이어 물 기획했다가 시원하게 말아먹은 거 기억나나?"

"그때랑 지금이랑 다른 경우죠. 그때는 멋모르고 덤벼든 시절이었으니까요."

말은 참으로 청산유수다.

"실패하면 책임은 누가 지고?"

"위쪽에서 진다고 하는데……."

콘 감독은 피식, 미소를 지었다.

"어떻게든 최선의 결과만 내주시면 됩니다. 결과만 좋으면 감독님이 촬영하실 다음 작품은 일절 관여하지 않겠다고 하시더군요. 작품 지원도 잘 해주시겠다고 하고요."

"코엔 형제는 뭐라던가."

"작가님들은 감독님 뜻에 따르겠답니다."

"만일 촬영을 이대로 가면?"

"결과가 좋지 않으면 감독님이 더더욱 힘들어지시겠죠."

이 말에 콘 감독은 잠시 침묵에 잠겼다.

얼마 전에 결혼하여 아이를 낳은 음향감독 잭, 병든 노모를 간호하고 있는 조명감독 필립 등 그들의 모습이 눈에 선했다.

'내 어깨에 모두가 달려있다.'

콘 감독은 주먹을 꽉 쥐었다.

☆　　★　　☆

오프닝 끝부분 촬영이 잠시 지연되면서 스태프와 배우들은 콘 감독 캠핑트레일러 앞에서 대기하고 있었다.

"기획사 측 사람이랑 꽤 오래 이야기하시네."

"도대체 무슨 이야기를 나누고 있는 걸까?"

신은 콘 감독과 기획사 측 인물의 만남이 낙관적인 상황이라고 생각하지 않았다. 부감독이 콘 감독을 부를 때 큰일 났다고 말했기 때문이었다.

앤드류를 비롯한 사람들이 부감독에게 도대체 무슨 일 때문에 큰일이라고 말한 것인지 물어보았지만, 그는 말문을 도통 열지 않았다.

앤드류가 중얼거렸다.

"촬영에 아무 영향이 없으면 좋겠는데."

신도 동감이었다.

그리고 사람들이 기다리는 게 점점 지루해지던 차에 콘 감독은 그의 캠핑트레일러에서 한 남자와 함께 나왔다. 남자는 콘 감독과 악수하고는 촬영장을 떠났다.

콘 감독은 착잡한 표정으로 연출팀, 제작팀, 음향팀, 비디오 팀 스태프들과 배우들을 대기장소로 불러모았다.

작품 콘셉트가 좀비에서 '뱀파이어'로 바뀐다는 콘 감독의 설명에 사람들은 웅성거리기 시작했다.

작품 주요소재가 바뀌면 이야기가 통째로 변할 수도 있었다.

덕분에 여기저기서 질문이 쏟아져 나왔다.

"그럼 기존 촬영분은 어떻게 되는 겁니까?"

"몇몇 변경사항이 있으나 그대로 갈 예정입니다."

"포비아(프리크) 분장은요?"

"노라, 작품 내용을 건드리지 않는 한에서 분위기는 기존 그대로예요. 그러니까 작품의 콘셉트만 조금 바꾼다는 거예요. 포비아 특수분장은 기존과 같은 방식으로 해주면 됩니다."

콘 감독은 사람들 물음에 하나하나 대답해주며 사람들을 안심시켰다.

"근데 작품 콘셉트를 바꾸려는 건 압박 때문인가요?"

"아닙니다. 뱀파이어 콘셉트가 기획 논의할 때 나왔던 이야기이기도 한데 곧 좀비 붐이 일어날 수도 있다는 예측이 있어서 작품 콘셉트를 달리 잡기로 한 겁니다."

"그럼 오늘 있을 오프닝 피날레 촬영은 어떻게 됩니까?"

잠시간의 정적이 사람들 사이로 흘렀다. 콘 감독은 씩 웃었다.

"계획대로 진행됩니다."

사람들이 그제야 안도의 한숨을 내쉬었다.

☆　　★　　☆

오프닝 마지막 장면은 정말로 화려하게 마무리될 예정이었다.

바로 건물 폭파!

콘 감독은 CG를 별로 선호하지 않기 때문에 오래된 건물 하나를 터뜨릴 작정이었다.

건물 위치는 인근 주거지로부터 떨어진 재개발 예정 건물.

폭발물 설치 작업은 이미 완전히 끝난 상황이었다. 자칫하면 대형사고로 이어질 수도 있어서 안전검사도 철저히 했다.

혹시 모를 경우도 대비하여 구급차와 소방차도 대기하기로 했다.

장면을 단 한 차례밖에 찍지 못하니 사람들은 정신을 바짝 차렸다.

예행연습을 철저하게 한 후, AWAKEN 팀은 촬영에 들어갔다.

"스탠바이! 큐!"

슬레이트가 탁 부딪쳤다.

지금 극 중의 상황은 이렇다.

가게 바깥으로 나온 윌 일행은 수잔을 구해내는 데 성공하는데, 바깥에 포비아들이 잔뜩 깔린 것을 보고 한 건물로 도망치기로 한다.

이때, 브렌 리는 자우 리와 마주치게 된다.

한편, 특수분장한 엑스트라 배우들이 한꺼번에 움직이는데 이들의 분장이 영화에서 그대로 튀어나온 거 같이 생생해서 이들과 마주하고 있는 배우들은 오금이 저릴 정도였다.

포비아들이 소리를 내질렀다.

끼욱! 끼우우우욱!

포비아들이 인물들이 있는 곳으로 몰려들었다.

메인 카메라에 몹 씬Mob scene(군중 장면)이 잡혔다.

한국 드라마나 영화 대본에서 이런 몹 씬이 등장하면 제작사에서는 난감을 표한다.

엑스트라를 고용하고 분장시키는 게 다 돈이기 때문에 제작사에서는 이런 장면을 웬만하면 없애버린다.

신은 속으로 중얼거렸다.

'역시 돈을 발라야 멋진 장면이 나온다니까.'

현장감이 이렇게 잘 살아나는 덕분에 신을 비롯한 배우들은 극 중 상황에 좀 더 몰입할 수 있었다.

이윽고 신의 시선이 포비아를 연기하는 엑스트라 배우들 뒤에 서 있는 '자우 리' 역 기노무라 준스케에 닿았다.

그는 '변형인간', 포비아들에게 명령을 내리는 개체였다.

사람은 포비아에 물리면 포비아가 된다.

이건 당연한 법칙이었다.

인간인 자우 리가 특별한 포비아, '변형인간'이 될 수 있었던 건 '누군가'에게 선택받았기 때문이다. 이 선택은 그냥 선택받은 게 아니었다.

지금 전개에서는 드러나지 않지만, 포비아들은 주인공 월과 브렌 리를 쫓아온 것이었다. 이 부분이 차후에 주요 떡밥으로 드러날 예정이었다.

극 중의 인물들은 이 사실을 모르니 지금 이 순간은 그저 악몽일 뿐.

"자우!"

신이 이를 갈았다.

브렌 리는 복수심 때문에 눈이 뒤집힌 상황.

얼굴과 몸이 창백할 정도로 분칠을 칠한 기노무라 준스케가 신을 바라보았다.

두 사람이 시선을 마주쳤다.

이에, 미소를 씩 짓는 기노무라 준스케. 그가 끼고 있는 파란색 컬러렌즈 때문에 그의 모습은 괴기스러워 보였다.

이때, 포비아 한 마리가 점프하여 신을 덮쳤다.

끼엑!

신은 코웃음을 치며 포비아의 목을 고무 칼로 그었다.

포비아 배우의 목에 내장되어 있던 녹색 핏물이 흘러나왔다.

포비아가 간헐적인 움직임을 보이다 움직임을 멈췄다. 포비아들이 동료의 죽음에 흥분하기 시작했다.

끼욱! 끼우욱!

이때, 앤드류가 신의 어깨를 덥석 잡았다.

"이봐! 흥분하면 안 돼! 정신을 차려!"

"이거 놓지, 친구?"

시선을 살짝 내리깔고 낮은 목소리로 으르렁거리는 신의 모습은 맹수 같았다.

앤드류는 이에 지지 않았다.

"이거 안 놓으면 어떻게 하려고?"

"글쎄, 죽일 수도 있겠지."

신과 앤드류는 반응연기로 서로의 연기를 맞받아쳤다.

"자우 리! 저놈이 아버지를 죽였다고!"

신의 목소리가 쩌렁쩌렁 울렸다.

팽팽한 긴장 속에서 두 사람이 대치하자 모두의 시선이 두 사람에게 쏠렸다.

"이봐! 지금은 어떻게든 살아서 나가야 한다고! 알겠어?"

짝. 짝. 짝.

기노무라 준스케가 박수를 치고는 일본어 대사로 중얼거렸다.

"정말 눈물겨운 동료애야."

"자우 리……."

"이렇게 만나게 되니 정말로 오랜만인데, 동생."

"네가 어째서 형인데."

그는 어깨를 으쓱였다.

"형에게 너라고 부르는 말버릇이라니. 인간은 이래서 안 된다니까."

기노무라 준스케는 혀를 쯧쯧 차더니 음울한 어조로 중얼거렸다.

"어쨌거나 오늘 너희는 여기서 죽는다. '그분' 께서 원하신다."

이 말과 동시에 포비아들이 윌 일행을 덮치기 시작했다.

끼욱! 끼우우욱!

신과 앤드류 그리고 배우들은 원을 그리며 서로를 보호했다.

앤드류가 야구 배트를 고쳐 잡으며 중얼거렸다.

"이렇게 죽는 것도 나쁘지 않은데."

"이봐, 아까 살자고 하지 않았어?"

두 사람은 등을 맞부딪힌 채로 씩 웃었다.

바야흐로 두 사람 사이로 끈끈한 우정이 생기는 순간이었다.

이 장면은 브로맨스를 좋아하는 여성 시청자들이 환호할 부분이기도 했다.

콘 감독이 외쳤다.

"여기서 잠시 끊겠습니다!"

이후, "컷!" 그리고 "컷!" 또다시 "컷!"이 이어졌다.

콘 감독이 배우들을 독려했다.

"강렬한 부분이 터져 나오도록 해보죠!"

☆ ★ ☆

테이크가 거듭될수록 스태프와 배우들은 콘 감독이 신에게 악감정이 있는 게 아닐까 생각했다.

"Mr. 강! 대사와 상황적인 느낌을 좀 더 역동적으로 살려봐!"

"아니지! 잘 해내겠다는 마음을 비워봐!"

"안에 깃든 열기와 순간적인 영감을 번뜩 내뿜어보라고!"

콘 감독이 요구하는 건 어려운 요구였다.

그러나 신은 콘 감독의 말을 찰떡같이 알아듣고 자신의 연기에 즉각 반영했고, 좀 더 고차원적인 연기까지 보이려고 했다.

사람들은 이에 혀를 내둘렀다.

'저러니 콘 감독의 신임을 받는 것이겠지.'

한편, 기노무라 준스케는 충격에 휩싸여 있었다. 신과 연기 호흡을 할 때 신이 자신을 잡아먹을 듯했기 때문이었다.

그는 일본에서 물론 할리우드 아시아 배우 중에서 연기를 잘한다고 인정받기까지 했다.

그런데 또래보다 한창 밑인 배우에게 연기력에서 뒤진다니……

인정할 수 없는 사실이지만 이를 받아들여야 했다.

그러나 이보다 더 무서운 게 있었다. 신이 곧 무언가를 보여줄 거 같다는 거다.

때문에, 준스케는 이 자리에서 벗어나고 싶었다. 그러나 벗어나고 싶지 않기도 했다.

벗어나고 싶은 건 신의 연기를 보게 되면 좌절감에 휩싸일 거 같아서고, 이곳에 있고 싶은 건 신의 연기를 보고 싶다는 강렬한 충동이 들어서다.

갈팡질팡하는 준스케를 뒤로 하고 콘 감독과 신은 어느새 9차 브리핑을 하고 있었다.

"나는 자네에게 이 정도 하면 됐다는 쓰레기 같은 말을 하기 싫네! 이 말은 최선을 다하지 않은 사람에게 해주는 말이기 때문이지."

콘 감독의 말은 참으로 신랄했다. 이 말에 제 발 저려 하는 배우들도 있었다.

한데, 이어지는 신의 말은 더더욱 가관이다.

"저도 이렇게 끝낼 수 없습니다."

"그러면 그 말을 증명해보게!"

두 사람은 서로에게 미소를 씩 지었다.

'신나게 굴려주겠네, Mr. 강.'

'누가 이기나 해보자고요, 감독님.'

점점 미쳐가는 게 그 감독에 그 배우다. 그래도 작업장은 열기로 후끈 달아오르고 있었다.

앤드류는 속으로 후후 웃고 있었다.

'뭔가 곧 등장할 거 같은데……'

사람들은 촬영에 마저 들어가기 전에 잠시 쉬는 시간을 가지기로 했다.

신은 이 시간 동안 연기의 근본에 대해 생각했다.

'내가 아닌 캐릭터로 드러나는 순간.'

연기란 극 속의 인물들이 처한 상황을 '순간'으로 나타내는 작업이다.

이때, 신의 머릿속을 번뜩 스쳐 지나가는 게 있었다.

'순간을 나타내는 것에 집착할 필요가 없어.'

같은 연기를 연거푸 하더라도 감정이 매 순간이 같을 수 없다.

사람은 기계가 아니기 때문이다.

'즉, 연기자가 표현하는 순간은 순식간에 지나가는 찰나지.'

같은 장면을 여러 번 찍어야 할 때, 연기자는 감정의 기복을 일정하게 유지한다.

'사실 감정을 유지해서 연기하는 건 불완전한 일이야. 자 칫하면 죽은 연기를 펼칠 수도 있으니까.'

쉽게 말해 극 중 인물이 슬픔이라는 감정을 느낄 때, 슬픔을 느끼는 상황이 다르다.

연인과 헤어져서 우는 것일 수 있고, 개고생하면서 간절히 원했던 것을 얻어서 우는 것일 수 있고…….

비슷한 감정이라고 해도 미묘한 차이가 있다.

즉, 배우가 캐릭터를 연기하는 순간에 수많은 감정 스펙트럼이 나타났다 사라지는 거다.

'만일 '순간'을 내 것으로 정복한다면……. 감정을 '순간' 속에서 승화한다면…….'

이는 신이 그토록 찾고 헤맸던 '형식'과 '기술'을 뛰어넘는 연기와 맞닿아 있는 것인지도 몰랐다.

물론 신이 형식과 기술에 얽매이는 연기를 지향했던 건 아니었다.

신은 극 중의 인물에 감정 이입하여 인물과 하나가 되는 메소드 연기로 인물의 감정을 자연스레 나타내려고 했다. 그래서 연기를 하다 보면 속에서 꿈틀하고 튀어 오르는 순간이 있기도 했다.

그러나 이것이 순간의 정복이 아니었다.

벌려진 손가락 틈 사이로 모래들이 잔뜩 흘러내리는 것일 뿐.

신은 속으로 되물었다.

그럼 순간을 잡으려면, 정복하려면 어떻게 해야 하지?

신이 고뇌하던 이때, 앤드류는 콘 감독과 이야기를 나누고 있었다.

"이 부분에서 감정을 제대로 짜낼 필요가 있을 거 같습니다."

이때 신은 뒤통수를 망치로 맞은 것처럼 얼얼한 기분이 들었다.

'시간의 순간을 쥐어짜서 즙으로 녹여낸다.'

이는 피카소가 한 말이었다.

그는 사물의 본질은 눈에 보이는 대로가 아니라 생각하고 느껴지는 것에 있다고 했다.

그래서 그림을 그릴 때 대상이 지닌 여러 각도의 순간을 화폭에 입체적으로 담으려고 했다.

이렇게 탄생한 작품, 〈아비뇽의 처녀들〉은 500년 르네상스 미술에 작별인사를 고했다.

그리고 이 패러다임의 전환은 인상파라는 새로운 '길'을 개척해냈다.

'마음이 그려지는 길.'

그리고 이 마음을 따라가는 몸짓의 언어.

'뭔가 느낌이 온다.'

이때, 콘 감독이 말했다.

"자, 다시 한 번 가봅시다!"

배우들이 다시 자리를 잡는 한편, 신은 캐릭터에 더더욱 몰입하기로 했다. 내부에서 끓어오르는 감정과 열기가 신을 사로잡았다. 그러나 이 감정에 취하지는 않았다.

'자우 리······.'

아버지를 죽인 복수!

준스케를 바라보는 신의 시선이 날카롭게 번뜩였다. 이에, 기노무라 준스케는 침을 꿀꺽 삼켰다.

'이제 곧 뭔가가 튀어나오는 건가.'

자신의 눈앞에 있는 상자를 열까 말까 하는 고민하는 판도라의 심정도 이랬을까.

'나는 이 상자를 열 수밖에 없어.'

이때, 신은 주먹을 폈다 쥐는 걸 반복하고 있었다.

까득.

까득. 까드득.

뼈 소리가 울린다.

콘 감독은 신의 동작을 주목했다. 이런 사소한 행동이 캐릭터를 살리는 법이었다.

'이번 장면 정말로 기대되는군.'

곧, 펼쳐질 극 중의 상황은 이렇다.

주인공 윌과 브렌 리를 쫓아 온 변형인간 자우 리.

윌 일행은 '포비아'들과 생존을 위한 사투를 벌이다 도망치는 데 성공하는데, 한 사람이 그만 포비마에 물리고 만다. 그런데 이 감염된 인물이 윌과는 친한 사람이었다.

이제 이 상황을 놓고 윌과 브렌 리의 가치관이 충돌하는 게 포인트였다.

"스탠바이! 큐!"

콘 감독의 외침과 함께 슬레이트가 탁 부딪쳤다.

사람들은 우두커니 서 있었다. 사람들이 서 있는 구석 쪽에는 한 남자가 누워있었다. 이윽고 그는 고통에 찬 몸부림을 치기 시작했다.

"끄으으으……."

그는 지금 '포비아'로 변이하는 중이었다.

모든 이가 착잡한 표정으로 남자를 보면서도 어쩔 줄 몰라 했다.

이때, 신이 나서서 남자에게 다가갔고 남자 상태를 살펴보는 척을 했다. 사람들은 신이 어떤 행동을 취할지 몰랐다. 앤드류가 신의 손에 들린 칼을 바라보았다.

"지, 지금 뭐하는 거야!"

말릴 새도 없이 신이 남자의 목을 그어버렸다. 남자는 컥하다가 목을 쥐면서 손에 들어있는 모조 혈액 덩어리를 티뜨렸다.

한편, 모두가 멍한 표정을 지었다.

지금 무슨 일이 일어나는지 이해가 되지 않아서다.

앤드류는 남자에게 재빨리 다가가 남자의 목을 감싸 안았다.

"안 돼……. 이럴 수는 없어. 이럴 수 없다고……."

신은 자리에서 일어나서 가호를 그으며 "신이여, 이 죄 없는 양에게 부디 자비를." 대사를 내뱉었다.

곧이어, 남자는 죽었다.

앤드류는 눈을 꼭 감고 남자를 끌어안았다.

신의 싸늘한 시선이 앤드류에게 내리꽂혔다.

"어차피 죽을 목숨 고통스럽지 않게 보내준 거야."

냉정한 말에 앤드류가 몸을 부르르 떨고는 자리에서 벌떡 일어났다.

이윽고 두 사람은 서로 노려보았다.

숨결이 닿을 정도로 가까운 거리.

이때, 콘 감독이 주먹을 꽉 쥐며 카메라 화면을 바라보았다.

"조금 전까지 살아있는 사람이었어!"

"그래서?"

대놓고 그래서라고 하니 할 말이 딱히 없다.

지금 신에게는 사람을 죽였다는 죄의식이 없었다.

이 순간 신은 '사냥꾼'이었다.

"어물쩍거렸으면 우리가 상대했던 괴물로 변신했을 거고 우리는 그를 죽여야 했겠지."

신은 좌중에 있는 인물들에게 물었다.

"지금 죽이나 나중에 죽이나 그게 그거잖아?"

정곡을 찌르는 신랄한 대사들.

앤드류는 딱히 반박하지 못하고 분노에 몸을 부르르 떨고는 신의 얼굴을 주먹으로 내리쳤다.

퍽!

신의 고개가 거꾸로 돌아갔다. 순순히 맞아준 것이다.

"분노하는 마음 이해해. 그 정도로 매정한 인간이 아니거든."

신의 볼이 벌겋게 변했다.

극 중 상황에 몰입하고 인물에 집중하고 있지만 아픈 건 아픈 거였다.

'더럽게 아프네. 좀 살살 때릴 것이지.'

신은 볼멘소리를 속으로 툴툴 내뱉으며, 입가에 흐르는 모조 핏물을 손으로 찍어보고는 중얼거렸다.

"주먹이 꽤 세네. '멍청이'인 줄 알았는데."

'멍청이'라는 대사는 대본에 없는 대사.

지금 신은 왜 이렇게 세게 때렸느냐고 항변하는 것이었다.

즉흥적인 대사에도 앤드류는 당황하지 않고 눈썹을 꿈틀거렸다.

"뭐?"

"되지도 않는 유아적인 감상에 빠져 있어서 말이야."

앤드류는 신의 멱살을 잡아 쥐었다.

신은 앤드류를 나른한 시선으로 바라보며 나이프를 고쳐 잡았다.

앤드류는 이를 보지 못했지만, 콘 감독과 다른 배우들은 이를 볼 수 있었다.

한데, 신이 앤드류를 정말로 죽일 거 같았다. 사람들은 조마조마한 심정으로 두 사람을 바라보았다.

콘 감독은 신을 바라보며 미소를 씩 지었다.

'캐릭터를 가지고 노는군.'

신의 연기에서 재밌는 게 바로 이런 점이었다.

마음이 가는 대로 인물의 행동을 제어하지 않으니 인물의 행동이 번뜻번뜻 지나간다는 거다.

연출자 입장에서는 언제 어디에서 이런 부분들이 튀어나올지 모르니 곤혹스럽기만 하다.

솔직히 콘 감독은 즉흥적인 배우를 좋아하지 않는다.

극에 몰입하다가 자신의 감정과 기분에 취해 대사를 지껄이고 행동하기 때문이다.

그러나 신은 캐릭터에 철저히 근거하여 그 인물이 할법한 대사와 행동을 한다.

이렇기에 콘 감독은 신의 자율성을 존중하는 편이었다.

그러던 이때, 앤드류가 멱살을 놓았다.

신은 손에 묻은 피를 상의에 닦고는 입가도 소매로 쓱 닦았다.

팽팽하게 이어지던 긴장이 끊기자 사람들은 안도의 한숨을 내쉬었다.

신이 바닥에 누워있는 남자를 바라보며 중얼거렸다.

"그런데 저 친구, 인간으로 죽을 수 있어서 다행이라고 생각하고 있는 거 같지 않아?"

앤드류는 할 말이 없었다.

신의 말대로 죽은 남자의 입가에는 미소가 떠올라 있기 때문이었다.

신이 뒤돌아선 순간 앤드류가 대사를 내뱉었다.

"친구가……"

신의 걸음이 우뚝 멈췄다.

"소중한 친구가 괴물로 변신한다면, 어떤 망설임 없이 죽일 건가?"

신은 앤드류를 바라보지 않고 피로 얼룩진 자신의 손을 바라보며 대답했다.

"그 친구가 여전히 인간이라면-."

카메라로 복잡미묘한 신의 표정을 바라보던 콘 감독은 자리에서 벌떡 일어났다.

'뭐야.'

콘 감독의 눈앞으로 순간, 순간의 장면이 스쳐 지나간 것이다.

이 장면들은 브렌 리의 과거 행적과 관련된 것들이었다.

물론 이런 부분들은 시각적으로 나타나지 않고 설명될 수도 없는 부분들이었다.

그런데 눈에 보인다.

'뭐야 이거.'

콘 감독은 지금 무슨 일이 일어나는 건가 싶었다.

'브렌 리라는 인물의 순간, 순간이 입체적으로 나타나고 있다니?'

콘 감독은 자리에 조용히 앉고 머리를 재빠르게 굴렸다.

'이를 시각적으로 나타내지 않으면 아까울 거 같다.'

콘 감독은 자신이 보고 느낀 것들을 표현하고 싶었다.

'브렌 리의 과거를 몽타쥬(* 공간과 시간은 다르지만, 공통성을 지니는 쇼트〈장면〉들을 배열하는 것. 시간적인 흐름을 시각적으로 구성해야 할 때 주로 쓰는 촬영 기법.)로 구성하여 넣으면 좋겠군.'

이때, 앤드류가 낮은 목소리로 말했다.

"넌 언젠가 내 손에 죽을 거야."

신은 어깨를 으쓱였다.

"기대하고 있지."

콘 감독이 속으로 중얼거렸다.

'Mr. 강이 이전보다 '순간'과 '순간'을 잘 끌어내고 있다.'

콘 감독이 신의 연기에서 원하던 게 바로 이런 것들이었다.

'감정적인 폭발을 하지 않아도, 제 감정을 확 터뜨리지 않아도 터지는 것.'

지금 신은 순간과 순간에서 폭발하고 있는 것이었다.

'순간순간에서 훅이 터지고, 이 훅에 적응되는가 싶더니 또 다른 훅이 치고 빠져나가고 또 훅이 들어오니 Mr. 강의 연기에 빠져들 수밖에 없다.'

콘 감독은 신의 연기에 정말로 감탄했다. 마음 같아서는, 컷을 끊고 엄지라도 척 올리고 싶었다.

이때, 건물 내부의 스피커가 울렸다.

삐이이이이-.

"이제 싸우는 건 다 끝났나?"

배우들은 내부에서 울리는 스피커 소리에 얼굴을 굳혔다.

"친구의 죽음을 두고 서로 아웅다웅하는 게 참으로 눈물겹더군."

기노무라 준스케는 애석한 듯이 말하고 있으나 사람들을 비꼬고 있었다. 자우 리에게는 여태 벌어진 상황은 가소로웠으리라.

이때, 한 여인이 발악하듯 외쳤다

"우리에게 도대체 왜 이러는 거야!"

"인간은 동물을 왜 잡아먹지?"

다소 생뚱맞은 질문이지만 정답은 나와 있다.

'생존하기 위해서.'

115

준스케는 낮게 중얼거렸다.

"그들이 인간에게 잡아먹힐 때, 인간은 그들에게 무어라 말하지?"

이 질문에 사람들은 꿀 먹은 벙어리라도 된 것처럼 대답하지 못했다.

대답 못 하는 게 당연했다.

먹어야 살아갈 수 있으니까.

이를 어떻게 설명한단 말인가.

앤드류(윌)가 물었다.

"그래서 지금 주장하고 싶은 게 자연의 섭리란 이건가."

준스케는 이에 대꾸하지 않고 유들유들하게 말했다.

"인간은 언제나 모든 것을 제 식대로 해석하려고 하지. 그래야 성에 차니까. 그래야 만족스러우니까. 그렇게 인간은 언제나 무언가를 파괴하고 희생시켜 왔지."

준스케는 주먹까지 꾹 쥐었다.

그 또한 극의 캐릭터와 극 중 상황에 몰입한 것이다.

"인간만큼 패악을 끼치는 존재는 없다. 인간만큼 오만한 존재도 또 없다. 너희는 기생충과 같은 암적인 존재지. 너희를 없애는 건 이 세상을 구원하는 것이고 '정화'하는 것이다."

그가 하는 말은 전혀 틀린 말은 아니었다.

동물을 멸종시키고 산림을 파괴하고, 나아가 바다와 땅을 오염시키는 게 바로 인간이었으니까. 이런 관점에서 본다면 인류는 지구에 서식하는 암세포일지 몰랐다.

이때, 앤드류가 코웃음을 쳤다.

"참으로 그럴듯한 개소리군. 너희는 피를 빨아먹는 흉측한 괴물이지."

잠깐의 정적이 찾아오는 것도 잠시.

"……큭."

준스케의 입가에서 웃음이 터져 나왔다.

"크큭, 큭."

괴기한 웃음이 공간을 가득 채우기 시작했다.

"크하하하하하!"

웃음이 멈췄다.

준스케의 눈빛이 기묘하게 일렁거리는 데, 컬러렌즈 때문에 그의 모습이 더욱 기이하게 보였다.

"난 당찬 놈이 아주 좋아. 어떻게 죽일까 상상하는 맛이 있거든."

이때 준스케가 입술에 혀를 축이는데, 죽일 상대를 보고 흥분하는 살인마가 연상되었다.

카메라 화면으로 기노무라 준스케의 연기를 세세히 바라보던 콘 감독은 속으로 중얼거렸다.

'딱히 지적할 게 없다.'

솔직히 말해 콘 감독은 준스케를 좋아하지 않는다.

준스케의 기획사가 AWAKEN에 많은 금액을 투자하고 있다 보니 촬영에 들어갈 때 준스케의 일정에 맞춰야 하는 일이 있기 때문이었다.

'연기 실력만큼은 인정해야 할 거 같군, 그래.'

콘 감독은 자우 리 캐릭터에 한창 집중하는 준스케를 바라보았다.

준스케는 으스스한 대사를 말하고 있었다.

"네놈을 잡으면 팔부터 잘라줄까. 다리부터 잘라줄까. 아니면 머리?"

이윽고 그는 흐흐 웃더니 혼자서 중얼거리기 시작했다.

"아냐, 머리부터 자르면 죽잖아. 팔과 다리부터 잘근잘근 잘라서 죽는 걸 보여주는 것도 재밌겠어."

"사양하지."

준스케는 앤드류의 대답에 키득키득하고 웃었다.

"네놈부터 당장 죽이고 싶지만, 자비를 베풀어주지."

준스케가 두 팔을 내뻗으며 대사를 내뱉었다.

"나는 관대하거든(I'm generous)."

나는 관대하다는 자우 리를 대표하는 대사.

자우 리는 뭐만 하면 자신이 관대하다고 해서 촬영 관계자들은 자우 리를 '관대 맨'이라고 부르고 있었다.

"그리고 이 내가 너희에게 제안을 하나 하지."

콘 감독은 속으로 중얼거렸다.

'이제 본격적인 심리전에 들어가겠군.'

준스케가 대사를 이어나갔다.

"내 '동생'을 넘겨라. 그럼 너희를 보내주마."

사람들의 시선이 신에게 쏠렸다.

'그러고 보니……'

'두 사람은 형제였지.'

신을 바라보는 배우들의 눈빛은 심상치 않았다.

준스케는 다정하게 말했다.

"브렌. 나는 너의 아픔을 이해한다. 네가 나에게 이럴 수 있다고 생각한다. 하지만 우린 형제잖니. 이제 이 형의 품으로 돌아오렴."

다정한 형을 연기하는 자우 리가 브렌 리에게는 역겹게 다가올 터.

그렇기에 브렌 리는 아무 말도 하지 않는다.

자우 리의 농락에 놀아나고 싶지 않기 때문이기도 했다.

신은 입술을 꾹 다물고 눈을 다물고 있었다.

사람들의 판단을 기다리는 것인지 생각에 잠긴 것인지 알 수 없다.

그리고 신을 힐끔 바라보는 사람들의 시선은 점점 기묘해지고 있었다.

그들은 어떻게 하면 무사할 수 있을까 궁리하고 있었다.

'모두가 살 수 있다면.'

'한 명을 희생하는 건 나쁜 선택은 아니지.'

사람들은 서로 바라보았다.

오가는 대화는 없었지만, 서로가 무슨 생각하는지 알 수 있었다.

그러나 자기 목숨을 위해 사람을 희생시키는 건 양심에 걸리는 일이었다.

"어때, 내 제안이? 너희에게 나쁜 제안은 아니잖아?"

사람들은 갈등하기 시작했다. 아담이 뱀의 유혹에 넘어가

선악과를 보는 심정이 아마 이런 것일까.

사람들은 신을 일제히 바라보았다.

이때 한 남자가 의심이 섞인 어투로 말했다.

"그런데 아까부터 물어보고 싶었는데 그쪽 인간이 맞나?"

남자가 사람들을 보며 말했다.

"솔직히 그렇잖아요. 괴물을 부리는 놈을 형으로 둔 저놈이 인간인지 어떻게 확신합니까."

사람들이 서로 바라보며 고개를 끄덕였다.

브렌을 놈에게 내어주자는 분위기로 점점 굳어지는 듯했다. 이때, 앤드류가 사람들 앞을 막아섰다.

"지금 우린 뭉쳐야 합니다. 놈의 속셈대로 놀아나면 안 됩니다!"

"뭐야? 당신이 우리의 리더라도 되는 거야?"

"저놈의 말을 어떻게 믿고 제안에 응한다는 겁니까! 저놈이 우릴 이 상황에 몰아놓은 거란 말입니다."

한 남자가 신을 가리키며 말했다.

"하지만 저 정체 모를 자식과는 함께 할 수 없다고!"

앤드류가 배우들과 시선을 마주쳤다.

한 치의 양보가 없었다. 지금 배우들은 감정적으로나 정서적으로나 민감해져 있었다. 누군가가 툭 건드리면 폭발할 거 같았다.

콘 감독이 만족스러운 듯 고개를 끄덕였다.

'배우들이 극의 상황에 확실히 몰입했다.'

이때, 준스케가 회심의 미소를 지었다. 사람들의 반응을 보고 자신의 제안에 반쯤 넘어왔다고 생각한 것이다.

그리고 콘 감독은 준스케의 입가에 맺힌 비릿한 미소를 무시했더.

'이것이 기노무라 준스케가 이해한 자우 리.'

목적을 이루기 위해서는 수단과 방법을 가리지 않는 교활한 인물.

그렇다고 자우 리가 호감이 가지 않는 인물인 건 아니었다.

'캐릭터 연기에서 중요한 건 '공감'을 끌어내는 작업이지.'

이 '공감'은 캐릭터에 호감을 지니게 하고 감정 이입을 하도록 만드는 장치다.

만일 인물에게 공감이 가지 않게 되면 독자나 관객은 그 인물을 볼 때 감정이입을 하지 못한다. 그 인물이 착한 인물이라도 말이다.

자기들만 살겠다고 발버둥 치는 민폐 캐릭터들의 경우 비호감에 가까운 인물들이라면 자우 리는 호감과 비호감 사이에의 경계를 아슬아슬하게 누비는 인물이었다.

'자우 리……. 이거 잘하면 꽤 재밌는 캐릭터가 될 수 있을 거 같은데.'

콘 감독이 생각할 때 '나는 관대하다.'라는 대사와 함께 자우 리 캐릭터에 캐릭터적인 재미를 좀 더 입힌다면 롱런할 캐릭터가 될 수 있을 거 같았다.

'이 생각은 기록해둬야겠다.'

콘 감독은 제작기록부에 재빨리 메모하고는 극에 집중하고 있는 사람들을 바라보았다. 그리고 만족스러운 표정으로 고개를 끄덕였다.

이 장면들을 방송으로 내보낼 때 시청자들은 어떤 반응을 보일지 기대되었다.

한편, 극 중 상황은 점점 더 흥미진진하게 흐르고 있었다.

"좋아요, 그럼 저는 이 친구와 함께 갈 길 가겠습니다."

"뭐라고요?"

브렌 리는 사람들에게 목숨줄인 상황, 그를 이대로 보내주는 건 상상할 수 없는 일이었다.

분위기가 점점 험악해져 가던 이때 환풍구에서 삐걱하는 소리가 났다.

소리는 미약했다. 그러나 소리는 삐걱-, 삐걱- 삐걱- 순으로 인정하게 울리고 있었다.

신은 천장을 쳐다보았다.

"이건 좋지 않아……."

사람들은 아무것도 모르고 옥신각신 다투고 있었다.

"이봐!"

앤드류가 신을 바라보았다.

"오고 있어. 준비해!"

말 끝나기가 무섭게 포비아들이 환풍구를 통해 들어왔다.

괴물의 돌발적인 등장에 사람들은 놀래 제대로 반응하지 못했다.

"이게 뭐야!"

"이, 이런……!"

포비아들이 괴성을 내지르며 사람들에게 달려들었다.

– 끼에에에엑!

사람들은 제 몸에 달라붙으려는 포비아들은 떼어놓으려고 했지만, 포비아들은 이에 굴하지 않았다.

곧이어, 피가 튀었다.

비명도 사방팔방 울렸다.

"끄아아악!"

"사, 살려줘!"

촬영 스태프들은 눈앞에서 벌어지는 장면이 이게 실제인지 아닌지 헷갈렸다.

눈앞에서 벌어지는 참상은 실제로 일어나는 상황이라고 봐도 될 정도로 생생했기 때문이다.

말 그대로 '아비규환'이었다.

콘 감독은 만족스러운 표정으로 고개를 끄덕였다.

'연출이 맛깔나게 나오는군.'

콘 감독의 미학은 피와 살점이 튀는 고어 무비나 슬래셔 무비에서 볼 수 있는 'B급 감성'에 가깝다.

그러나 콘 감독이 추구하는 미학은 목적 있는 '화끈함'이다.

지금 이 장면에서 살육이 무분별하게 벌어지는 게 아니었다.

포비아들에게 사냥당하고 있는 인간들은 브렌 리를 자우리에게 넘겨주자고 한 이기적인 인간들이었다.

즉, 사람들이 콘 감독의 작품을 좋아하는 게 일단 감정 이입을 하게 되면 화끈한 카타르시스를 느낄 수 있기 때문이었다.

스태프들은 감탄사를 토해냈다.

'감독님은 역시 마초맨이야.'

'이 장면 보고 있으니까 속이 정말로 시원하네.'

'브렌 리가 핀치에 몰릴 때 속이 답답했었는데……'

한편, 준스케는 사람들의 비명을 클래식 음악을 감상하는 것처럼 즐겁게 듣고 있었다.

콧노래까지 흥얼거리며 손을 일정한 빠르기로 휙휙 내젓는 모습이 흡사 지휘자라도 된 듯했다.

애초에 자우 리의 제안은 시간을 끌기 위한 '계획'이었다.

사람들은 서로 싸우지 말고 재정비를 하고 기습에 대비해야 했다.

사람들은 뒤늦게 후회하였으나 이미 늦은 일이었다.

주인공 일행에게는 방해자들이 사라졌으니 좋은 일이기도 했다.

그러나 낙관할 수는 없었다.

사람들의 수가 줄어들었기 때문이었다.

촬영장 스태프들은 이야기 진행에 눈을 뗄 수 없었다.

긴장감과 위기감이 주인공 일행이 이 위기에서 어떻게 벗어날까 하고 기대하게 한 것이다.

콘 감독은 이제 슬슬 '클라이맥스'로 달려가고 있다는 걸 직감할 수 있었다.

'과연 어떤 장면이 탄생할까.'

☆　　★　　☆

신은 앤드류와 함께 포비아에 맞서는 장면을 찍었다.

액션감독은 신과 앤드류의 액션 동작 하나하나를 손봐수었다.

스테디카메라가 바쁘게 돌아갔고, 촬영이 진행될수록 특수분장팀의 손길도 분주했다.

콘 감독은 "OK!"와 "Fantastic!"을 연신 외쳐댔다.

이제 촬영이 남은 부분은 브렌 리와 자우 리가 부딪치는 부분이었다.

"앞서 말한 대로 Mr. 강이 준스케를 내리치려고 할 때 카메라를 뒤로 뺄 거야."

신 앞에는 기노무라 준스케를 빼다 닮은 인체 모형 '더미' dummy가 있었다.

피부 재질이 실리콘에 특수 원료를 배합해서 만든 거라서 사람 피부의 질감과 상당히 흡사했다.

신은 모형을 보며 고개를 끄덕였다.

"알겠습니다."

잠시 후.

신과 준스케는 자리를 잡았다.

"스탠바이! 큐!"

슬레이트가 탁 부딪쳤다.

포비아 한 마리가 몸을 부들부들 떨다 멈췄다.

-키에에에······.

카메라는 준스케의 모습을 비쳤다. 그의 몰골은 말이 아니었다.

그의 오른팔과 왼쪽 다리는 잘려있었고, 얼굴 피부 겉면은 금이 쫙쫙 가 있었다.

자우 리가 심하게 다친 것은 '폭탄' 때문이었다.

이 건물 지하에는 '화학약품'이 있는데. 브렌 리가 이 화학물질들을 배합하여 사제폭탄을 만들었다. 자우 리는 이 함정에 보기 좋게 당한 것이고 말이다.

준스케는 바닥을 엉금엉금 기기 시작했다.

"비, 빌어먹을……."

카메라가 준스케의 뒤를 쫓았다.

준스케 맞은편에 신이 서 있는 게 보였다.

카메라가 준스케의 시선을 따라 움직였다.

신은 피 칠갑을 한 몸으로 박도 형태의 칼을 바닥에 질질 끌고 있었다.

쇠막대기에서 바닥과 마찰하는 소리가 났다.

"우리가 왜 이러게 됐을까, 형."

자조적으로 중얼거리는 신의 눈 위로 브렌 리 어린 시절에 있었던 일들이 하나하나 장면이 되어 스쳐 지나갔다.

비밀 아지트에서 형과 같이 맛있는 과자를 몰래 먹었던 거나, 아버지가 아끼는 도자기를 깨트려 형과 함께 무릎 꿇고 온종일 손을 들어야 했던 것 등등.

다 웃음 짓게 하는 추억들은 이제 과거 속에만 존재할 뿐이었다.

"우린……."

신은 목이 메어 대사를 마저 잇지 못했다.

한편, 준스케는 신에게 한 방 먹일 준비를 하고 있었다.

'조금만 더 가까이 와라.'

한편, 이 상황이 신에게는 정말로 더러웠다.

동생은 추억에 잠겨 있고, 형은 하나뿐인 동생을 죽이려 하고…….

끈적끈적한 기분이 신을 감쌌다.

신은 이 기분을 받아들이기로 했다.

'어떻게 하면 브렌 리의 감정을 좀 더 토해낼 수 있을까.'

신은 여기서 저 자신을 감정적으로 몰아붙이기로 했다.

'한순간이면 된다.'

이때, 두 사람의 시선이 교차했다.

지금 이 순간에는 오로지 투쟁만이 있을 뿐!

이때, 신은 손에 들린 박도를 힐긋 바라보았다.

'이걸 휘두르면 길고 긴 악연은 끝이 나겠지.'

이 박도를 휘두르면 과거는 이제 바래질 것이다. 그리고 자기의 형을 죽여버린 살인자가 될 것이다.

신은 잠시 망설였다.

'바보같이 뭘 고민하는 거야, 나는.'

형을 죽일지 말지 결정하는 건 브렌 리로서 어쩔 수 없다.

그는 일평생 고독하게 살아왔으니까.

아버지의 죽음 이후로 거의 죽은 듯이 쭉 살아왔으니까.

때문에, 지금 신은 미칠 지경이다.

'지금 이 순간 브렌 리는 형을 죽일 수 있을까.'

이 고뇌가 신이 연기를 펼치게 하는데 힘들게 했다.

신이 한 걸음 더 내딛는 순간 준스케의 입가에 회심의 미소가 걸렸다.

'지금이다!'

준스케가 비열한 웃음과 함께 신을 공격하려 하였으나, 신은 그의 공격을 간단히 피해버렸다.

두 사람의 희비가 엇갈렸다.

"이런 젠장!"

이때 카메라가 뒤로 빠지며 신을 잡았다.

준스케가 있는 곳에는 특수제작된 더미 모형이 있었다.

신은 한숨을 살짝 내쉬며 박도로 준스케와 닮은 더미 모형을 후려치려고 했다.

'감정적으로 웅크린다.'

자우 리 때문에 활활 타오르는 분노를 좀 더 응축해야 했다.

'감정에 취해서는 안 돼.'

조금 더 냉정해지고 조금 더 절제할 필요 있다.

"후우……."

신은 극의 상황에 몰입하면서 연기 타이밍을 냉정하게 바라보고 있었다.

그러자 쿵쾅 뛰어대는 심장이 서서히 가라앉았다.

박도가 준스케가 있는 쪽으로 서서히 내려갔다.

신의 호흡이 서서히 느려지면서 신의 움직임이 순간이지만 느려졌다.

사람들의 눈에는 신이 형을 죽이려고 하는 데 망설이려는 것처럼 보였다.

콘 감독이 속으로 중얼거렸다.

'아주 좋은 시각화다.'

소설 같은 경우 언어로 묘사할 수 있지만, 영상에서는 심정이 행동으로 드러나야 한다.

이때, 신은 곧장 폭발하려는 걸 참아냈다.

그리고 신의 눈동자에 음울함이 내리깔렸다.

'난 텅 빈 인간-.'

고독감이 성난 파도처럼 신을 에워싸기 시작했다.

쓸쓸함이 신을 덮쳐오자 숨이 턱 막혀온다.

신의 동공이 텅 비워져 버렸다.

이때, 신이 무엇을 응시하는지, 무엇을 생각하는지 알 수 없는 묘한 시선이 연출되었다.

카메라가 신의 시선을 따라갔다.

신은 지금의 상황에 집중하면서 단 하나의 목표를 상기해내고 있었다.

'감정을 순간으로 승화해낸다.'

이것이 순간을 장악하는 것이다.

모두의 시선이 신의 동작을 좇았다.

신이 낮게 중얼거렸다.

"형- ."

한평생 옥죄어 온 고통과 상실, 이제 이것들을 해방할 차례다.

"지옥에나 가버려 –."

박도가 공기를 갈랐다.

슈악!

콘 감독은 숨을 죽이며 신이 연기를 바라보았다.

준스케를 멍하니 바라보는 신의 눈에서 눈물이 흘러나오고 있었다.

그러던 이때 신의 입가에 희미한 미소가 맺혔는데, 친형을 죽여 씁쓸해서 짓는 쓴웃음인지, 아버지의 원수를 갚은 통쾌함 때문에 웃는 것인지 모를 의미가 모호한 미소였다.

콘 감독은 여기서 브렌 리가 '살인'을 좋아하는 게 아닐까 하는 느낌을 받았다.

'캐릭터 이해에 어긋나지 않는 연기다.'

브렌 리는 검은 세계를 주름잡고 있는 범죄조직 가문 '리'의 사람이었으니까.

'미소로 이런 중의적인 부분들이 드러나다니……'

이는 '디테일'이 살아있는 연기였다.

콘 감독은 만족스러운 미소를 짓다가 컷을 외치려고 했다.

'아직도 극의 상황에 여전히 몰입해있군.'

그는 신을 계속 지켜보기로 했다.

이때, 신이 더미를 박도로 연거푸 내리치기 시작했다.

퍽! 퍽! 퍽!

박도가 더미에 박힐때마다, 사람들의 몸도 움찔 떨렸다.

'이상하게 왜 내가 맞는 거 같지.'

특히 준스케의 안색은 새하얘질 정도였다.

'호, 혹시 내가 뭐 잘못한 거 있나?'

사람들의 반응과 상관없이 신은 속에서 차오르는 감정을 다 끄집어내고 있었다.

"빌어먹을……. 빌어먹을……."

신의 입가에 맺힌 우는지 웃는지 모를 처연한 미소와 줄줄 흐르는 눈물은 참으로 대조적이었다.

신의 모습은 사람들의 눈에 다양하게 비쳤다.

광기를 토해내는 처절한 악귀로 보이기도 하고, 진심으로 슬퍼하는 인간으로 보이기도 하고…….

한 가지 확실한 건 신이 토해내는 감정을 선명하게 느낄 수 있다는 거다.

'감정전달력이 정말 놀랍다.'

'미쳤어……. 정말…….'

'이게 진정 메소드 연기인가.'

신은 칼질을 멈추고 울분을 토해냈다.

"끄-, 흐으윽 -."

이 울음은 가슴에 사무친 한恨이었다.

신은 비틀거리며 움직이는 걸로 연기를 마쳤다. 그리고 눈을 감고 감정을 수습했다.

그런데 컷이 떨어지지 않자 신은 고개를 갸웃했다.

'뭐지?'

신은 콘 감독과 사람들을 바라보며 말했다.

"감독님? 왜들 그러고 계세요?"

사람들은 신이 연기에서 보여준 '광기'에 소름이 끼치다 못해 두려움을 느끼고 있었다.

게다가 신이 박도까지 들고 서 있으니 더더욱 무서웠다.

"아니, 왜들 그러고 있느냐니까요?"

"아, 아! 그, 그게!"

콘 감독이 엄지를 척 내밀었다.

"어, 어. 컷, 컷! 아주 좋았어!"

이때, 신이 피드백을 받기 위해 한 걸음 내딛으려고 하자 사람들이 이구동성 외쳤다.

"오지 마!"

☆ ★ ☆

앤드류는 배우대기실에서 촬영을 기다리면서, 아까 보았던 신의 연기에 관해 곰곰이 생각하고 있었다.

'이상하게 〈샤이닝〉의 잭 토랜스가 떠올랐어.'

〈샤이닝〉의 대략적인 내용은 이렇다.

오버룩 호텔의 관리인으로 5개월 정도 일하게 된 소설가 잭 토랜스, 그는 가족을 호텔에 데리고 가게 되는데, 호텔에는 유령들이 존재했고, 토랜스는 악몽과 환상에 시달리게 되다, 점점 미쳐가게 되고, 가족을 죽이려고 하는 게 영화의 대략적인 이야기다.

이제 잭 토랜스 역은 잭 니콜슨이 맡았는데, 그는 이 영화에서 감각적인 연기란 게 무엇인지 제대로 보여준다.

132 신의
연기7

그래서 앤드류는 신의 연기에서 잭 니콜슨의 연기를 자연스레 떠올린 것이다.

'일단은 충동적인 감정선.'

토랜스는 두려움에 질려 흐느끼는 아내 웬디와 대화를 주고받는 데서 '조롱'을 선명하게 드러낸다.

– '어.쩌.면' 병원에 데려가야 하는 게 언제인데? When do you think 'maybe' he(danny) should be taken to a doctor?

– 가, 가능한 한 빨리. As soon as possible.

이 대화 부분에서 토랜스는 웬디가 아들(대니)이 아프다고 말하는 게 도망가기 위한 '핑계'라고 생각한다.

그래서 잭 니콜슨(토랜스)은 셜리 듀발(웬디)의 '가능한 한 빨리'라는 대사를 뾰족한 하이톤으로 흉내 내고, 그녀의 울먹이는 표정도 새초롬하게 따라 하여 그녀를 비웃어 버린다.

그리고 겁을 먹은 아내에게 가까이 다가가 눈썹을 꿈틀거리는 거나 미소를 지으며 공포감을 조성하는 한편, 그녀에게 아들 대니 처럼 '나를 걱정해본 적은 있느냐'며 화를 낸다.

이 액팅Acting 하나하나가 광기에 휩싸인 살인마의 충동적인 면모를 일일이 보여준다.

'잭 니콜슨은 살인마의 광기를 보여주기 위해 순간순간의 연기를 했지.'

즉, 그는 상대 배우의 연기에 반응연기를 하면서 내부에 '충동'을 서서히 일으켜 감정적인 고양을 시키고, 자신의 대사를 내뱉다가 속에서 욱하고 치밀어오르는 충동을 바로바로 끄집어내었다.

앤드류가 본 신의 연기도 이랬다.

충동적인 감정이 속에서 확 솟구쳐 올라올 때 신은 이를 곧바로 터뜨려 감정선을 제대로 보여주었다.

'이러니 감정이 선명하게 그려지는 것이고, 사람들은 그 감정을 뚜렷하게 느낄 수 있었던 거지.'

이렇다고 두 사람의 연기가 똑같은 건 아니다.

신 같은 경우 충동적인 감정을 바로바로 터뜨리지 않았다.

'이것이 두 사람의 결정적인 차이……'

물론 캐릭터가 처한 극 중의 상황이 다르고 표현해야 하는 캐릭터가 달라서 이런 차이가 나타나는 것도 있다.

잭 니콜슨이 충동을 순간순간에 터뜨린 것이라면 신은 충동적인 감정을 한순간에 폭발시킨 것이다.

앤드류는 이를 어떻게 불러야 하나 잠시 고민했다.

''폭발'보다 '승화'라고 말하는 게 더 어울리는 거 같기도 하고……'

지금 뭐라고 부르는 게 중요한 건 아니었다.

두 사람의 맛깔나는 연기를 비교해볼 장면이 더 있으니까.

바로 신이 박도로 더미 인형을 내리찍는 대목과 잭 니콜슨이 아내와 아들을 쫓아 잠겨있는 문을 도끼로 마구 찍어 대는 부분이다.

잭 토랜스는 도끼로 방문을 부순 후에 부서진 방문 틈 사이로 얼굴을 삐죽 집어넣고 이런 대사를 외친다.

– Wendy, I'm Home.

이때 잭 니콜슨의 얼굴은 또라이 살인마의 얼굴이고, 그가 선보이는 끈적끈적한 광기는 살인마의 광기 그 자체다.

신이 더미 인형을 박도로 계속 내리칠 때 내뱉은 울음은 짐승의 광기였다.

또, 가슴 깊은 곳에 울리는 깊은 울부짖음 이기도 했다.

이때, 앤드류는 신의 눈빛과 마주쳤을 때 소름이 돋았었다.

신이 들고 있던 박도로 사람을 금방이라도 찍어버릴 거 같기 때문이었다.

그렇기에 앤드류는 신에게 오지 말라고 외쳤던 사람들의 마음을 이해할 수 있었다.

'정말이지 놀라운 친구야.'

한 시대를 풍미한 천재 연기자의 젊은 시절의 연기와 견주어도 부족함이 없고 자신만의 스타일이 있다. 나아가 자신만의 연기의 길도 개척해나가고 있는 건…….

앤드류의 머릿속에 불현듯 한 단어가 떠올랐다.

'연기의 신…….'

이때 누군가가 앤드류를 불렀다.

"앤드류! 곧, 촬영에 들어갈 거예요!"

앤드류는 눈을 감으며 심호흡을 했다.

'마에스트로 박, 당신 아들과 나, 둘 중 누가 더 대단할까.'

앤드류의 생각은 마에스트로 박에 대한 '도전'이기도 했다.

☆　★　☆

이제 AWAKEN의 오프닝 촬영은 마무리 부분만 남아 있었다. 촬영할 장면이 한번 밖에 찍을 수 없는 건물 '폭파' 장면이다 보니 촬영장 분위기는 팽팽했다.

게다가 화려한 장관이 연출되는 거만큼 장면이 카메라에 잘 담겨야 했으니, 촬영 관계자들의 신경은 날카로워질 수밖에 없었다.

콘 감독은 촬영 감독 그리고 카메라 오퍼레이터(*카메라 조작을 담당하는 촬영 스태프)와 이야기를 끝냈다.

촬영은 건물이 폭파되는 게 통째로 다 나와야 하니 부감(*높은 위치에서 피사체를 내려다보며 촬영하는 것)과 피사체를 멀리서 바라보고 찍는 롱 숏으로 갈 예정이다.

이 때문에 촬영장에는 초대형 '지미집'이 대기하고 있었다.

지미집은 '이동차'와 '달리'가 합쳐진 특수장비인데 생김새는 기다란 크레인 끝에 카메라가 달린 형태다.

이제 찍을 샷에 따라 이 크레인의 높낮이를 리모컨으로 조종하는 것이다.

이때, 콘 감독이 외쳤다.

"마지막 촬영 들어가 봅시다!"

신도 이 마바지 촬영에 참여할 예정.

신은 앤드류 그리고 특수분장한 엑스트라 배우들과 함께 5층 높이 정도 되는 건물 바깥으로부터 20M 정도 떨어진 곳에서 대기해 있기로 했다.

주위에는 낙후된 폐공장 건물을 제외하면 건물이 딱히 없다. 오프닝 〈피날레〉 부분을 촬영하는 장소를 고른 게 이런 이유에서였다.

여기서 신과 앤드류가 할 일을 간단했다. 포비아들을 피해 대기해 있는 헬기로 향해 미친 듯이 뛰고 폭발물 스위치를 눌러 건물을 터뜨리는 것이다.

때마침 스크립터가 배우들을 촬영하는 카메라 앞에 섰다.

"25에 3에 2입니다!"

스크립터가 슬레이트를 탁 쳤다.

촬영이 시작되었다.

지금 신과 앤드류는 건물을 뒤로 한 채 괴물들에게 둘러싸여 있는 형국이었다.

그러던 이때!

바닥을 양손과 양발로 기어 다니며 기회를 살금살금 엿보던 포비아 한 마리가 달려들었다.

앤드류는 포비아 한 마리를 밀쳐냈다.

포비아를 연기하는 스턴트 배우는 바닥에 엎어지는 것도 잠시 자리를 고쳐 잡고는 소리를 길쭉하게 내질렀다.

― 키야야야약!

"아무래도 이거 뛰어야겠지?"

앤드류의 말에 신은 툴툴거리며 대답했다.

"지금 그걸 말이라고."

"셋 세면 뛰자고."

"좋아."

"3."

"2."

숫자 1이 되기도 전에 포비아들이 먼저 움직였다.

"이 새끼들아! 이러면 반칙이라고!"

앤드류와 신은 포비아들을 뒤로하고 일직선으로 쭉 뻗은 도로 위를 뛰기 시작했다.

쫓고 쫓기는 숨 막히는 추격전이 벌어졌다.

지금 흘러가는 극 중의 상황은 대략 이렇다.

자우 리의 '죽음'으로 포비아들이 주인공 일행이 있는 곳으로 미친 듯이 몰려들었다.

어떤 이유에선지 지금으로 알 수 없다.

어쨌건 이 일로 주인공 일행은 또다시 위기에 빠지고 말았다.

그러나 주인공은 주인공이다.

언제나 그렇듯 조력자가 등장한다.

이 조력자는 매력적인 여인!

그녀는 헬기와 함께 등장한다.

그녀는 새로이 등장한 인물이 아니었다. 브렌 리와 아는 인물이었다.

그녀의 정체는 차후 전개를 위한 '떡밥'!

어쨌건 이 위기를 헤쳐나갈 답은 하나!

브렌 리가 만들었던 폭발물로 건물을 통째로 터뜨림으로써 포비아들을 최대한 죽이는 것!

이 폭파 스위치는 앤드류가 누를 예정이었다.

한편, 공터 쪽에는 헬기 한 대가 맹렬한 프로펠러 음을 내뿜으며 대기하고 있었는데 헬기 조종석 쪽에는 한 매력적인 여성이 조종간을 잡고 있었다.

두! 두! 두! 두두-!

그리고 주요한 순간이 다가왔다.

앤드류가 예정된 시각에 맞춰 폭발 리모콘 버튼을 꾹 눌렀다.

그런데…….

'이거 왜 이러는 거야?'

앤드류는 침착함을 유지하며 버튼을 다시 한 번 더 눌렀다.

그러나 터지지 않았다.

폭탄이 예정된 시각에 터지지 않자 스태프들도 당황하기 시작했다.

신과 앤드류는 예상치 못한 사태가 일어났다는 걸 즉각 눈치챘다.

'이거 어떻게 해야 하지.'

여기서 만일 NG가 나고 건물이 폭발하게 되면 아무 장면도 건지지 못할 수도 있었다.

앤드류의 고민은 짧았다.

'그래, 여기서 멈출 수 없어.'

신은 앤드류가 애드립 연기를 펼칠 거라는 거 알 수 있었다.

'앤드류의 센스가 어떤지 궁금한데.'

앤드류는 리모콘을 탁탁 치다 귀 옆에서 흔들었다. 리모콘에서 달칵거리는 소리가 났다.

그리고 앤드류는 지금 이 자리에서 신을 시험해보면 어떨까 하는 생각이 들었다.

'좋아, 어떻게 반응하나 볼까.'

앤드류가 신에게 말했다.

"이봐, 이거 배터리 갈아 끼웠어?"

이는 대본에 없는 '애드립'.

지금부터의 '연기'는 대본 없이 이루어지는 프리스타일 연기, 즉, '재능'과 '센스'의 영역에서 이루어지는 감각적인 연기였다.

이때, 스태프들이 중얼거렸다.

"이대로 촬영 진행하는 거야?"

"아, 이거 어떻게 되나 몰라."

콘 감독은 촬영을 멈춰야 하나 갈등하다 입술을 꾹 깨물었다.

'이대로 쭉 가야 한다.'

지금 멈출 수 없다. 자칫하다가 건물이 터질 수 있다.

'이런 빌어먹을.'

이도 저도 아닌 상황에 누구보다 당황하고 있을 사람들은 배우들이기도 하지만, 누구보다 속이 시꺼멓게 타들어 가는 사람은 콘 감독이었다.

'책임자'는 바로 콘 감독이기 때문이다.

콘 감독은 입안이 바짝 말라 타들어 가는 걸 느끼며 배우들을 촬영하고 있는 스크린 화면을 주시했다.

'제발 잘해주길…….'

그가 할 수 있는 건 지켜보면서 기도하는 게 고작이었다.

이때, 앤드류가 리모콘을 신에게 내밀었다.

신은 앤드류의 속셈을 단박에 알아챘다.

'이거 한번 해보자는 거지?'

신은 앤드류가 걸어오는 도발을 피할 생각도 없었고 앤드류에게 질 생각도 없었다.

'누가 이기나 보자고.'

신은 앤드류에게 손가락을 까닥였다. 리모콘을 한번 줘보라는 뜻이다.

그리고 신은 앤드류가 던지다시피 한 리모콘을 받고는 리모콘을 손바닥으로 탁탁 쳤다.

신은 여기서 대사를 내뱉지 않았다.

'대사를 함부로 쳤다가는 장면이 저렴해질 수 있어.'

한편, 신과 앤드류 둘 사이에서 묘한 기류가 흐르고 있었다. 이는 두 사람 사이에서 벌어지는 '신경전'이었다.

다른 사람들은 신과 앤드류가 긴박한 이 순간에 차마 연기대결할 정신머리가 있다고 생각지도 않고 있었다.

만일 콘 감독이 이를 알면 자리에서 펄떡 일어나 '에라, 연기에 미친놈들!' 이라고 차지게 욕했을 테지만 말이다.

지금 신과 앤드류에게 건물 폭파 장면 따위는 부차적인 것에 불과했다.

그러던 이때!

건물에서 시뻘건 화염이 갑작스레 치솟았다.

커다란 굉음이 쾅하고 울리더니 동시에 유리창이 깨졌고 건물 외벽이 무너지기 시작했다.

건물이 무너지는 소리가 울렸다.

쿠르르르.

이윽고 건물 전체가 서서히 무너졌다. 건물 주위로 먼지도 풀풀 피어올랐다.

신과 앤드류는 건물이 폭파되는 장면을 말없이 바라보았다. 이때, 신은 뒤돌아서며 앤드류에게 리모콘을 던져버렸고, 앤드류는 엉겁결에 리모콘을 받았다.

"기계는 원래 때려야 작동하는 거야."

캐릭터 성격이 그대로 묻어나오는 행동과 대화.

신은 여기서 별다른 대사를 하지 않고 앤드류의 어깨를 툭툭 치고 헬기가 있는 쪽으로 걸어갔다.

앤드류는 리모컨을 한번 바라보고 신을 한번 바라보고는 입을 벌리다가 말았다. 신의 행동이 어이가 없어 말문이 진짜로 막힌 것이다.

앤드류는 애드립 대결에서 신에게 한 방 먹일 속셈이었다.

앤드류에게는 오랫동안 쌓은 '내공'이란 게 있었고, 위기에 대처할 '센스'도 발군이었으니, 신에게 지지 않을 자신이 있었다.

그러나 신은 실전에서 정말로 강한 편이었고, 이를 앤드류는 잘 몰랐기에, 틈새 싸움에서 그만 방심하고 말았다.

'하하, 이것 참……. 보기 좋게 한 방 먹고 말았군.'

이때, 콘 감독이 외쳤다.

"컷! 좋았어요!"

스태프들은 신과 앤드류에게 휘파람을 휙휙 불고 박수를 치기도 했다.

〈AWAKEN〉의 오프닝은 이렇게 깔끔하게 마무리되었다.

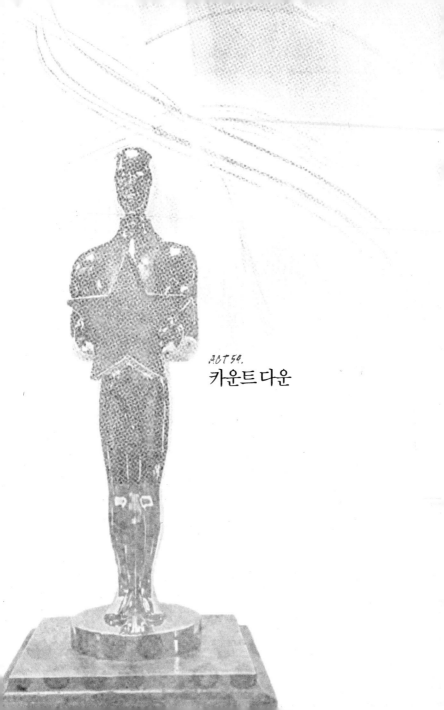

ACT 59.
카운트 다운

ACT 59.
카운트 다운

AWAKEN의 OPENING 촬영이 끝난 지 일주일이 흘렀다.

신은 AWAKEN 팀과 함께 프로모션 활동을 위해 뉴욕으로 향하기로 했다.

AWAKEN의 OPENING은 주요 검색엔진 사이트와 뉴욕 타임스퀘어 대형전광판에 동시에 공개될 예정이었다.

뉴욕 타임스퀘어 대형전광판은 C사의 콜라 광고와 S사의 로고가 광고가 떠 있는 것으로 유명하기도 했다.

이 정도면 정말로 공격적인 마케팅이었다.

신은 뉴욕 타임스퀘어 전광판에서 광고가 뜨는 것과 인터넷 네티즌의 반응을 지켜보기로 했다.

이때, 광고가 시작된 것인지 뉴욕 타임스퀘어 전광판이 하얗게 되면서 [10]이라는 숫자가 나타났다.

타임스퀘어 전광판 거리를 걷던 사람들이 걸음을 멈춰 서고는 저게 뭐냐고 떠들어댔다.

숫자는 7, 6, ……, 서서히 줄어들었다.

신은 가슴이 두근거리며 뛰는 걸 느꼈다.

'과연 어떤 반응이 나올까.'

☆　★　☆

뉴욕 타임스퀘어 광장 구석 쪽에는 차량 여러 대가 대기하고 있었다.

차량 내부에는 〈AWAKEN〉 홍보 촬영팀과 엑스트라 배우들이 있었다.

배우들은 포비아로 완전히 변신한 상태였다.

콘 감독은 카운트 다운이 슬슬 되어가는 걸 보고는 무전기에 말했다.

– 이제 슬슬 움직입시다

사람들이 대답했다.

– 알겠습니다.

콘 감독은 낄낄 웃으며 말했다.

– 이제 다들 즐겨 봅시다.

콘 감독은 이 프로모션이 성공할 거라고 확신하고 있었다.

이번 프로모션은 정말 이색적이라고 할 정도로 독창적인 부분이 있기 때문이다.

이때, 뉴욕 타임스퀘어 전광판에 뜬 숫자가 0이 되었다.

카운트 다운이 끝나자 전광판 화면에서 숫자가 사라지면서 화면이 검게 변했다.

근처에 설치해둔 포그머신에서 연기가 서서히 나왔고, 중앙광장 내에 설치해둔 스피커에서 음산한 음악이 흘러나왔다.

소스······. 스스스스······.

전광판을 기웃거리던 행인들은 지금 무슨 상황인지 주변을 둘러보았으나 별다른 이상한 점을 알아채지 못했다.

전광판에 한 여인이 나왔다.

여인이 서 있는 곳은 타임스퀘어 광장, 여인은 자신이 나오고 있는지 모르는 듯했다.

사람들이 지마다 웅성거렸다.

"뭐 하는 거야?"

"촬영하고 있는 건가?"

이때, 누군가가 한 여인의 어깨를 툭툭 쳤다. 뒤를 바라본 여인은 두 눈을 크게 뜨며 입에 손을 가져다 대었다.

여인 앞에는 머리는 거의 다 빠져 있는 데다 얼굴 피부는 생기 없이 칙칙한 데다 찢어진 피부 틈 사이로 근육 다발과 썩어 문드러진 치아가 훤히 보이는 남자가 서 있었다.

한데, 남자를 본 여인의 반응은 남달랐다. 놀라기는커녕 남자에게 다가가 팔짱을 끼기까지 했다.

"왜 이렇게 늦었어."

"쿠워어어어."

"오다가 근육이 떨어졌다고?"

한편, 행인들은 어리둥절한 표정을 지었다.

평범한 여인과 인간이 아닌 남자가 이상한 대화를 다정하게 나누는 건 정말 이상한 광경이기 때문이었다.

한데, 두 사람의 이어지는 대화 갈수록 가관이다.

"피 먹고 싶다고?"

"쿠으."

"안 돼, 혈액 팩은 하루에 하나씩이야."

남자가 시무룩한 반응을 보이자 여인은 마음이 약해진 것인지 "아, 이러면 안 되는데……." 중얼거리며 품속에서 혈액 팩 하나를 꺼내 주었다.

남자는 혈액 팩을 빼앗다시피 하고는, 이빨로 팩을 뜯고는 게걸스레 빨아먹었다.

사실 혈액 팩에 든 액체는 빨간색 색소가 첨가된 석류 액이었다.

한데, 남자가 석류 액을 정말로 맛있게 마셔서 진짜 혈액을 마시는 것처럼 보였다.

혈액 한 방울까지 쪽 빨아먹은 남자는 입가 주변에 묻은 붉은 액체를 소매로 슥 닦아내고는 입맛을 쩝쩝 다셨다.

여인이 남자를 다그쳤다.

"그러는 거 아니야."

사람들은 웃으며 이색 커플의 행각을 사진으로 찍거나 동영상으로 찍기도 했다.

이때 포비아들이 곳곳에서 나타났다.

"쿠워어어어."

"꾸윽!"

사람들은 이들의 등장에 각양각색인 반응을 보였다. 놀라기도 하고, 욕을 하기도 하고……. 그러나 대체로 재미있다는 반응을 보였다.

타임스퀘어 광장 일대는 사람들로 점점 붐비기 시작했다.

몇몇 사람들이 포비아들에게 다가가 사진을 함께 찍자, 사람들이 너도나도 찍기 시작한 것이다.

사람들에게 인기 있는 포비아는 서로의 손을 꼭 붙잡고 있는 자매였다.

앙증맞은 외모와 다르게 붉은 피로 젖은 하얀 원피스에 각자 손에 사람 심장을 들고 있는 게 사람들에게 매력적으로 다가왔다.

한편, 지금 이 모든 상황은 LIVE로 생중계되고 있었다.

그리고 사람들이 찍은 인증사진과 영상이 SNS에 속속히 올라오면서 LIVE 영상에 관한 관심도 많이 늘어났다.

콘 감독은 온라인 반응 보고를 받으며 씩 웃었다.

'이거 나쁘지 않은데.'

아직 폭발적인 반응이 일어난 건 아니었다.

'하지만 이것이 프로모션의 전부가 아니지.'

이제 화룡점정을 찍을 차례다. 전광판에 오프닝 영상이 떠올랐다.

그리고 [A. W. A. K. E. N] 자막이 떠오르고 스르륵 사라졌다.

화면은 어두컴컴했다.

숨소리가 울렸다.

후우-, 후우-.

터벅터벅하는 발걸음 소리가 점점 울려 퍼졌다.

앤드류의 나레이션이 깔렸다.

- 인류는 지구의 주인이었다.

발걸음 소리가 점점 늘어났다.

소리의 정체는 헬멧에 나이트 비전에 방탄복은 물론 라이플로 단단히 중무장한 군인들이 내는 것이었다.

군인들은 터널 내부 이곳저곳을 둘러보고 있었다. 총기에 장착된 레이저 조준기에서는 레이저 줄기가 뿜어져 나왔다.

- '그들'이 나타나기 전까지는.

어둠 속에서 회색빛 동공이 군인들을 노려보고 있었다.

군인들은 놈의 존재를 눈치채지 못했다.

이때, 한 군인의 발에 뭔가 닿았다.

사람의 엉덩이뼈였다.

또, 주변에는 정강이뼈나 팔다리뼈가 널브러져 있었다.

군인들은 발걸음을 멈추고는 주위를 둘러보았다. 이들이 서 있는 곳은 터널 중앙.

이때, 한 군인이 욕을 내뱉었다.

- 이게 무슨…….

군인들이 바라보는 곳에는 자그마한 동산이 있었다.

이 동산은 발가벗은 인간들로 이루어진 더미였다.

회색빛 피부를 지닌 인간들은 서로 얽힌 채로 어기적거리며 움직이고 있었다.

– 끔찍한 변태들이군.

이들이 어두컴컴한 곳에 뭉쳐있는 건 해를 피하는 한편 천적들로부터 몸을 보호하기 위해서였다.

이들을 뭐라고 불러야 할까.

인간?

입과 턱 목 쪽으로 하여 가슴 쪽까지 일직선으로 쭉 갈라져 있는 데다 손과 발은 기형적이라고 할 정도로 길쭉하게 변형되어 있으니…….

놈들은 인간이 아닌 다른 생명체였다.

이때, 조그마한 무언가가 군인들 머리 위쪽의 벽 위를 타고 지나갔다.

사사삭!

놈이 둥지에서 하는 역할은 정찰병, 놈의 움직임은 재빨랐다.

군인 한 명이 무전기에 대고 말했다.

– 알파! 여기는 델타. 무언가가 주변에 있다.

– 좋다. 발포를 허락한다.

이때!

정찰병 포비아가 아래로 뛰어내리며 한 군인에게 달려들었다.

탕!

라이플 총구에서 화염이 이글거렸다.

포비아 한 마리가 바닥에 철퍼덕 너부러졌다. 포비아들은 후각과 청각에 민감한 존재.

놈들은 화약 냄새를 맡고 둥지에 침략자가 들어왔다는 걸 곧바로 알아차렸다.

괴물들이 눈을 뜨며 깨어났다.

괴성이 여기저기서 울렸다.

끼우욱!

끼우우우욱!

그리고, 깨어난 괴물들이 군인들에게 달려들기 시작했다.

군인들의 비명이 울렸다.

– 끄아아아악!

앤드류의 나레이션이 깔렸다.

– 그들은 '포식자' 였다.

영상에서 긴박한 리듬을 지닌 음악이 나오더니 검은 바탕 화면에 〈넷플릭스〉의 N 로고가 떠오르면서 사자 한 마리가 포효하는 LEGEND 로고로 빠르게 이어졌다.

처음으로 나온 등장인물은 극 중의 여자주인공 에레나였다.

그녀는 차에서 내려 학교를 바라보았다.

그녀는 질병관리본부 CDC 소속의 연구원.

지금 그녀는 코마 사태를 조사하는 조사단원으로서 한 학교에 오게 되었다.

한편, 학교 위로 헬기가 떠다니고 있었다.

그녀는 학교 건물 전체가 하얀 비닐로 봉쇄된 걸 바라보았다.

이번에는 그녀의 대사가 나레이션으로 내리깔렸다.

– 이상한 일이 일어나고 있어.

그녀는 몸 전체를 보호하는 작업복을 착용하고는 기다란 통로를 따라 학교 내부로 들어섰다.

한편, 학교 내부에는 모든 사람이 정신을 잃은 채로 있었다.

– 인간의 상상을 벗어나는 일이…….

에레나는 코마 사태가 어째서 일어난 것인지 학교 주변을 샅샅이 뒤지다 UV 라이트를 켜보는 데 형광 물질이 있는 걸 알게 된다.

이 형광 물질은 지하 내부로 이어지고 있었다.

– 어쩌면 이 지구에 인간만 있다고 생각했던 건 오만일지도 몰라.

다음에 이어지는 장면에서는 하수도의 둥그런 뚜껑이 열렸다.

에레나가 지하 아래를 내려다보고 있었다.

이윽고 그녀는 동료 제임스와 함께 하수도로 이어지는 사다리를 타고 내려가기 시작했다.

하수도에 완전히 내려온 두 사람은 형광 물질이 이어지는 흔적을 따라 움직였다.

그들의 걷는 속도는 느렸다.

보호복 때문에 몸이 둔해진 것도 있었고, 등에 산소탱크를 착용하고 있어서였다.

긴박한 느낌이 나는 비지엠이 깔렸다.

이때!

지하에 있는 무언가가 제임스를 갑자기 덮쳤다.

제임스는 대응할 새도 없이 하수도 안쪽으로 빠른 속도로 끌려갔다.

– 제임스으으!

Now it's beginning이라는 자막이 떠올랐다가 화면이 바뀌었다.

이번에 등장한 인물은 앤드류였다.

앤드류는 한쪽 손에 링거를 맞은 채로 벽에 등을 기대고 있었다.

이마에는 식은땀이 송골송골 맺혀 있었고 가슴 쪽은 젖어 있었다.

– 살아남아야 해.

앤드류가 있는 곳은 입원실 내부. 입원실 바깥에는 포비아 아들이 돌아다니고 있었다.

앤드류는 방망이를 고쳐잡았다.

– 이 지옥 속에서.

환자복을 입은 포비아가 앤드류 쪽으로 다가오는 순간!

앤드류는 방망이로 포비아의 머리를 후려쳤다.

퍽!

앤드류 앞쪽에는 수위 복장을 한 포비아가 있었다.

앤드류의 시선이 허리춤에 차고 있는 권총에 닿았다.

이때, 포비아 한 마리가 앤드류를 덮쳤다.

키우우우우욱!

앤드류는 달려오는 포비아의 등 위를 타고 몸을 구르다시피 움직이고는, 수위 포비아에게 가까이 다가섰다.

현란한 액션묘기는 사람들의 눈길을 사로잡았다. 여자 행인들이 깍깍거렸다.

"저거 봐! 멋져!"

앤드류의 가슴골이 살짝 드러나자 여자들의 반응은 폭발적이었다.

이때, 수위 포비아의 입에서 기다란 촉수가 튀어나왔다.

누군가가 소리를 뾰족하게 질렀다.

"안 돼!"

전광판 영상을 바라보는 사람들 모두가 주먹을 꾹 쥐었다.

앤드류는 그의 허리춤에 있는 권총을 빼앗아 내고는 포비아의 공격을 피하려고 몸을 바닥에 던지다시피 했다.

그리고 포비아들을 향해 총을 쐈다.

탕! 탕!

앤드류의 몸이 바닥에 닿기 전에 쓰러지는 포비아들의 수는 무려 넷이나 되었다.

이번에는 Great war라는 자막이 떠올랐다.

다음 장면에서 나온 캐릭터는 자우 리였다.

자우 리를 연기하는 기노무라 준스케는 밤거리에서 발가벗은 상태에 양손을 머리에 올리고 무릎까지 꿇은 상태로 있었다.

멀리서 경찰차의 사이렌이 웽웽 울리고 있었다.

자우 리 앞에는 매력적인 여인이 누워 있는데, 숨을 헐떡이며 몸을 부들부들 떨어대고 있었다.

그녀의 목에서는 피가 줄줄 흘러나오고 있었는데, 자우

리의 입가는 피로 번들거리고 있었다.

경찰관들이 총을 겨눈 채로 자우 리에 서서히 다가갔다.

한데, 자우 리는 무어가 기분이 그리 좋은지 낄낄 웃고 있었다.

지금 그는 광인 그 자체였다.

– 이제 종말이 다가온다.

자우 리가 허공을 바라보며 양팔을 벌렸다. 그리고 웃음을 터뜨리는 순간, 수백의 포비아들이 바깥으로 우르르 뛰쳐나왔다.

전광판 화면은 다음 장면으로 바뀌었다.

성당 탑 종이 기다랗게 울렸다.

딩–. 딩딩?. 딩–––.

웅장한 오페라 음악이 내리깔렸다.

아– 아아아– 아– 아아아– 아.

알록달록한 스테인드글라스 밑에는 십자가에 매달린 예수상이 나왔다.

성당 내부는 평화로웠지만, 성당 바깥에서는 포비아들이 돌아다니고 있었다.

그리고 이들을 겨누고 있는 한 남자가 있었다. 그의 눈매가 강조되었다.

이번에 등장한 인물은 신이었다.

신이 겨누고 있던 활을 쏘자 화살이 날아갔다.

쌔애애애애액!

화살은 포비아를 향해 날아갔다.

화살에 얻어맞은 포비아는 쓰러졌다.

한편, 이 홍보 영상은 인터넷에도 공개되고 있었다. 사람들의 반응은 장난 아니었다.

└ 오, 왠지 용이 쏟아져 나가는 거 같은데.

└ 난 이 드라마에서 브렌 리를 최애캐(* 최고로 좋아하는 캐릭터)로 정했어.

└ 무슨 소리야. 최고의 캐릭터는 자우 리지.

└ 동의해! I'm generous!

└ 내가 볼 때 리더가 정말로 멋진데?

네티즌은 어떤 캐릭터가 멋진지 갑론을박하고 있었다.

한편, 영상은 화룡점정을 향해 달려가고 있었다.

신과 앤드류가 부딪쳤다.

서로 간에 오가는 대사는 없었지만, 사람들은 두 사람이 왜 싸우는지 이해할 수 있었다.

신의 표정은 온화했고 앤드류의 표정은 일그러져 있었는데, 이 표정만으로도 감정선이 확 그려졌기 때문이다.

그리고 두 사람이 부딪치는 대목에서 이런 댓글들이 마구 달렸다.

└ 이거 흥미진진하겠는데.

└ 그런데 저 동양인 배우 누구야.

└ 〈아만다〉에 나온 배우 아니야?

└ 이봐! 저 배우는 한국에서 유명한 배우라고!

159

사람들이 AWAKEN에 관심을 가지는 만큼 신에 대한 정보도 널리 알려지기 시작했다.

어느덧 홍보 영상은 막바지로 향해 달려가고 있었다.

이제는 장면들이 빠르게 스쳐 지나갔다.

에레나가 무언가에 뒤쫓기며 하수도 속을 빠르게 달리는 장면, 군인들이 폭탄을 터뜨리는 장면, 회색빛 인간으로 이루어진 동산이 타 버리는 장면, 신과 앤드류가 등을 맞대고 포비아들에 맞서는 장면 등등…….

이윽고 등장인물 모두가 한 화면에 등장했다.

인물들은 방망이나 활이나 샷 건 등등 다양한 무기를 들고 서 있었다.

캐릭터들의 풀샷 위로 A.W.A.K.E.N이 떠올랐다.

이윽고 전광판 화면은 흰색이 되었고, 이 위로 검은색으로 된 글자가 떠올랐다.

9. 23.

COMING SOON!

홍보 영상을 구경하던 사람들은 박수를 치기도 하고 휘파람을 불었다.

현장 반응도 현장반응이지만 온라인 반응도 장난이 아니었다.

이때, 누군가가 중얼거렸다.

"그야말로 미쳤군."

〈AWAKEN〉의 프로모션이 끝나고 난 후.

W-튜브를 비롯한 SNS에서 홍보 영상과 피드백이 미친 듯이 올라오고 있었다.

└ 드라마가 어떤 작품일지 빨리 보고 싶다고!

└ 배우들의 연기가 정말로 기대돼.

└ 난 무엇보다 브렌 리가 보고 싶어! 활 쏘는 캐릭터라니 정말 멋지잖아!

한국의 SNS도 AWAKEN 관련해서 시끄러웠다.

신이 드라마에서 비중 있는 역으로 출연하는 것이니 사람 들의 관심이 폭발적인 게 당연했다.

그러나 네티즌의 반응은 외국과는 차이가 있었다.

└ 할리우드에서 성공하기 힘들 듯ㅋㅋㅋ.

└ 솔직히 여기까지 온 것만 해도 잘한 거지.

└ ㅇㅈㅇㅈ.

└ 여태 성공만 쭉 해왔으니 이번에 실패할 때도 됐지.

사람들이 신의 성공을 낙관하지 않는 건 할리우드라는 곳 이 쉽게 성공할 수 있는 곳이 아니라서다.

이는 국내 탑 가수들이 미국에 진출했다가 잘 풀리지 못한 경우만 봐도 알 수 있었다.

한편, 사람들은 '신이 성공할 수 있을까? 아닐까?'를 두고 설전을 벌이고 있었다.

ㄴ 그래도 가수들이 성공하는 건 봤는데 배우가 할리우드에서는…….

ㄴ 어쩌면 강신의 발목을 잡는 건 한국인일지도 모르죠.

ㄴ 이건 무슨 개소리람? 피겨여왕 이연아처럼 고생한 거면 말도 안 하지. 물론 얘가 여기까지 열심히 했긴 했지만, 고난과 굴곡을 겪은 건 아니잖음.

ㄴ 지금 제가 말하는 건 그게 아닌데요. 할리우드에서 중요한 게 티켓파워인데, 제작사나 투자사가 동양인 배우를 주연으로 넣으려고 하는 리스크를 감수하려고 할까요?

이런 현실적인 것들 생각하면 할리우드에 자리매김하는 건 미지수에 가깝죠.

ㄴ 윗분 말하는 거 보면 완전 매국노네. 한국인 깎아내리는 거 봐.

ㄴ 님은 한국인인 게 자랑스럽지 않아요?

ㄴ 아뇨, 깎아내리는 게 아닌데요. 저도 제가 한국인이라는 거 자랑스럽거든요? 전 그보다 현실적인 걸 말하는 건데. 좀 더 건설적인 방향에서 이야기를…….

ㄴ 전 그쪽과 좀 다른 의견인데요. 강신이 성공할 수 있을 거라 믿어요.

ㄴ 아니, 여보세요. 저도 기원하는데요. 왜 자꾸 절 이상

162

하게 몰아가세요.

사람들이 신에게 높은 기대치를 요구하는 건 신이 톱스타 자리에 있어서 일 것이다.

사람들의 기대에 부응하는 것도 신에게는 부담되는 일이기도 했다.

그러나 신은 사람들이 떠드는 것에 귀 기울이지 않을 생각이다.

오직 결과만이 모든 걸 말해줄 테니까.

한편, K 튜브 댓글 작성란 쪽에 이런 댓글이 있었다.

└ 니들 걱정이나 해라, 멍청이들. 너희가 평생 벌어도 못 벌 돈 쟤는 이미 다 벌어놓았으니까.

└ 동감, 동감. 세상에서 제일 어리석은 게 연예인 걱정하는 거라지!

신도 이 댓글을 보고 저도 모르게 피식 웃고 말았다.

☆　★　☆

프로모션 이후 AWAKEN 촬영제작진은 빠듯하게 움직여야 했다.

각각의 등장인물이 지닌 저마다의 이야기와 본편 이야기를 촬영해야 해서다.

신은 비교적 여유가 있었다.

기노무라 준스케와 함께 가문 리와 얽힌 비밀 그리고 청년 시절의 이야기만 찍으면 되었다.

이를 일본에서 찍어야 했는데, 일본까지 가는 까닭은 기노무라 준스케 측의 기획사 Ent 켄온 때문이었다.

켄온이 AWAKEN에 투자할 당시, 일본과 관련된 콘텐츠가 무조건 등장해야 한다고 못을 박아놓은 상황이라 촬영지는 일본이 될 수밖에 없었다.

뭐, 이해하지 못한 건 아니다.

촬영은 비즈니스의 영역이니까!

문제는 신이 일본인 배우로 비칠 수 있다는 거다.

일본 복장을 하고 일본어 대사까지 내뱉으면 누가 한국인으로 생각할까.

만일 드라마가 엄청 알려져서 행여나 사람들이 잘못 인식하게 되면, 신에게는 좋지 않은 일이었다.

더군다나 신에게 연기대상의 명예를 안겨준 드라마가 〈광복의 봄〉이었으니, 일본인으로 나오는 건⋯⋯.

신은 이 문제와 관련하여 콘 감독과 상의하기로 했다.

그리고 그 결과.

작품 설정상에서 여러 부분을 수정하자는 이야기가 나왔다.

일단 브렌과 자우의 사이가 이복형제로 바뀌었다.

그리고 리의 가문을 이끄는 당주가 '한국인'이었던 브렌의 어머니를 사랑했다는 설정이 들어갔다.

이런 설정이 있다면 자우가 브렌을 싫어하는 게 좀 개연성이 있게 되고, 두 사람의 갈등이 극적으로 좀 더 두드러질 수 있기 때문이었다.

또, 신은 과거 편에서만큼은 한국어를 쓸 수 있게 되었는데, 이는 자우와 브렌이 출신이 다르다는 걸 보여주는 것이기도 했다.

이렇게 이야기할 건 합의한 후.

신은 교토 청수사에 가서 청년 시절의 이야기를 짤막하게 촬영하기로 했다.

이 촬영을 위해 신은 머리를 짧게 아주 잘라야 했지만, 개의치 않았다.

일본인으로 등장하는 것보다는 나았으니까.

☆　　★　　☆

대전 내부.

단상 쪽에는 커다란 부처 부처상 하나가 있었다.

이 불상 앞에는 머리를 빡빡 민 신과 준스케가 참선하는 중이었다.

한편, 두 사람 곁에는 가사를 입은 중년 승려 한 명이 있었다.

승려의 이름은 무사시 켄.

브렌이 청년일 적 무도를 가르친 스승이다.

그리고 이 세 사람 앞에서 카메라 하나가 돌아가고 있었다.

촬영 감독은 세 사람을 한 화면 안에 담아내다가 신을 비췄다.

신은 손가락을 꼼지락거리고 있었다.

가부좌를 계속 틀고 명상을 하고 있자니 지루한 것이다.

무사시 켄이 어느 틈엔가 신의 곁에 다가와 있었다.

그는 죽비로 신의 어깨를 내리쳤다.

탁!

"자세가 흐트러져 있다!"

켄은 앞을 볼 수 없는 시각장애인.

이 상황을 어떻게 알아챈 것인지 참으로 신기하기만 했다.

"마음의 빈틈을 보이면 안 된다."

눈을 꾹 감고 있던 신의 미간이 살짝 일그러지자 사부 무사시가 호통을 치기 시작했다.

"머리에 잡념을 비워내고, 마음을 가지런히 해라!"

지금 브렌의 속은 부글부글 끓어 오른 상황.

무사시의 말이 마음에 들지 않았다.

때려놓고 마음을 가지런히 하라니, 누구 약 올리는 것도 아니고…….

신은 틀고 있던 가부좌를 막무가내로 풀었다.

무사시 켄 배역의 배우가 말했다.

"마음을 깊게 단련하는 게 싫으냐?"

"마음을 흘러가는 대로 내버려 두는 게 자연스러운 거죠."

"어허! 마음을 가지런히 할 줄 모르면서 흘러가는 대로 둔다?"

이는 걷지도 못하는 아이가 뛰는 것과 비슷한 것이었다.

신은 툴툴거리며 자리에서 일어났다.

"아, 모르겠고 한판 떠봅시다."

일전에 브렌은 무사시에게 덤볐다가 패배한 적이 있었다.

무사시 켄이 혀를 쯧 차며 말했다.

"오만방자한 것."

그는 격투하는 자세를 잡고는 신을 향해 손가락을 까닥거렸다.

"한번 와 보거라."

스트레칭으로 몸을 풀던 신의 입가에 미소가 맺혔다.

"기다리고 있었어, 땡중!"

"그게 노인네에게 할 말이냐?"

카메라가 신이 대사를 내뱉을 때 신을 찍고, 무사시가 말을 할 때 무사시를 촬영하였다.

이른바 오버 더 숄 더 샷.

신이 무사시에게 다가가는 순간, 죽비가 신의 어깨를 쳤다.

팡!

"쳇!"

신이 무사시의 품으로 파고드는 순간!

카메라도 신과 같이 돌았다.

역동적인 동작을 담아내는 무빙 샷!

두 사람의 대결은 순식간에 끝났다.

정적이 가라앉은 속에서 켄의 소매 쪽 자락이 펄럭거렸다.

신은 이해하지 않는다는 듯 중얼거렸다.

"이게 무슨……."

손가락 하나가 신의 옆구리 쪽을 이미 파고 들어와 있었다.

신은 두 무릎을 바닥에 꿇었다.

쿵!

그리고 두 팔로 제 몸을 감싸 안았다.

몸이 살짝 떨렸다.

신은 이를 버티려고 하였으나 몸이 서서히 떨려오는 건 막을 수 없었다.

"크!"

신음이 굳게 다문 입술을 비집고 흘러나온다.

"끄으으으……."

이윽고 신은 몸을 부들부들 떨기 시작했다.

"끄아아아아아!"

이제 두 눈에는 붉은 핏줄까지 맺혔다.

신의 연기를 바라보던 사람들은 혀를 내둘렀다.

'참으로 실감이 나는 연기야.'

무사시 켄은 고통을 호소하는 신에게 눈길조차 주지 않고 있지만, 그 역시 감탄하고 있었다.

'참으로 훌륭한 연기자군.'

질 수 없다.

그는 뒷짐을 지고는 고개를 살짝 꺾었다.

카메라가 그에게 가까이 붙었다.

"사람의 마음은 조각배다. 바람에 파도에 잘 흔들리는 법. 그러니 마음을 깊게 하는 것이다. 흔들려도 쉬이 휩쓸리지 않도록."

캐릭터의 카리스마와 근엄한 대사가 만나자 주변 공간을 압도하는 거 같았다.

그는 중년 간지라는 게 무엇인지 잘 보여주고 있었다.

한편, 준스케는 가부좌를 튼 자세에서 미동도 하지 않았다.

주변에 무슨 소란이 일어난 건지 모르는 듯했다.

"'경警' 하는 걸 항상 유념, 또 유념하거라."

무사시는 이 말을 하고는 미닫이문을 밀었다. 그리고 바깥으로 나가버렸다.

기다란 도포 자락이 펄럭거리며 문이 닫혔다.

신은 대청마루 바닥에 대자로 쭉 뻗은 채로 숨을 헐떡거리고 있었다.

"하아-, 하아-."

이제 육체에 통증은 사라졌다.

"젠장, 또 졌잖아."

신이 자리에서 벌떡 일어나려는 순간.

어디선가 풉 하는 웃음이 새어 나왔다.

"쿡."

신이 준스케를 살짝 노려보며 툴툴거렸다.

"야, 웃음이 나와?"

"큭크."

준스케는 웃음을 참을 수 없는 것인지 이제 대놓고 웃어 버렸다.

"하하하하하하!"

"아, 웃지 마라니까!"

준스케에게 소리를 바락바락 지르는 신의 모습은 철없는 동생 그 자체다.

"어쭈! 이리와!"

이윽고 두 사람은 서로에게 암바를 먹이거나 헤드록을 걸거나 엎치락뒤치락하기 시작했다.

"하지 마!"

"그러니까 왜 웃었냐고!"

일전에 두 캐릭터가 목숨을 걸고 싸운 걸 생각하면, 지금의 장면은 참으로 대조적인 샷Shot이었다.

한편, 무사시 켄은 문 바깥에 등을 대고 서 있었다.

"참으로 사이가 좋은 형제로다."

그는 고개를 절레절레 내저으며 발을 살포시 뗐다.

그의 입가에는 미소가 살포시 맺혀 있었다.

이때, OK 사인이 떨어졌다.

☆　　★　　☆

이후의 전개되는 이야기를 이야기하려면 무사시 켄의 생각을 잠시 들여다봐야 한다.

무사시 켄은 브렌에 관심이 많다.

이유?

브렌의 행동이 거칠지만, 마음은 순수하기 때문이었다.

반면 자우의 마음에는 어둠이 있다.

무사시는 자우의 마음에 어둠이 깃들어 있다는 걸 일고 있었고, 이를 통솔하려고 했다.

그러나 이는 제어될 수 없었다.

그러던 어느 날.

자우 리는 무사시가 브렌을 눈여겨보고 있다는 걸 알게 된다.

이를 계기로 브렌을 질투하기 시작한다.

켄에게 단 한 번도 인정을 받지 못했기 때문이었다.

이러던 차에 한 남자가 자우 리를 찾아온다.

그는 자신을 세상을 뒤에서 움직이고 있는 '빅 브라더' 의 일원이라 소개하며 자우 리를 오래전부터 지켜봐 왔다고 이야기한다.

그리고 조직에 들어오면 인간이 지닐 수 없는 힘을 주겠다고 제안하는데…….

이때, 자우 리는 남자의 제안을 덥석 받아들이지 않는다.

남자의 말에서 지극히 위험한 냄새가 나서였다.

어쩌면 자우 또한 남자의 제의를 받아들이면 자신의 삶이 송두리째 바뀔 거라고 느낀 것인지도 몰랐다.

어쨌건 자신이 한 선택이 잘한 결정이라고 애써 되뇌던 자우!

그는 짝사랑하던 여자가 브렌에게 고백하는 걸 보게 된다.

질투심이 폭발한 나머지 브렌에게 싸움을 신청하게 되고…….

이 싸움에서 자우는 처참하게 박살 나고 만다.

그것도 좋아하는 여자 앞에서!

자우는 자존심에 커다란 상처를 입게 되고, 무사시 켄이 되려 자신을 나무라는 걸 듣게 되자 참을 수 없는 분노에 휩싸이게 된다.

자우는 남자의 제의를 받아들이기로 하고, 참으로 무시무시한 계획을 짜버렸다.

무사시 켄을 찾아가, 켄이 방심하고 있던 틈을 타서 죽여버린다.

그리고 이를 브렌이 저지른 짓으로 꾸며버리고 만다.

이렇게 브렌은 죄를 뒤집어쓰게 되고, 모든 사람에게서 비난을 받게 된다.

브렌에게 좋아했다고 한 여자마저도 떠나가고…….

이때, 자우가 나서서 브렌을 도와준다.

이것이 자우의 계획이었다.

브렌의 신임을 얻고, 좋아하는 여자도 얻는 것이었다.

이는 브렌의 모든 것을 빼앗기 위한 포석이기도 했다.

브렌은 아직 이 모든 걸 모르고 있었다.

그리고 자우가 얼마나 잔혹한지도.

어쨌건, 이 이야기 흐름대로 촬영이 진행될 예정이다.

물론 이 과거 이야기가 본편에 모두 다 들어가는 게 아니었다.

이리되면 본편 진행이 더딜 수 있기 때문이었다.

어쨌거나 촬영은 잘 진행되었다.

시우 자우 리가 폭주하는 장면에서는 엄지를 척 내세웠다.

솔직히 촬영에 들어갈 때 작품 이야기가 설정에 끼워 맞춰지는 게 아닐까 하고 내심 걱정했었다.

그러나 이는 기우였다는 걸 촬영하게 되면서 알게 되었다.

장면들 하나하나가 정말 멋들어지게 뽑힌 것이다.

신이 일본에서의 촬영과 AWAKEN 시즌1 촬영을 마치니, 방영일이 눈앞으로 성큼 다가왔다.

AWAKEN을 방영하기로 한 방송사는 FOX TV!

프로그램이 방영될 시간대는 프라임 타임이었다.

그리고 대망의 1회가 방영되었다.

☆　　★　　☆

다음날.

좌중에는 침묵이 흘렀다.

꼭, 사형선고를 받은 것만 같다.

지금 이 자리에 배우들은 없었다.

이곳에 있는 사람들은 AWAKEN 촬영제작진 일동이었다.

그들의 눈앞에는 뒤집힌 종이 한 장이 놓여 있었다.

이 종이에는 AWAKEN의 시청률이 적혀 있었다.

"그럼 뒤집어 보겠습니다."

종이가 팔랑거리며 뒤집혔다.

[Time][Net][Show][18-49 Rating] [Viewers]

이때, 다들 저도 모르게 눈을 감아버렸다.

그리고…….

[9:00 PM] [Awaken] [6.7] [15.6(millions)]

성적을 본 콘 감독은 눈을 크게 떴다.

"데모 시청률! 6.7%!"

사람들이 얼싸안았다.

"우와와!"

"미쳤어! 우리가 해냈어!"

"정말 최고예요."

한국에는 시청률이 10 프로를 뛰어넘는 걸 자주 볼 수 있다.

그러나 미국의 경우는 다르다.

일단 시청자 수가 훨씬 많고, 케이블 채널이 정말로 많기 때문이다.

그리고 10%라고 해도 규모가 다르다.

한국에서 10%가 150만이라면, 미국에서는 1,500만씩이나 된다고 해야 할까.

아무튼, 시청률 지표에서 중요한 건 '데모 시청률' 이다.

이 데모 시청률이라는 건 18세 이상 49세 이하의 연령대에 속한 시청자들의 비율.

즉, 구매력을 지닌 사람들의 비율이다.

때문에, 방송사에서는 이들을 확보하려고 부단히 애쓴다.

전체 시청자 수가 낮아도 데모 시청률이 높으면 높은 광고 수익을 낼 수 있어서였다.

6.7%라면 그야말로 '대박'이다.

☆　★　☆

AWAKEN의 성적은 한국에 곧바로 알려졌다.

검색 엔진 포털 사이트는 그야말로 흥분의 도가니가 되었다.

어느 정도냐면 검색어 1위부터 10위까지 신과 관련된 주제어로 모조리 도배될 정도였다.

한편, 이런 타이틀이 달린 뉴스들도 마구 쏟아져 나왔다.

'앤드류 넬슨 "강신, 한국에 있을 만한 연기자가 아니야!'.

'콘 아르톤 감독 "강신은 그야말로 미친 연기자다!"'.

'한국에서 할리우드로 "할리우드가 숨죽이다!"'.

이런 기사들이 사람들의 흥분을 돋우는데 한몫했다.

한편, 네티즌들은 신이 해낸 일을 자기 일처럼 자랑스러워 했다.

ㄴ 가수가 대박 치면 오오 하겠는데, 배우가 이 정도 해낸 거면 진심 미친 거 아닌가?

ㄴ 대박. 이 정도면 '갓신'인 듯.

ㄴ KIA. 주모 불러라! 여기 막걸리 한 사발!

이 정도로 놀라기에는 아직 이르다.

방영된 부분은 이제 초반부니까.

신이 본격적으로 등장하는 부분이 이야기가 재밌어지고 긴장감이 팽팽해지기 시작하는 부분이었다.

이 부분이 방영되면 시청률이 더 오를 게 분명했다.

이리되면 점점 더 많은 사람이 신을 알아볼 것이고, 신의 인지도도 덩달아 올라갈 것이다.

ㄴ 이대로 오스카까지 가보자.

ㄴ 아무리 그래도 그렇지 오스카까지 무리일 듯.

오스카는 상당히 배타적인 곳이다.

상도 함부로 주지 않는다.

신이 오스카상을 받을 수 있을지 말지는 나중에 생각할 일이다.

지금 당장은 할리우드에 안정적으로 안착하는 게 가장 급선무다.

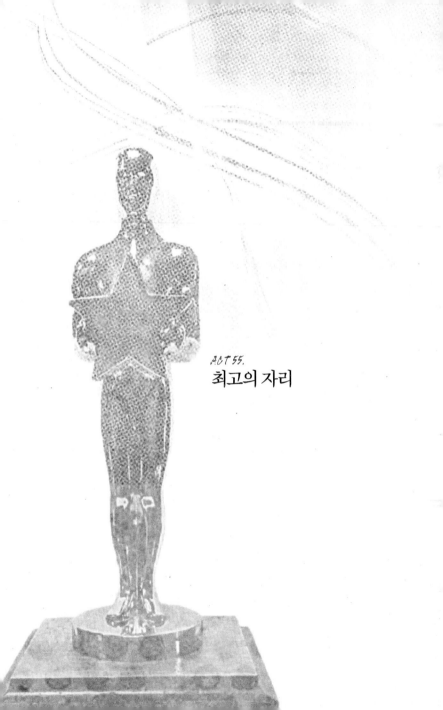

ACT 55.
최고의 자리

ACT 55.

최고의 자리

신은 지금 콘 감독과 함께 리무진을 타고 파티에 가고 있었다.

두근거리는 가슴이 쉽사리 진정되지 않는다.

"후우……."

신은 심호흡을 한번 하고는 말했다.

"이거 참으로 긴장되는데요."

파티에는 수많은 할리우드 관계자가 있을 테다.

기자, 제작사 관계자들, 배우들, 그리고…….

콘 감독이 신을 데려가는 건, 여러 사람과 안면을 익히게 해주기 위해서다.

신도 이제 할리우드에 입성하였으니 여러 사람과 알 필요가 있는 것이다.

그의 배려가 고맙기는 하였으나 부담스럽기도 했다.

'감독님 얼굴에 먹칠은 하지 말아야지.'

"긴장 좀 풀라고."

콘 감독이 말했다.

"자, 한번 생각해보게. 레드 카펫 위에 오르고 수많은 사람에게서 박수를 받는 자네 모습 말이야."

"그거 참으로 멋진 일이네요."

"미리 겪는 거로 생각하라고."

〈아만다〉가 개봉됐을 때, 신이 이곳에 올 수도 있었다.

그러나 당시는 시기상조였다.

신이 많이 알려진 것도 아니고, 출연한 작품도 겨우 한 편이었으니 말이다.

만일 그때 갔었더라면 무시만 잔뜩 받았을 터.

지금은 그때와는 상황이 완전히 다르다.

할리우드 관계자들이 신에 관해 알음알음하는 상황이니까.

이때, 콘 감독은 차 창문 바깥으로 휙휙 지나가는 풍경을 바라보며 넌지시 말했다.

"이제 자네 갈증을 많이 느끼겠어."

그는 갈증이라는 단어를 강조하고는 말을 이었다.

"지금 내가 말하는 갈증이란 자신을 끊임없이 충족시키는 걸 말하는 거야."

신의 궁극적인 목표는 지금보다 더더욱 높은 연기 경지를 맛보는 것이다.

사회적인 명예와 물질적인 부는 부차적일 뿐.

180

"자네나 나나 '카타르시스'에 중독되어 있지."

신은 배역에 몰입하여 감정을 강렬히 터뜨릴 때 황홀경을 느낀다.

반면, 콘 감독은 그려지는 상황을 연출하여 카타르시스를 터뜨리는 것에 만족한다.

어떻게 본다면 두 사람은 동류다.

"그런데 말이야. 자넨 지금 겁내고 있는 거 같아."

"겁이라고요?"

"그래."

콘 감독은 쉽게 풀어서 설명하기 시작했다.

"연기할 때 배역에 영향을 받는 것. 배우들이 자주 겪고 고민하는 일이지. 자네도 자기 자신을 잃는 거 같아 겁이 났을 거야, 그렇지?"

그의 말이 맞았다.

신은 인물에 감정 이입하여 상황에 쉽게 몰입한다.

이제 문제는 과몰입한다는 거다.

이 때문에, 신은 현실과 극의 상황, 이 둘 중에서 무엇이 진짠지 혼동하고는 했었다.

신은 〈스파이〉와 〈광군〉 때를 떠올리며 말했다.

"이제 자기 자신을 잃지 않는 법을 체득했죠."

"그럼 왜 계속 자신을 가두려고 하지?"

신은 그의 말에 반박하려고 하기보다 귀 기울이기로 했다.

그는 할리우드에서 십수 년간 살아남은 베테랑.

그가 말하는 건 피가 되고 살이 될 터였다.

"지금 내가 하는 말은 자신을 제어하지 말라는 말이 아니야. 스위치를 껐다 켜는 거처럼 집중과 이완이 필요하지."

'하긴 자신을 끊임없이 제어하려고 하는 건 정말 피곤한 일이지.'

그래서 브랜이 말하지 않았던가.

마음이란 건 흘러가는 것이라고.

"근데 자넨 지금 더 폭발할 수 있단 말이지. 근데 그걸 웅크리고 있어."

신은 문득 자우의 이야기가 떠올랐다.

'자우는 자신의 어둠을 이기려고 극복해내려다 오히려 잡아먹히고 말았지.'

정확하게 말한다면 자기 자신의 스트레스를 해소하지 못했다고 해야 할까.

문득 이런 생각이 들었다.

'만일 자우가 자신의 욕구를 완전히 터뜨렸다면 어떻게 됐을까?'

신의 생각이 이어지려던 차였다.

"자네 자신을 완전히 터뜨려 봐."

콘 감독의 말에 신은 뒤통수를 망치로 강하게 후려치는 느낌을 받았다.

이 이야기를 끝으로 두 사람 사이에서 오가는 대화는 없었다.

신은 생각을 정리하느라 정신이 없었다.

'후후, 뭔가 깨달은 게 있나 보군.'

어느샌가 리무진은 파티장에 도착해 있었다.

신과 콘 감독은 리무진에서 내려 파티장에 향했다.

신이 파티장에 들어선 순간, 주변 사람들의 이목이 콘 감독 그리고 신에게 쏠렸다.

신을 바라보는 사람들의 감정은 다양했다.

호감을 띄는 사람도 있고, 싫어하는 사람도 있고…….

한편, 신은 샴페인을 우아한 자태로 마시고 있는 금발의 미녀를 보고는 속으로 놀랐다.

'레이첼 시아잖아.'

〈액츄얼리 러브〉, 〈타임 어바웃〉에 나온 배우다.

그녀 말고도 쉽게 만날 수 없는 할리우드 스타들이 이곳에 많았다.

'이게 꿈인지 생시인지…….'

신은 얼떨떨했다.

'후, 쫄 거 없어.'

신은 숨을 내쉬며 긴장을 이완했다.

'이제 나도 할리우드 배우가 된 거야.'

그래, 긴장할 필요 없다니까.

신은 이곳에 있는 사람들에게 풋내기라는 걸 보이고 싶지 않았다.

'허…….'

어느샌가, 콘 감독은 한 여자 배우와 대화를 나누고 있었다.

'아니, 저 양반 도대체 언제 저기까지 간 거람.'

글래머 여자 배우가 콘 감독에게 바짝 붙어 앙탈을 부리는 데 정말 장난이 아니었다.

'아, 곁에 좀 있어 주지.'

뭐, 콘 감독이 해줄 건 다 했다.

이제 이곳에서 살아남아야 하는 건 신의 몫이었다.

그러던 이때.

누군가가 큰 소리로 신을 불러세웠다.

"Mr. 강!"

신을 불러세운 아름다운 여인은 아만다 로렌스였다.

신은 미소를 지으며 아만다의 볼에 입을 가볍게 맞추었다.

"더 예뻐지셨네요."

"감사합니다."

아만다는 배시시 웃었다.

순간 화사한 꽃이 피어오른 듯 했다.

이때, 한 여자 배우와 대화를 나누던 앤드류가 신을 발견하고는, 신의 곁으로 다가왔다.

"이제 온 거야?"

신과 앤드류 그리고 아만다.

주변의 주목을 충분히 받을 만한 조합이다.

할리우드 관계자들이 이들에게 다가왔다.

앤드류와 아만다가 신을 특별히 챙겨주었다.

이들 덕분에 신은 들러리 신세를 면할 수 있었다.

콘 감독은 사람들과 어울리는 신을 바라보고는 속으로

만족스러운 미소를 지었다.

'후후, 잘 어울리고 있군.'

신을 그의 곁에 두지 않은 건 신을 위해서다.

이곳에 있는 인간들은 구르고 구른 사람들이다.

콘 감독이 지금 상대하고 있는 여배우 말리사는 남자를 잘 노리는 꽃뱀으로 유명한 여인이다.

즉, 콘 감독은 그녀에게 말을 먼저 걸어서, 그녀를 사전에 차단한 것이다.

콘 감독은 그녀보다 한 수위였다.

그리고 이 순간 신은 LA 영화비평가협회 일원과 만나고 있었다.

그는 조셉 필립.

LA 영화비평가협회를 이끄는 주축이었다.

그가 신에게 손을 내밀었다.

"처음 뵙는군요."

신은 악수를 하며 그에게 인사했다.

"반갑습니다."

"마에스트로 박의 아드님이시죠?"

신은 깜짝 놀랐다.

할리우드 톱스타 배우 앤드류에 LA 영화비평가협회 인물까지…….

'이전부터 아버지가 대단하다고 생각했었지만, 이 정도일 줄 몰랐네.'

"아! 그러고 보니…….."

그가 생각난 듯 말을 이어나가려는 그때, 콘 감독이 홀에 달린 골든벨을 땅! 쳤다.

모두의 시선이 홀로 향했다.

콘 감독은 샴페인 잔을 들고 있었다.

"귀빈 여러분들, 이곳에 많이 모여주셔서 감사합니다."

이곳에 많은 이들이 온 이유가 있었다.

바로 눈도장을 찍기 위해서다.

이는 AWAKEN '시즌 2' 제작이 일찌감치 100% 확정되어서다.

원래 업계 소식은 정말 발 빠르게 전해지는 법.

지금 이 자리에는 꿀을 공급하려는 투자자들이 줄 섰다.

그리고 꽃과 나비들이 꿀을 노리려 몰려드는 건 당연지사.

콘 감독이 샴페인 잔을 허공에 번쩍 들고 말했다.

"오늘 재밌는 파티가 되면 좋겠습니다. 재밌게 즐겨주세요!"

콘 감독이 샴페인을 마시자, 사람들도 다 같이 샴페인을 마셨다.

이윽고 셀럽들은 담화를 즐기기 시작했다.

신은 조셉과 마저 못다 한 대화를 나누기로 했다.

"아까 무슨 말씀을……?"

"하하, 별말 아니었는데."

한 할리우드 관계자가 조셉을 불렀다. 조셉은 알겠다는 듯 손동작을 하고 신에게 말했다.

"조만간 한번 만나자는 이야기였습니다."

신은 그가 왜 신을 보자고 하는 건지 이유를 잘 몰랐지만, 일단 그러려니 했다.

"네, 그러죠."

한편, 신을 무척 신기한 시선으로 바라보는 한 남자 배우가 있었다.

'할리우드에서 단숨에 주목받게 된 건 운이 좋아서인 걸까.'

호기심이 생긴다.

그는 카나페를 즐기고 있는 신에게 곧바로 다가갔다.

"반갑습니다."

"안녕하세요."

"당신이 그 소문의 주인공이군요."

남자 배우는 손을 내밀었다.

"아?"

"이번에 브렌 리로 나오신 배우분 아니신가요?"

신은 이름있는 배우가 신을 먼저 알아봐 주자 내심 으쓱한 기분이 들었다.

이것도 잠시.

"〈아만다〉에서 할리우드 여배우와 촬영하셨는데, 백인 여배우와 연기한 건 어땠던가요."

신은 질문을 순간 이해하지 못했다.

왜 이딴 질문하는 건지 알 수 없어서다.

보통 이런 질문에 보통은 불쾌한 표정을 짓거나, 얼버무릴 터.

하지만 신은 평범한 사람과 다르다.

"특별한 거 없던데요?"

당돌한 말이었다.

또, 어떻게 보면 사건방진 대답이기도 했다.

남자가 신의 반응에 웃음을 피식 흘리며 말했다.

"동양인 남자 배우가 백인 여자 배우와 연기하는 건 쉽지 않은 일 아닙니까?"

이 정도면 헛웃음이 나온다.

신은 빙긋 웃으며 그의 말을 고스란히 되돌려주었다.

"확실히 백인 여자 배우가 동양인 남자 배우와 연기하는 건 쉬운 일이 아니죠."

"당돌한 친구군."

그의 입에서 반말이 나왔다.

"그쪽은 되먹지 못했어."

신의 입에서도 고운 말이 나오지 않았다.

남자의 눈가에 이채가 서렸다.

'호오……. 이거 이유가 있었군.'

이윽고 신과 남자 배우는 시선을 마주치며 눈싸움을 벌였다.

신은 남자를 살짝 올려다봐야 했으나 눈싸움에서 전혀 밀리지 않았다.

사람들은 신과 크리스를 흥미진진하게 바라보았다.

"저, 저 트러블 메이커 또 사고 친 건가."

트러블 메이커!

크리스 베일!

할리우드에서 기분파로 행동하는 거로 유명한 인물이다.

많은 사람이 그의 괴팍한 성깔을 감당하지 못해 한 수 접어준다.

"저 Mr. 강이라는 배우도 만만치 않군!"

"강단이 있는 친군데."

당당한 신의 모습은 이들에게 매력적으로 다가왔다.

크리스 베일이 갑작스러운 웃음을 터뜨렸다.

"하하하! 재밌는 친구군. 내 말에 불쾌했으면 사과하지."

그리고 그는 신에게 정중하게 머리를 숙였다.

신은 그의 감정을 보며 속으로 중얼거렸다.

'역시 일부러 떠본 거였구나.'

사람들은 이 장면을 보고 눈을 크게 떴다.

천하의 크리스 베일이 사과한다고?

할리우드 관계자들은 신이 폭풍의 핵이 되리라는 걸 짐작했다.

크리스 베일이 아무에게나 예의를 갖추는 건 아니기 때문이다.

놀라기에는 아직 이르다.

이때, 동양인 남자가 한 여자 배우와 대화하며 장내에 들어서고 있었다.

한 할리우드 관계자가 그를 보고는 놀랐다.

"마에스트로 박?"

장내에 있는 모두가 이 이름을 아는 건 아니었다.

그러나 내로라하는 업계 관계자들이 이 이름을 알고 있었다.

"박이 여기에 왔다고?"

신도 그를 보고 깜짝 놀랐다.

"어라?"

박명우는 미소를 지으며 신에게 다가갔다.

"이렇게 보는구나, 신아!"

신은 지금 상황이 다소 뻘쭘하긴 했지만, 박명우가 두 팔을 벌리자 마지못해 그를 안았다.

부자의 재회를 본 콘 감독의 눈에 이채가 서렸다.

"호오, Mr. 강이 마에스트로 박의 아들인가?"

앤드류가 대답했다.

"맞습니다."

이 말에 몇몇 할리우드 관계자들이 깜짝 놀랐다.

저 동양인 배우가 마에스트로 박의 아들이라고?

아만다는 사람들의 반응에 고개를 갸우뚱하며 콘 감독에게 말했다.

"감독님이 아시는 분인가요?"

"잘 알다마다. 참으로 훌륭한 친구야. 노출을 꺼리다 보니 알려지지 않은 것일 뿐."

칭찬에 인색한 콘 감독의 입에서 훌륭하다는 말이 나오기란 흔치 않은 일.

"그런데 왜 마에스트로라고 불리는 건가요?"

마에스트로.

대가의 경지나 거장의 반열에 오를 때야 불리는 명칭.

마에스트로라고 불리기에 박명우는 젊은 축에 속했다.

"알 파치노가 〈여인의 향기〉를 촬영할 때 저 친구에게서 많은 도움을 받았지."

〈여인의 향기〉는 알 파치노에게 아카데미와 골든 글로브 시상식에서 남우주연상을 안겨준 영화.

"그 영화라면, 알 파치노 선배가 시각장애인으로 나온……."

이 영화에서 알 파치노는 카메라가 처음부터 끝까지 돌아가는 내내 초점을 잡지 않는데, 그의 시선 처리 연기는 그가 진짜 장님인 게 아닐까 하는 착각이 들 정도로 완벽하다.

"알 파치노가 장님 역할을 제대로 소화해 낼 수 있도록, 박은 그와 같이 맹인 생활을 해줬지."

"알 파치노 선배가 실명당할 뻔한 적이 있는 게……?"

이 후일담은 할리우드에서 정말로 유명한 이야기다.

콘 감독은 고개를 끄덕이며 말했다.

"평소 생활하는 것처럼 연기에 극도로 몰입하다 보니, 눈이 진짜로 안 보이게 될 정도였다고 하더군."

"그런 미친 메소드 연기는 그냥 튀어나온 게 아니었네요."

"박이 그걸 다 이끌어 준 거였어. 사실 탱고 음악에 맞춰 여인과 함께 춤을 춘 것도 박의 의견이었지"

콘 감독은 후후 웃으며 말했다.

"아무튼, 알 파치노 그 녀석이 그랬지. 박은 마에스트로라고 불려도 손색이 없다고."

'알고 보니 대단한 사람이었구나.'

아만다는 이채가 섞인 눈빛으로 신을 끌어안은 박명우를
바라보았다.

한편, 신은 사람들의 시선이 바뀐 걸 느낄 수 있었다.

조금 전까지만 해도 '여기까지 온 걸 보면 능력이 있어 보
이는 배우.'였다면, 이제는 '반드시 주목해야 할 배우'가 된
것이다.

이는 박명우의 존재감이 얼마나 대단한지 보여주는 증거
이기도 했다.

이때, 콘 감독이 박명우에게 다가왔다.

"박! 정말로 오랜만이야!"

"하하하하! 정말 간만이군."

'뭐야, 콘 감독님과도 아는 사이였어?'

이제 놀랍지도 않다.

박명우와 콘 감독은 포옹하고는 악수를 했다.

"Mr. 강이 자네 아들일 줄 몰랐네."

"내 아들을 잘 이끌어 주고 있다고 들었어. 앞으로도 잘
부탁하겠네."

박명우는 콘 감독의 손을 꼭 붙잡았다.

자식을 생각하는 부모의 마음이란 게 이런 모양이다.

"오히려 내가 고맙다고 해야지. Mr. 강 같은 배우를 보게
해줘서! 하하하!"

박명우는 머리를 긁적이며 신에게 말했다.

"신아, 잠시 이야기 좀 하마."

192 신의
연기7

이윽고 두 사람은 그동안 미뤘던 회포를 나누기 시작했다. 여기에 조셉 필립까지 합세하니 이야기꽃이 화려하게 피웠다.

신은 이를 보면서 박명우가 미국에서 어떤 생활을 보냈을까 하고 생각했다.

'평범하게는 살지는 않았겠지.'

이는 마에스트로라는 칭호만 봐도 어느 정도 짐작할 수 있었다.

앤드류가 눈을 초롱초롱 빛내며 말했다.

"박은 참으로 대단한 사람이야."

신은 감탄사를 나직이 토해내는 앤드류에게 말했다.

"그런데 누가 아버지를 이곳에 데려온 걸까?"

앤드류는 다른 곳을 바라보았다.

"으음, 글쎄."

"역시 범인은 가까운 데에 있었구나."

신의 말에 앤드류는 몸을 움찔 떨었다.

신은 앤드류가 박명우를 무슨 말로 꾀어 이곳에 데려온 건지는 궁금하지 않았다.

의아한 건 박명우와 서먹서먹하다는 걸 앤드류가 어떻게 알았을까다.

'아버지와의 사이에 관해 딱히 별말 한 적 없는데.'

신은 그제야 '아!' 했다.

'딱히 말하지 않았으니까 알았겠구나.'

신에게 관심이 정말로 많은 앤드류는 신과 대화를 하면서 부자 사이가 어떠한지 바로 알아차렸을 테다.

그래서 이 두 사람을 만나게 하면 좋겠다고 생각한 것일 테고.

그러나 당사자들의 문제는 원래 당사자끼리 해결해야 하는 법이다.

앤드류가 머쓱한 표정을 지으며 말했다.

"우리 잠시 바람이나 쐬러 갈까?"

"좋아."

신과 앤드류는 테라스로 나갔다.

쌀쌀한 바람이 두 사람을 반겼다.

"근데 좀 미안하긴 하네."

"뭐가?"

"내 멋대로 네 아버지와 만나게 했잖아."

"솔직하게 말하자면 난 아버지를 싫어하는 것도 아니고, 좋아하는 것도 아니야."

신은 제 이야기를 담담히 꺼냈다.

"아버지는 말하지 못할 사정으로 어머니 곁을 떠나가야 했어. 그래도 난 아버지가 잘못한 건 없다고 생각해. 어머니가 날 임신한 줄 몰랐거든."

앤드류는 신의 이야기에 경청했다.

"내가 아버지를 나쁘게 생각하지 않는 건, 날 대하는 것에서 진정성을 느꼈기 때문이야. 내가 아들이라는 걸 알고는 아버지로서 해줄 건 다 해주셨으니까."

평소라면 절대 이야기하지 않았을 속내.

이렇게 이야기하고 있자니 얼굴이 낯뜨거워진다.

"이제 친하게 지내면 되겠네."

"근데 좀……."

"부담스럽다? 여태껏 남남처럼 살아와서?"

신은 테라스 난간에 몸을 살짝 기댔다.

"뭐, 그런 것도 있고."

"그럼 감정적인 문제는 다 해결된 거네?"

"응. 이제 남은 건 서로에게 다가가는 건데, 그게 생각보다 어렵더라고."

앤드류가 크게 소리쳤다.

"그렇다는데요! 박!"

신은 깜짝 놀라 앤드류가 소리친 쪽을 바라보았다.

아무도 없었다.

신은 놀란 가슴을 쓸어내리며 투덜거렸다.

"사람 놀래는 재주는 참으로 최고다."

"칭찬으로 들을게."

앤드류는 하하 웃으며 말했다.

"난 네가 참 부러워. 나와 다르게 아버지가 계시잖아."

신은 앤드류의 말에 아무 말도 할 수 없었다.

"남이 실컷 번 돈으로 다투기 시작하고, 영화에 제멋대로 투자했다가 영화 망하니까 이혼하더니 그 이후로는 나 몰라라 하고……."

앤드류의 말에는 많은 감정의 조각들이 담겨 있었다.

"웃긴 게 뭔지 알아? 어느 날, 아버지가 나 보고 싶다고 부르더라고. 당연히 난 가지 않았어."

"……."

"그러던 어느 날, 아버지가 돌아가셨다는 연락이 왔어. 미안하다는 말도 남겼던데. 난 황당했어. 자기만 하고 싶은 말만 다하고 갔으니까. 참 이기적이지 않아? 아무튼, 내가 하고 싶은 말은 후회할 선택은 하지 말라는 거야."

이때, 박명우가 테라스 쪽으로 나와, 신과 앤드류를 보며 말했다.

"날도 쌀쌀한데 여기에서 뭐하는 거냐."

앤드류는 신의 어깨를 툭툭 치며 자리에서 벗어났다.

"그럼 잘 해보라고, 친구."

신은 앤드류의 배려가 싫지는 않았다. 신을 생각하는 진정성이 있었으니까.

'고마워, 앤드류.'

앤드류가 과거 이야기를 해준 건, 신만큼은 자기와 같은 전철을 밟지 않았으면 하는 희망에서 비롯된 것일 테다.

지금 신의 머릿속에서는 이 말이 맴돌고 있었다.

- 후회할 선택은 하지 마.

잠자코 있던 신이 말문을 열었다.

"같이 바람이나 쐴까요?"

"하하, 그럴까."

두 사람은 전경을 바라보았다.

오가는 대화는 없었다.

박명우가 말했다.

"솔직히 난 네가 여기에 있는 줄 몰랐다."

"저도 몰랐어요."

두 사람 사이로 또다시 침묵이 흘렀다.

"……."

"……."

이번에도 말문을 연 건 박명우였다.

"그동안 잘 지냈어?"

"네."

"율이는 어떠냐?"

"건강해요. 애가 하루하루 다르게 커가는 데, 보는 것만으로도 배가 부르더라고요."

율이가 두 사람의 대화를 여는 마법의 단어였다.

"아, 그리고 이건 지금 꼭 말해야 할 거 같아서……."

신은 머뭇거리다 말문을 열었다.

"이제는 알아요. 자식을 생각하는 아버지의 마음이란 게 어떤 건지."

사람들이 말하는, 자식을 생각하는 아버지의 마음이란 게 신에게는 머리로만 이해되는 개념이었다.

"율이를 키우다 보니 아버지가 절 바라볼 때 어떤 마음이었을지 짐작할 수 있겠더라고요."

"……."

"마음이 찢어질 정도로 아프셨겠죠."

박명우는 신이라는 존재를 무려 이십 년이 지나서야 알았다.

그가 신을 버리고 싶어서 버린 것도 아니고, 외면하고 싶어 외면한 것도 아니었다.

그러나 무려 이십 년 동안, 아버지로서 해줄 거 못 해주고, 함께 있어 주지 못하였으니…….

아마 박명우는 신을 볼 때마다, 자기 자신을 원망하고 또 자학했을 것이다.

"아직도 행복해질 자격이 없다고 생각하시는 건가요?"

"신아, 난…….."

"제가 지난번에 말했을 텐데요. 어머니는 이제 놓아주라고, 어머니는 아버지가 이러는 거 원하지 않을 거라고 했잖아요."

"그러니까…….."

신은 박명우라 무어라 말하기 전에 단호하게 말했다.

"과거는 과거고, 앞으로가 중요해요."

이렇게 쐐기를 강하게 박아놓지 않으면, 대화가 도돌이표처럼 겉돌 게 뻔했다.

박명우는 겉은 툴툴하면서 속 깊은 신의 마음을 느낄 수 있었다.

"아무튼! 한국에 오세요. 율이랑도 자주 놀아주셨으면 해요."

율이가 박명우를 모른다면 나중에 이렇게 말할 수 있었다.

'아빠, 다른 애들은 할아버지랑 놀이공원 가기도 하던데. 난 왜 할아버지가 없어?'

이때, 신은 뭐라고 말해 줘야 할지 가늠이 되지 않았다.

'서로 찢어 놓으면, 나도 어떤 의미에서는 아버지처럼 되는 거야.'

신은 율이에게 만큼은 신이 느꼈던 걸 느끼게 해주고 싶지 않았다.

박명우는 허허 웃으며 말했다.

"그래, 그러자꾸나."

두 사람은 율이와 관련된 이야기를 하면서, 서로에게 말하지 않았던 속 이야기를 조금씩 털어놓았다.

"아, 그리고 이거 비밀로 할까 싶었는데, 이왕 말하는 김에 속 시원하게 말할게요. 그때, 왜 그랬어요?"

"뭐가 말이냐?"

"제 결혼식에 몰래 왔다 간 거요."

박명우는 눈을 끔뻑 떴다.

"알고 있었구나?"

신이 한숨을 쉬며 말했다.

"그냥 모르는 척 한 거예요. 미안해하는 게 뻔해 보이는데 제가 어떻게 아는 척해요."

"그게 말이다……."

신은 굳게 닫힌 빗장 문을 열고, 박명우에게 마음을 조금씩 열기 시작했다. 박명우도 마찬가지였다.

부자의 밤은 이렇게 저물어가고 있었다.

☆　　★　　☆

신은 한국으로 돌아가기로 했다.

일단 AWAKEN 시즌1 촬영을 마무리하였으니, 미국에

머무를 필요가 없었다.

AWAKEN 성적도 쭉쭉 올라가고 있으니, 신은 기분 좋게 미국을 떠날 수 있었다.

한데, 이상한 일이 있었다.

한국 가는 길 내내 마음이 편안한 것이었다.

앓던 이를 뽑아낸 기분이라고 해야 할까.

그리고 신이 인천 국제공항에 들어서는 순간, 신은 어마어마한 인파와 마주할 수 있었다.

기자들과 팬과 하며…….

'이게 무슨…….'

신의 공식적인 일정은 일주일 뒤 한국에 도착하는 것이다.

사람들의 이목을 피하고자 일정을 일주일이나 앞당겼는데, 어찌 된 게…….

'아, 이거 인간적으로 너무 많은데.'

신은 침착하게 행동하기로 했다.

팬들의 눈에는 자연스럽게 행동하는 신이 정말 대단하게 보였다.

"멋져요!"

"사랑해요! 오빠!"

"우리 오빠! 타고났어!"

기자들이 신을 둘러싸고 질문하기 시작했다.

"할리우드에서 촬영은 어땠습니까."

"월드 스타가 되신 소감이 어떠신가요."

'아니, 아직 그렇게까지는 아닌데.'

"이제 당당한 할리우드 배우가 되셨는데, 향후 일정은 어떻게 되십니까."

신은 기자들의 질문에 차례대로 대답하기 시작했다.

"할리우드에서 촬영은 정말로 멋진 경험이었습니다. 제 부족함이 무엇인지 더더욱 알게 되었고요. 월드 스타가 되었다고 생각하지 않습니다. 앞으로 갈 길이 멉니다. 그리고 일정과 관련하여 말한다면 당분간은 휴식을 취하려고 합니다."

신의 대답은 막힘이 없었다.

그러던 그때, 한 기자가 질문했다.

"작가 파업 사태에 관해 어떻게 생각하십니까."

이 질문에 요란스럽던 분위기가 고요해졌다.

모두가 신이 말하는 것만을 기다렸다.

신은 머뭇거리지 않고 말했다.

"재단을 설립할 겁니다."

이건 무슨 폭탄 발언이란 말인가.

"네?"

"그게 무슨 말씀이십니까?"

"자세히 말씀해주시죠!"

작가파업사태의 근본적인 원인은 작가를 비롯한 스태프들이 정당한 대우를 받지 못하는 데 있었다.

신은 재단을 설립해서 이 문제를 해결할 생각이었다.

"저는 제가 잘나서 이 자리까지 왔다고 생각하지 않습니다.

많은 사랑과 관심이 있기에 가능했다고 생각합니다. 저는 제가 받은 관심과 사랑을 사회에 환원하려고 합니다. 그리고……."

기자들은 신의 말을 녹취하거나 수첩에 옮겨적기 시작했다.

곧, 있으면 온라인으로 '연기자 강신의 예상치 못한 행보'라는 제목의 기사가 마구 쏟아질 테다.

모두가 주목할 파격적인 발표였으니 당연히 이럴 만도 했다.

이렇게 신은 한국에 오자마자 대박 사건을 하나 터뜨렸다.

☆　★　☆

'인터넷 반응 완전 장난 아닌데.'

네티즌 댓글 반응을 폰으로 보고 있던 예리는 부엌에서 설거지에 한창 중인 신을 힐긋 바라보았다.

"내가 웃긴 이야기해줄까?"

"뭔데."

예리는 쿡쿡 웃고는 댓글을 또박또박 읽기 시작했다.

"이건 갓신 밖에 할 수 없는 일이다. 갓신 성님의 배포에 탁을 무릎치고 갑니다! 갓신의 빅픽처 내다보는 능력은 인정해줘야 한다. 인정? 어! 인정! 이왕 이렇게 된 거 갓신을 국회로 보내자."

"어휴, 진짜 못 말린다."

신은 젖병에 물병용 세척 솔을 집어넣어 바닥 구석구석 닦아냈다. 한두 번 해본 솜씨가 아닌 듯했다.

"좀 재밌게 반응해 봐! 반응이 완전 아저씨 같아."

"이제 뭐 아저씨지."

"아아, 재미없는 반응! 확실히 이전이 좋았어. 어떻게든 날 즐겁게 해주려고 이상한 개그도 치고 그랬는데. 귀여운 우리 신이가 이제는 능글맞게 변했단 말이죠."

"어휴, 내가 말을 말아야지."

예리는 재미난 댓글이 또 있나 싶어, 댓글 창을 살펴보다가 소리를 버럭 질렀다.

"어쭈, 이거 봐. '돈 많이 벌었으니 기부해야 하는 건 당연한 거 아니야?' 라고?"

"그런 사람들이 어디 하루 이틀 있는 것도 아니고."

"오, 잠깐! 댓글 바로 달리는 데? 감히 신느님한테 대들다니! 분명 이런 놈은 기부 한 번도 안 해봤을 거야! 너는 기부해봤냐? 옹졸한 놈. 이열, 우리 갓신님 최곤데? 사람들이 알아서 반박 댓글도 달아주고."

신은 훗 하며 말했다.

"어머니가 항상 그러셨지. 빚지지 마라. 행여나 받은 게 있으면 그 이상으로 돌려줘라."

신은 설거지를 마무리하고 손을 털었다.

어머니 강한아가 평소 말하는 입버릇을 말해서인지, 아니면 기일이 슬슬 다가와선지 어머니가 보고 싶었다.

'이제는 아버지와 마음의 거리도 좁혀졌는데…….'

신은 어머니 당신 또한 곁에 있었다면 얼마나 좋았을까 하고 생각했다.

이때, 신의 등 뒤로 부드러운 살결이 닿았다.

"잠시만 이러고 있자."

지금 이 순간 말은 필요 없다.

두 사람의 마음은 서로 통하고 있으니까.

"조만간 어머님 보러 가자."

"어머니 생각한 거 어떻게 안 거야?"

"질문이 이상한데. 당연히 알아야 하는 거 아니야?"

기일이 가까울 즈음 신이 울적해지는 걸 매년 보아온 예리다. 이를 모르는 게 더 이상하다.

"그런데 말이야. 어머니는 아버지랑 내가 친해진 거 아셨다면 좋아하셨을까?"

"엄청 기뻐하셨을걸. 평소 잘 지내면 좋겠다고 생각했을 텐데. 그 바람이 이제 이루어진 거니까."

신은 예리의 말을 잠자코 듣다 말했다.

"어머니는 아버지를 많이 원망했잖아."

"그건 아버님과 어머님 사이의 문제니까 다른 문제지. 어머님은 너랑 아버님이랑 만나게 해주셨을 거야. 너를 사랑하니까."

"그런가."

"아버님과 함께 찍은 사진을 액자에 소중히 남겨뒀다며, 아버지를 항상 생각하고 계셨을 거야. 우읍……!"

예리는 말하다가 말고 입을 막더니 화장실로 냅다 달렸다.

신은 깜짝 놀라 물병을 들고 그녀의 뒤를 재빨리 따라갔다.

'에이, 설마……'

양변기 물이 내려가는 소리가 났다.

신은 화장실 문을 두드리며 말했다.

"속 괜찮아?"

"아, 괜찮은데. 갑자기 구역질이 나네."

"임신한 거 아니야?"

화장실 문을 두고 정적이 흘렀다.

"잠깐만 기다려봐."

잠시 후.

예리는 기쁜 표정을 지으며, 신에게 임신테스트기를 내밀었다.

"짠!"

임신테스트기에는 두 줄이 떠 있었다.

"두, 둘째 임신이야?"

"뭐야, 반응이 왜 그래? 싫어?"

"아니, 당연히 기쁘지. 근데 이번에 복귀하고 싶다며."

예술을 한다는 건 자신의 감각을 끊임없이 연마하는 거나 다름없다.

신이 대본 연습할 때, 예리가 반응연기를 한다고 하지만 감각을 유지하는 데는 한계가 있을 수밖에 없다.

실전에서 느낄 수 있는 특유의 감각이 있기 때문이다.

그리고 날이 무뎌진 실전 감각을 살리는 데에는 실전과 멀어진 시간의 배가 되는 시간을 투자해야 한다.

복귀가 늦어질수록 투자해야 하는 시간이 늘어나는 건 당연지사.

한데, 이어지는 예리의 대답은 뜻밖이다.

"그렇지 않아도 율이 혼자인데, 혼자면 심심할 거 아니야."

배우로서의 주예리와 어머니로서의 주예리.

그녀는 임신한 걸 알자마자, 곧바로 후자를 결정했다.

분명 쉽지 않은 선택이었을 텐데.

'어머니란 게 이런 거구나.'

누가 그랬다.

여자는 연약하나, 어머니는 강하다고.

신은 그녀를 다정하게 안고 그녀의 머릿결을 쓰다듬었다. 그리고 그녀의 귓가에 달콤한 밀어를 속삭였다.

"행복하게 살자. 우리."

"응."

"아, 근데 뭐 먹고 싶은 거 있어?"

"지금 몇 시인데 나가겠다는 거야?"

예리는 신이 나가겠다는 걸 굳이 말리지 않았다.

단 게 갑자기 너무 댕겼다.

신은 예리를 떼어 놓고 외투를 허겁지겁 챙기기 시작했다.

"바나나 케이크? 아니면…….."

두 사람은 동시에 말했다.

"바나나 우유?"

"바나나 우유!"

두 사람은 서로를 보며 쿡쿡 웃었다.

☆　★　☆

다음날.

신은 재단 설립과 관련하여 연예인협회에 잠시 들르기로
했다.

연예인협회는 정말로 초라했다.

조그마한 사무실 앞에 연예인협회라고 적힌 A4 종이 한
장이 달랑 붙어 있었다.

명색이 협회인데 몰골이 이게 뭐란 말인가.

신은 안타까움을 금치 못하며 사무실 안에 들어섰다.

이지운은 추레한 몰골로 컵라면을 먹고 있었는데, 입김까
지 후후 불어 허겁지겁 먹는 모습은 정말로 애처로워 보였다.

신을 바라본 이지운은 화들짝 놀랐다.

"앗! 강신 씨!"

그는 신을 협회에 들이기 위해, 신이 AWAKEN을 촬영할
때, 매니저 역할을 자처하기도 했었다.

도중에 급한 일이 생기는 바람에 눈물을 머금고 한국으로
돌아갔지만,

"그보다 여기는 무슨 일로? 혹시 협회에 관심이?"

이지운은 눈을 반짝 빛냈다.

신은 고개를 가로저으며 의자에 앉았다.

"지난번부터 꾸준히 말해왔지만, 전 협회라는 것에 관심이 없어요. 협회 중에 제대로 된 협회가 잘 없으니까요."

협회에 관한 사람들의 대체적인 인식은 딱 이렇다.

자기네들 이득만 챙기기 급급해서 선수에게 제대로 된 지원을 못 해주는 곳.

"일단 라면부터 먹고 이야기하죠."

"아, 네."

"근데 밥은 잘 챙겨 먹고 다녀요?"

이지운 뒤로 컵라면 사발이 산더미처럼 쌓여 있었다.

"어리석은 질문을 했네요. 이따, 갈비라도 먹으러 갈래요?"

"좋습니다!"

이지운은 컵라면 국물을 마시고는 말했다.

"그런데 재단을 왜 설립하려고 하는 겁니까?"

"제작환경투자죠."

"무슨 말인지 알 거 같은데, 그리 잘 와 닿지 않네요."

"솔직히 말해 조감독이 일 년에 100만 원도 벌지 못한다는 거 꽤 충격적이잖아요."

신이 잔혹한 업계 사정을 알 게 된 건 〈양의 늑대〉를 촬영할 때였다.

"그건 그렇죠."

"제가 느낀 거지만, 우리나라가 할리우드에 질적으로 밀리는 거 같지 않아요."

"제작 환경이 개선되면……."

"할리우드에 진출하는 영화감독과 배우들이 많아질 거로 생각해요."

여태, 할리우드에 진출한 건 신만이 아니었다.

〈라스트 스탠딩〉을 촬영한 김지운 감독도 있고, 〈스토킹〉을 촬영한 박찬욱 감독도 있다.

이들만 있어서는 안 된다. 앞으로 신성이 될 사람들이 자꾸 나와야 한다.

젊은 피가 유입되지 않는 바닥은 언젠가는 망하니까.

이지운은 턱을 쓰다듬으며 말했다.

"뜻이야 좋기는 한데, 현실적으로 힘들지 않겠습니까?"

인력도 문제겠지만, 돈이 가장 문제다.

"제가 아는 분들은 죄다 만날 생각이에요."

'역시 간단히 해결될 문제군.'

신이 나서면 많은 사람이 나설 것이다. 그들이 자선업자라서 나서는 게 아니다.

신을 돕는다고 나서면, 사람들의 관심이 그들에게도 쏟아지기 때문이다.

신은 빙긋 웃으며 말했다.

"그리고 좋은 선례가 생기면, 누군가가 뒤따라 하기 마련이에요."

이지운은 눈을 비볐다. 순간이지만 훗날 한국 연예계를

지탱하는 거목이 된 신의 모습이 보여서였다.

'내가 헛것을 본 건가.'

아주 헛것을 본 게 아닌 거 같다.

신이 희망하는 게 정말 현실적으로 이루어질 거 같기 때문이다.

이지운은 침을 꿀꺽 삼키며 말했다.

"근데 저를 왜 찾아오신 겁니까?"

"당신을 재단 책임자로 고용할 겁니다."

"네?"

신은 그에게 수표를 내밀었다.

그냥 수표가 아니었다.

백지 수표였다.

"헉!"

신은 빙긋 웃으며 말했다.

"저를 열심히 따라다닌 것처럼, 이번에도 열심히 뛰어보세요."

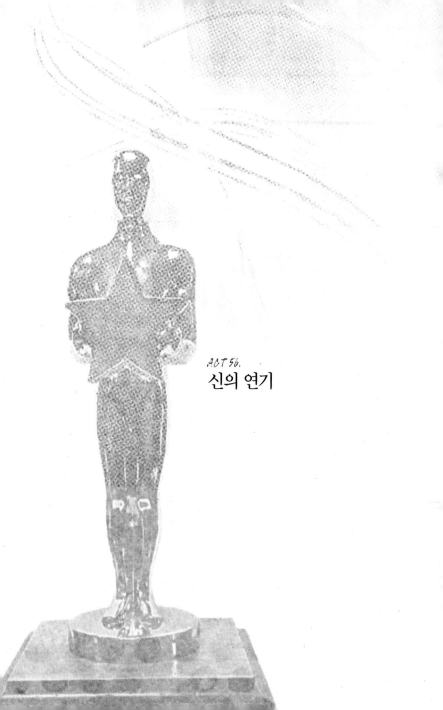

ACT 56.
신의 연기

신의 연기

신은 정말 바쁜 나날들을 보내야 했다.

재단에 필요한 인재들과 만나야 했기 때문이다.

그리고 2025년 3월.

아르테스 재단법인이 출범하게 되었다.

아르테스는 별을 뜻하는 그리스 단어.

꿈을 꾸는 사람들에게 희망이 되었으면 하는 바람에서 붙여진 이름이었다.

아르테스 재단 법인은 기존의 단체들과 다른 점이 있었다.

바로 제작비를 작품에 지원 겸 투자를 하여, 작품이 수익을 벌어들이면, 재단은 그 수익을 떼어가 작가와 스태프들을 나눠주는 것이었다.

이게 다가 아니었다.

수익 중 일부는 저소득층 아이들에게 장학금으로 줄 예정이었고, 재단이 돌아갈 예정이었다.

아르테스 재단은 영리성을 띄는 집단이 아니었다.

비영리사업의 목적을 달성하는 한도 내에서 필요한 영리적 사업을 하는 것일 뿐.

재단 구성원에게 떨어지는 건 땡전 한 푼도 없었다.

이는 신에게도 적용되는 것이기도 했다.

한편, 좋은 소식이 있었다.

아르테스 재단법인이 자금을 지원한 영화 〈세계시장〉이 천만 관객을 넘어선 것이다.

이에, 아르테스를 향한 투자사 러브콜이 빗발쳤다.

신은 모든 제의를 깡그리 무시했다.

왜냐고?

돈을 벌려고 하는 게 아니기 때문이었다.

이 소식을 접한 사람들의 반응은 이랬다.

ㄴ 역시 갓신이다.

ㄴ 사실 갓신은 인간들이 너무 가여워서 천국에서 강림한 천사가 아닐까?

ㄴ 사람이 이렇게 하기도 쉽지 않을 텐데.

ㄴ 난 좀 걱정이다. 갓신이 다른 사람에게 베풀어야 하고 살아야 한다는 강박증이 있는 거 같아서. 그리고 이제는 사람들이 갓신의 선행을 당연한 게 받아들이는 경향이 있음.

└ 22222. 동의함. 조금만 더 이기적으로 살아도 될 거 같은데.

└ 그러게. 좀 걱정이긴 하다. 맨날 잘하는 사람이 한 번 못 해봐. 욕 엄청나게 먹을 텐데.

다른 부분을 궁금해하는 사람도 있었다.

└ 그런데 다음에는 어떤 작품을 선택할까?
└ 할리우드 작품을 선택하지 않을까?
└ 중국도 가보고, 할리우드도 가보고. 이제 갈 데 있나?
└ 아예 할리우드로 가지 않을까?

사람들의 예상과는 달랐다.

신은 케이블 방송사 TVS 드라마 작품 웨이브WAVE를 골랐다.

신이 이 작품을 고른 건, 드림 프로젝트 프로듀스의 성과물인 정화와 강윤의 얼굴을 사람들에게 알리기 위해서다.

한데, 두 사람은 신에게서 가르침을 받은 배우지망생들이었기에, 사람들이 요구하는 기대치가 높았다.

그래서 낯부끄럽지 않을 시청률이 나와야 했다.

또, 신이 이제는 엔터테인먼트 대표로 본격적으로 활동할 것이기에, 작품이 잘 풀리지 않으면 여러모로 곤란해질 수 있었다.

아무튼, 이 작품이 성공을 거두려면 선행돼야 할 게 있었다.

바로 배우들이 얼마나 잘 두드러지느냐.

이를 위해서는 캐릭터가 매력적이어야 하고, 캐릭터가 배우에게 잘 맞아야 했다.

신이 볼 때, 웨이브 작품 속 캐릭터들만 한 게 또 없었다.

결국, 이런저런 점들 때문에, 이 드라마가 신의 차기작으로 결정된 것이다.

신은 촬영에 들어갔고, 촬영하는 내내 갈증을 느껴야 했다.

이는 물을 못 마셔서 느끼는 갈증이 아니라 오로지 희열로만 충족되는 정신적인 허기였다.

이를 위해 카타르시스를 터뜨려야 했지만, 신은 그렇게 할 수 없었다.

신이 전심전력을 다 해 연기하면, 상대 배우가 넋 놓기도 하고, 제작진 일동이 멍청히 있는 상황도 발생해서 NG가 나기 때문이었다.

처음에는 웃고 넘어갈 수 있었지만, 이게 점점 쌓이다 보니 짜증이 슬슬 났다.

그래서 연기에 집중하고 싶어도, 당최 집중할 수 없었다.

신의 기세를 감당하고, 신을 자극해줄 배우가 필요했다.

신은 어떤 배우가 좋을까 하고 곰곰이 생각했다.

그리고 머릿속에 한 인물이 떠올랐다.

바로 서효원!

신은 서효원이 어딨는지 백방으로 수소문해보았으나, 그가 어딨는지 찾을 수 없었다.

'뭐야, 어디 산 구석에라도 처박혀 있는 건가.'

이런 신의 생각은 정확했다.

지금 서효원은 계룡산에 있었다.

☆　★　☆

짹-. 짹-.

새가 노래를 재잘거렸다.

나무 사이로 바람도 솔솔 불고 있었다.

서효원은 숲 가운데에서 대 자로 누운 채로 자연과의 일체감을 느끼고 있었다.

바람이 휘휘 부는 소리, 나뭇가지가 부닥쳐 타닥타닥하는 마찰음, 풀이 위아래로 살랑살랑 흔들거리는 내음…….

이 모든 게 존재의 언어였다.

효원은 지금 이 언어를 듣고 있는 게 아니었다.

이 존재의 언어들이 말 걸어오고 있는 것이었다.

'몸짓의 언어…….'

이때, 조그마한 새 한 마리가 서효원에게 날아왔다.

서효원은 미동조차 하지 않았다.

짹-. 짹-.

서효원 주위를 어슬렁거리며 노닐던 새는 그의 몸 위에 올라탔다. 그리고 깡충깡충 뛰어놀며 노랫말을 재잘거렸다.

새는 서효원을 나무로 착각한 것이다.

'내 존재감을 죽이는 것.'

서효원은 이곳 계룡산에 틀어박혀서, 자신의 틀을 깨부수는 데 몰두했다.

그래서 기술과 형식에 벗어나려는 것에만 집착하던 그를 버리려 했고, 신을 뛰어넘으려는 그 자신도 지우려고 했다.

누가 이기고 지는 게 중요한 게 아니라, 자기 자신을 극복하는 게 중요했기에.

"이제 제법이군."

들려오는 목소리에 서효원은 눈을 슬며시 떴다.

그러자 새가 날갯짓하며 날아올랐다.

파드득!

서효원은 자리에서 일어나며 남자를 바라보았다.

그의 몰골은 비렁뱅이 그 자체였으나, 그의 두 눈은 참으로 맑았다.

새는 남자의 어깨에 살며시 앉는 것도 잠시, 머리와 어깨를 제집처럼 넘나들었다.

보고 또 봐도 참으로 신기했다.

'어떻게 저런 게 가능한 거지.'

"이제 뛰어넘고 싶은 그 사람은 넘은 거 같나?"

서효원은 쓰게 웃으며 말했다.

"아직 잘 모르겠습니다."

"이제 내려가면 되겠군."

"전 아직 부족합니다."

"언제까지 도망칠 텐가?"

"도망친 게 아닙니다……!"

모든 것을 제쳐놓고 이곳에 왔다. 그리고 정말로 뼈를 깎고 피눈물 흘리며 노력하고 또 노력했다!

그런데 도망친 것이라니!

"이곳에 온 지 몇 년 됐지?"

효원은 남자의 일침에 아무 말도 할 수 없었다.

"누가 봐도 도망친 거로 보이는데."

솔직히 말해 신이라는 벽은 생각보다 크긴 컸다.

'어쩌면 내 무의식에서는 강신을 여전히 두려워하고 있는 건지도 몰라.'

강신을 이겨야 한다는 압박감 때문에, 신의 연기를 보고 또다시 충격받기 싫어서, 이곳에 계속 있으려고 한 건지 몰랐다.

서효원은 속으로 중얼거리며 주먹을 꾹 쥐었다.

'이건 나답지 않아.'

남자는 서효원의 반응을 보며 씩 웃으며 말했다.

"그래, 젊은이가 이렇게 계속 박혀 있으면 쓰나. 자네는 세속과 부대끼며 살아가야 해."

"그간 고마웠습니다."

도인은 만족스러운 표정을 지으며 "이제 가보시게."라는 말을 하고는 뒤돌아섰다.

서효원은 그와 처음으로 만났을 때가 문득 떠올랐다.

- 나이도 젊어 보이는데, 이곳에는 왜 왔나?

- 저 자신을 넘기 위해 왔습니다.

- 난 또 도 공부하러 온 얼치기인 줄 알았네.

– 도? 세상에 그딴 게 어딨습니까.

– 도는 존재하는데.

– 어디 눈에 보여줘 봐요.

– 마음이 급하면 보이지 않기 마련이지.

– 이 아저씨 제대로 약 파시네. 눈에 보이지 않는 걸 어떻게 있다고 말합니까.

서효원은 그의 어깨에 새가 앉는 걸 본 이후로 그를 줄기차게 따라다녔다.

그를 설득하는 건 쉬운 일이 아니었다.

그러나 포기할 수 없었다.

그가 답에 도달할 열쇠를 쥐고 있는 듯한 강렬한 느낌이 들었기 때문이다.

그래서 서효원은 그를 따라 야인 생활을 하기 시작했다.

허기가 지면 나무 열매를 따서 먹고, 배고플 때 나물이나 뿌리를 캐서 먹었다. 잠을 잘 때는 하늘을 지붕으로 삼고, 땅을 바닥으로 삼았다.

이런 생활에 적응하기 쉽지 않았으나, 점차 적응할 수 있었다.

그리고 서효원은 그가 하는 걸 어깨너머로 따라 하기 시작했다.

아침에 일찍 일어나 체조를 하며 호연지기를 받아들이기, 산길 걷기, 폭포수 밑에서 명상하기 등등.

그러던 어느 날, 도인이 서효원에게 말을 걸어왔다.

– 자네의 집념 참으로 대단하군. 그만큼 절박하다는 것이

겠지. 내가 아는 걸 가르쳐주도록 하지.

서효원이 그에게서 배운 건 두 가지였다.

마음을 관조하는 법과 마음으로 세상을 바라보는 법.

별 게 아닌 거로 보이지만 서효원은 이 두 가지로 큰 깨달음을 얻었고, 자신을 가로막고 있던 한계에서 한 발자국 나갈 수 있게 되었다.

"어르신! 그동안 정말로 많은 걸 배우고 갑니다!"

서효원은 남자가 사라진 쪽을 향해 큰절을 올렸다. 그는 손을 흔들기만 하고 가던 길을 쭉 갔다.

'어째 뒤돌아보지도 않네.'

섭섭하기도 하였으나 그답다는 생각이 들었다.

'이러고 있을 때가 아니야.'

서효원은 움막집에 들러서 짐을 챙기다 감상에 빠졌다.

'정말로 많은 우여곡절이 있었지.'

하루는 너무 배고파서 버섯을 캐서 먹은 적 있었다.

'하필 독버섯이었지.'

고열과 탈수 증상은 기본이었다.

환청과 환각을 며칠 내내 시달리는 바람에 정말 죽을 뻔했다.

도인이 아니었더라면, 서효원은 진작 죽었을 테다.

'이것도 지나가고 보니 다 추억이군.'

서효원은 산에서 내려갈 때, 발걸음을 빨리해서 내려가기보다 이곳저곳을 천천히 둘러보며 내려갔다.

'둘러볼 게 참으로 많았군.'

웅장한 나무에, 아름다운 꽃에, 멋진 장관까지…….

그동안 이 광경이 눈에 들어오지 않은 건 강박증에 사로잡혀서일 것이다.

한편, 서효원은 산길을 내려가던 도중 한 남자 어깨 위에 새가 있는 걸 보았다. 남자의 차림새는 꼭 도인 같았다.

'이 사람도 혹시?'

서효원은 남자에게 감탄해 하며 말을 걸었다.

"선생님, 안녕하세요."

"네, 안녕하세요."

"공부 많이 하셨습니까?"

"그게 무슨 소리예요?"

"새가 어깨에 앉아 있는데."

그는 자신의 어깨를 보고는 화들짝 놀랐다.

"아, 이게 뭐야! 아씨! 깜짝 놀랐네."

어깨에 앉아 있던 새는 깜짝 놀라 어디론가 날아 가버렸다.

서효원은 그만 웃음을 터뜨리고 말았다.

"아니, 왜 웃어요?"

"아니요, 아무것도 아닙니다.'"

오만하고 아집에 차 있던 자신이 떠올라 웃음이 나온 것이다.

'이곳에 오지 않았다면 난 여전히 우물 안 개구리였겠군.'

상상만 해도 끔찍했다.

그리고 서효원은 장장 몇 시간이 걸려서야 도심에 도착할 수 있었다.

도로 위를 씽씽 달리는 자동차에 바삐 움직이는 사람들까지, 수십 년 보아온 풍경이 생소하게 느껴졌다.

'이거 왠지 촌놈이 된 거 같은데.'

서효원은 사거리 앞에 서서 신호등을 기다렸다.

이때, 사람들은 서효원 곁을 지나갔데, 아무도 서효원을 알아보지 못했다.

서효원이 국내에서 별다른 활동을 하지 않은 것도 있지만, 옷도 다소 후줄근한 데다 수염도 덥수룩하게 기른 상황이라 아무도 서효원이라 예상하지 못한 것이다.

'이거도 참 독특한 경험이군.'

이때, 신호등이 푸른 불로 바뀌었다.

중앙광장 쪽으로 걸어가던 서효원은 걸음을 멈추고, 커다란 언론사 건물 위 대형전광판을 바라보았다.

대형전광판에서는 한 여자 앵커가 말끔하면서 호쾌하게 생긴 남자와 이야기를 나누고 있는 장면이 나오고 있었다.

– 많은 사람이 할리우드에서 이런 성공을 거두리라 예상치 못했을 거예요. 강신 씨는 승부사 기질을 가지고 계신 거 같아요.

– 하하, 그럴 리가요.

산에서 내려올 때 곧바로 마주치기 싫은 인물이 신이었다. 그런데 이렇게 마주하게 되니…….

서효원은 화면 밑에 있는 자막을 보고 중얼거렸다.

〈배우 강신 할리우드 한가운데에 서다.〉

'와, 저 멘트 진짜 오글거리네.'

이윽고, AWAKEN과 아르테스 재단 이야기가 나왔다.

'호오, 할리우드에서 성공은 당연히 할 줄 알았다지만, 좋은 일 할 줄 몰랐군.'

이번에는 웨이브에 관한 이야기가 나왔다.

─ 범죄자와 경찰의 콤비 콘셉트인 이야기는 여태 많이 나왔는데, 다른 작품과 차별되는 점이 있다면, 알 수 있을까요?

─ 범죄자가 현재 쪽 사람이고 경찰이 과거 쪽에서 활동하는 사람입니다.

─ 오, 이야기가 과거와 현실이 교차하면서 진행되는 건가요?

─ 네.

─ 그럼 과거가 바뀌면 현재도 바뀌는 식이군요.

─ 그렇죠.

─ 확실히 흥미롭네요. 그리고 작품 연출은 이종화 감독님이 맡으셨다고 하던데…….

'보나 마나 연출감독을 구하는 데 난항을 좀 겪었겠군.'

커다란 세계를 보고 온 신이니 마음에 쏙 드는 연출감독을 찾기란 쉽지는 않았을 테다.

'신인 감독이나 어중이떠중이 경우 저놈을 버텨낼 역량이 되지 않을 테니까.'

이러던 차에 이종화 감독이 신의 눈에 들어왔을 테다.

신은 그에게 연출을 맡아달라고 부탁했을 것이고.

한편, 신이 무슨 배역을 맡았는지에 관한 이야기도 나왔지만, 서효원은 간단하게 넘어갔다.

- 그리고 웨이브에 출연하는 배우들이 드림 프로젝트 프로듀스 출신이라 화제를 모았는데요. 강신 씨가 코치하셨다고 들었습니다.

- 하하, 전 한 게 딱히 없어요. 조광우 선생님께서 수고를 많이 해주셨고. 그리고 또⋯⋯.

'저 녀석 진짜⋯⋯.

연기실력으로 세간에서 인정받았지, 부도 얻은 데다, 심지어 인성까지 갖췄다.

여기까지는 사기 캐릭터라고 생각하면 이해할 수 있다.

그런데 이제는 차기 스타 배우를 양성한단다!

'돼지 새끼 자기 혼자서 다 해 처먹네.'

이런 걸 보면 세상 참 불공평하다는 생각이 든다.

서효원은 불현듯 불안해지는 걸 느꼈다. 신이 앞으로도 다 해 처먹을 거 같기 때문이었다.

'아니야! 그렇게 될 수 없어!'

수년간 다스렸던 마음의 평정이 곧바로 깨지는 순간이었다. 서효원은 정신을 퍼뜩 차렸다.

'안 돼! 마음을 다스려야 해.'

심호흡하니 마음이 가까스로 안정되었다.

곧이어, 서효원의 귀가 쫑긋할 이야기가 나왔다.

- 여태껏 정말로 바쁘게 달려오셨는데요. 따로 하고 싶은

게 있으신가요?

– 하고 싶은 거라……. 있죠.

– 그게 뭔가요?

– 다시 한번 서효원 씨와 연기를 해보고 싶네요.

여자 앵커가 눈을 빛냈다.

– 서효원 씨와 호흡을 맞춰본 게 〈스파이〉 때였죠?

– 그렇죠.

이 작품으로 신과 서효원은 최우수상 공동 수상을 했었다.

– 서효원 씨는 어떤 점에서 특별한가요?

이때, 서효원은 신과 눈을 마주쳤다.

참으로 공교로운 타이밍이었다.

– 일단 저의 호적수죠.

라이벌!

사나이의 심장을 울리는 뜨거운 단어!

– 기회가 되면 서효원 씨와 다시 연기해보고 싶네요.

서효원은 가슴이 두근거리며 뛰는 걸 느끼며 중얼거렸다.

'저놈과 부딪쳐야 하는 건 운명인가.'

지금 서효원의 심정은 복잡했다.

'내가 성장했듯, 저놈 또한 성장했겠지.'

솔직히 말해 신이 얼마나 성장했을지 가늠이 되지 않았다.

신이 말도 안 되는 연기를 펼친 걸 보고, 큰 충격을 받거나, 좌절감에 휩싸일지도 모른다.

그러나 이 대결 결코 피할 수 없다.

신에게 대판 깨지든 간에, 안에 있는 속 멍울을 다 토해내고 싶기 때문이었다.

'까짓것 시원하게 한판 붙어보지!'

신과 자웅을 벌이기 전에 준비해야 할 게 많았다.

'일단 페이스부터 끌어 올린다!'

서효원이 길고 긴 잠수생활을 깬 지도 몇 주가 흘렀다.

그리고 드라마 웨이브는 한창 촬영 중에 있었다.

☆　　★　　☆

경찰서 세트장 내부는 옛날 느낌이 물씬 풍겼다.

사무실 중간벽 쪽에는 태극기 사진이 걸려 있고, 살짝 구석 안쪽에는 1987년 3월 달력과 브라운관 TV가 있고, 책상 위에는 다이얼식 전화기와 타자기 그리고 책상 한구석에는 철제 캐비닛이 자리 잡고 있었다.

한편, 남자배우들은 후줄근하면서 펑퍼짐한 잠바에 다소 통이 있는 바지를 입고 있었다.

그리고 한 여자배우는 머리에 뽕을 잔뜩 넣고 화장을 진하게 한 채로 대기하고 있었다.

이 중에서 신의 패션이 정말로 인상적이었다.

위에는 펑퍼짐한 청색 재킷, 밑쪽은 진청색 데님 진 바지.

여기까지만 해도 난해한 패션이다.

그런데 살짝 빛바랜 검은색 웃옷을 바지에 정직하게 집어

넣은 데다, 바지선이 보이도록 바지를 정직하게 끌어 올린 채로 있었다.

한 스태프가 신을 보며 중얼거렸다.

"와, 어째 저걸 소화해내네."

"저 정도면 사람이 옷 살리는 거다, 진짜."

사람들이 떠드는 소리는 신의 귀에 들리지 않았다.

지금 신은 대본을 읽느라 정신이 없었다.

이종화 감독이 혀를 끌끌 차며 스태프들에게 말했다.

"프로의식 보이는 거나 배워라, 이것들아."

물론 그도 속으로 감탄하고 있었다.

'어째 재는 신인이나 지금이나 똑같아.'

이종화 감독이 손뼉을 짝짝 치며 말했다.

"이제 리허설에 들어가 봅시다!"

사람들은 다 움직이는 데 신만이 움직일 생각을 하지 않았다.

이종화 감독은 신에게 다가가 손가락을 퉁겼다. 신은 그제야 정신을 퍼뜩 차렸다.

"사투리 좀 어렵제?"

"마이 어렵네. 서울말은 쉬운데 말이제. 말끝만 올리면 된다, 아이가."

신이 경상도 사투리를 완벽할 정도로 구사하자 이종화는 낄낄 웃고는 엄지를 척 내세웠다.

"오, 좀 하는데?"

"좀 어렵네요."

신이 대배우이건 신을 대하는 그의 태도는 여전했다.

이래서 신이 그에게 연출을 맡아달라고 부탁한 것도 있었다.

"부산 토박이인 내가 잘 지도해줄 테니까. 걱정하지 마! 하하하!"

이윽고 이종화 감독은 스태프와 배우들에게 촬영에 관해 설명하기 시작했다.

"자, 그럼 촬영을 어떻게 시작하느냐 하면요."

일단 신은 사무실 바깥에 나가 있기로 했다.

"신이가 복도를 따라 죽 걷고 있을 때는, 여기 카메라는 내부를 담을 거예요."

이른바 몹 씬 Mob scene.

"그리고 신이가 내부로 들어오면 강 형사와 승강이질하는 부분을 찍을 겁니다."

여기서 두 사람을 담아내는 투 샷으로 찍을 작정이다.

신은 이종화 감독을 뒤따라갔다.

"여기서 신이가 강 형사를 뿌리치고 과장실 안으로 들어가겠죠."

그는 배우들 연기를 대충 재현했다. 신과 강 형사를 연기할 조연배우는 이를 보며 고개를 끄덕였다.

"그리고 미미 씨, 과장실 안으로 들어 가주세요."

"네."

꽃무늬 미니스커트를 입은 여자 엑스트라 배우가 과장실 안으로 들어갔다.

걸을 때마다 그녀들의 엉덩이가 실룩거렸다.

덕분에 이종화 감독과 남자 스태프들은 눈요기를 제대로 했다.

'오, 죽이는데.'

'크, 역시 이 맛에 감독한다니까.'

신은 속으로 어이없어하며 중얼거렸다.

'감독님, 참으로 여전하시구나.'

한편, 과장실 내부에는 당시 시대상과 어울리는 소품이 가득했다.

"자, 언니. 소파에 앉고 웃어봐요."

여자배우는 자리에 앉고는 까르르 웃었다.

이종화 감독이 턱을 쓰다듬으며 말했다.

"뭔가 좀 밋밋한데. 자, 언니. 풍선껌 좀 씹어 볼까?"

여배우는 이종화가 준 껌을 받고는 입에 넣었다. 그리고 껌을 짝짝 씹어댔다.

"이야, 언니 최고다! 좋아! 이런 분위기 아주 좋아요!"

이종화 감독의 칭찬 덕분에 촬영장 분위기는 화기애애했다.

이다음으로 신과 형사과장 역할을 맡은 배우 이석규가 대본 리딩을 한번 해보기로 했다.

이석규와는 영화 〈양과 늑대〉에서 호흡을 한번 맞춰본 적이 있다.

'이석규 선배님은 잘 해주시겠지.'

이윽고 모두가 구경하는 속에서 신과 이석규가 대사를 주고받기 시작했다.

이석규는 신이 리딩할 때마다 몸을 움찔움찔하고 떨었다.

표정과 어투에서 감정이 생생하게 전달됐기 때문이다.

'와, 이 자식. 진짜 괴물이잖아.'

당시 〈양과 늑대〉에서 신이 눈여겨볼 신예였다면, 지금은 자신이 가르침을 받아야 하는 거물이 되어 버렸다.

신에게 질투는 나지 않았다.

신과 연기를 함께 한다는 자체가 커다란 행운이었다.

한편, 대본 리딩이 점차 진행될수록 긴장감이 고조되었다.

'크……. 미친다.'

'그냥 대화를 주고받는 건데도 긴장감이 엄청나다니!'

그리고 신의 마무리 대사로 대본 리딩은 끝났다.

이종화 감독이 주먹을 불끈 쥐며 외쳤다.

"딱 좋네요. 이대로만 가봅시다!"

이석규는 아무도 모르게 신에게 약한 소리를 했다.

"실전에서는 살살 해 줄 거지?"

"한번 해봐야 할 거 같은데요, 선배님."

신의 너스레에 이석규는 하하 웃었다.

잠시 후.

형사과장을 연기할 이석규와 여배우는 과장실에 있기로 하고, 배우들은 사무실에 있기로 했다.

배우들이 촬영 동선에 따라 자리를 잡았다.

"자, 스탠바이!"

형사 역을 맡은 배우들이 타자기를 두드리기 시작했다.

타자기 특유의 소리가 여기저기 울렸다.

이종화 감독이 레디하고 액션을 외쳤다.

스크립터가 슬레이트를 쳤다.

탁!

카메라는 분주한 내부 모습을 담아내다, 한 책상을 두고 마주 보고 앉은 두 사람을 잡아냈다.

"이름이랑 나이."

수갑을 찬 남자는 입을 순순히 열지 않았다.

"아, 진짜……."

형사가 소리를 신경질적으로 질렀다.

"퍼뜩퍼뜩 말 안 하나! 다시 시작한다. 이름이랑 나이."

"이름은 최창식. 스물하난데예."

형사는 자리에서 벌떡 일어나 남자의 뒤통수를 때렸다.

퍽!

"아, 씨! 왜 때립니꺼!"

"아? 씨? 인마, 내가 니 친구가. 어?"

형사는 남자를 손바닥으로 연거푸 때리기 시작했다.

"아! 그, 그만. 그만 해요. 진짜!"

"대가리에 피도 안 마른 놈이 어디서 건방지게 꼬나보나. 그리고 여기가 니 안방이가? 어? 그리고 니가 장관이라도 되는 거야, 뭐야?"

이제 형사는 손에 잡히는 거로 남자를 때리기 시작했다. 이번에 그의 손에 들린 건 삼선 슬리퍼였다.

소매치기 역 남자는 악악하며 소리를 내질렀다.

"잠시만요! 제가 잘못했다니까요!"

이 두 사람을 바라보고 있는 형사들이 있었다.

"저 자식, 또 시작이네."

"경석아, 얘 살살 다뤄라. 소매 치기잖아."

그리고 이때, 신이 사무실 내부로 들어섰다.

강 형사 배우가 한걸음에 달려와 신을 반겼다.

"반장님! 지금 과장님은 바깥에 나가셨……."

신은 그의 말을 듣지 않고 과장실 쪽으로 발걸음을 옮겼다.

"아니, 반장님. 제 말 좀 들어보세요. 과장님 나가셨다니까요!"

강 형사의 비대한 체구가 신을 막아섰으나, 신은 그와의 몸싸움에서 밀리지 않았다.

캐릭터 소화를 위해 근력운동을 꾸준히 하고 체중을 10kg이나 찌운 보람이 있었다.

"형식아, 제발 부탁인데 내 말리지 마라."

"아니, 그러니까요……."

두 사람 사이에서 승강이질이 일어나고 있을 때, 과장실 안은 평화로웠다.

과장 차은택 역 이석규는 소파에 등을 기대고 발을 쭉 뻗은 상태로 있었는데, 그가 하고 있는 꼴은 참으로 가관이다.

둥글게 쓴 오이를 얼굴에 가득 붙여 놓은 데다 다방 여인에게서 안마까지 받고 있었다.

다방 여인이 껌을 짝짝 씹으며 말했다.

"오빠야, 여기 주물러줄까?"

"어, 음. 아, 시원하네."

다방 여인의 입가에 미소가 맺혔다.

"우리 과장님, 요 아래는 어떠실까요."

가느다란 손가락이 가슴 쪽으로 슬금슬금 이동하더니 배 그리고 그 밑까지 성큼 내려갔다.

이석규는 "허어!"하는 나지막한 탄성을 흘렸다. 그의 얼굴에는 행복한 감정이 가득했다.

"우리 미스 리는 말이야. 손이 참으로 멋져."

"과장 오빠도 참."

다방 여인이 교태를 부릴 때, 신이 내부로 들어왔다.

여인은 형사 김재한의 등장에 어쩔 줄 몰라 했다.

신이 눈빛을 내리깔고 "좋은 말로 할 때, 나가라."라고 시늉을 하자, 그녀는 고개를 끄덕이고 조용한 발걸음으로 재빠르게 나갔다.

차은택 과장은 지금 상황이 어떤지 모르고 있었다.

"미스 리. 좀 더 시원하게 해봐."

신은 한심하다는 눈빛으로 이석규(차은택)를 바라보았다. 이때, 강형사가 과장실 문 쪽으로 다가왔다.

"아니! 과장님 나가셨다니까⋯⋯!"

강 형사는 반장과 과장이 같이 있는 걸 보고는 헉하고 놀라고는 뒤돌아섰다.

"와, 이거 우짜지. 대판 싸울낀데."

이때, 이석규는 미간을 좁히며 눈가 쪽에 있던 오이를

떼어내며 투덜거렸다.

"와 이리 시끄럽노. 미스 리 마사지는 왜 멈췄……."

그는 신을 바라보며 두 눈을 끔뻑였다.

눈동자가 흔들거리고 입이 오므려지는 것도 잠시.

"니가 와 여기 있는데?"

이윽고 이석규는 커다란 잠자리 안경을 쓰고는 신을 노려보았다. 심기가 언짢은 것인지 눈썹이 꿈틀거렸다.

"김재한이! 내가 여기 들어올 때 노크 세 번 하라고 했제! 교양있는 자식이 서양식 에티켓을 와 모르는데!"

신은 이석규의 대사에 어이없는 표정을 지었다.

지금 노크가 대수란 말인가.

강 형사는 문을 조심조심하며 닫았다.

곧, 거친 폭풍이 이곳에서 휘몰아칠 예정이기에.

신은 대사를 내뱉기 시작했다.

"성폭행 범인 잡을라꼬 밑에 아이들 잠복하고 실컷 뺑이쳤죠."

이는 세간을 떠들썩하게 한 광안동 성폭행 사건이었다.

이 사건은 여성 희생자가 수치감을 못 견디고 자살하면서 흐지부지 묻혔다.

이러다 성폭행 사건이 또 터지면서, 광안동 연쇄 성폭행 사건이 된 것이다.

"그래! 범인 잡았다이가. 뭐가 문제고!"

범인은 차태범이라는 남자로 밝혀졌다.

문제는…….

"집이 좀 잘 산다꼬 해서, 사건을 다른 데로 옮기는 게 말이 됩니까?

"하……. 니 그거 때문에……. 이렇게 성이 난기가. 증말로 내가 못 살겠다. 진짜!"

이석규는 타이르는 어투로 말했다.

"재한아……. 천하의 꼴통 김재한아. 지금 상황이 어떻게 돌아가는지 모르는 기가?"

작중 흘러가는 이야기를 얘기하려면, 작품 플롯과 설정을 잠시 이야기해야 한다.

신이 맡은 역 김재한 캐릭터는 주인공 김현의 삼촌으로 정의감이 투철한 '형사'다.

주인공 김현은 범죄 세계에서 한 가닥 하는 범죄자이고.

그가 검은 길을 걷게 된 건, 삼촌 김재한의 죽음 때문이다.

김현에게 있어 삼촌은 각별한 존재였다.

세상에 하나밖에 남지 않은 혈육인 데다 김현을 돌봐주는 소중한 사람이었으니…….

그러던 어느 날, 태양 흑점이 왕성하게 활동하면서 태양 폭풍이 일어나게 되는데, 과거 시간대의 삼촌과 현재 시간대의 김현이 통화하게 된다.

두 사람은 서로의 존재를 알고는 놀라고 만다.

이것도 잠시.

김현은 그를 살려내기 위해 자신이 알고 있는 정보를 전해준다.

김재한은 이 정보로 사건 사고를 바로잡으려고 하지만 이
는 쉬운 일이 아니었다.

　작품 시간 배경은 바야흐로 1980년대 말.

　오늘날보다 정경유착이 훨씬 비일비재하고, 경찰 사회에
는 비리가 횡행하던 시절이었다.

　지금 김재한의 심정은 정말로 답답했다.

　민중의 지팡이인 경찰이 대낮부터 다방 여자들을 끼고 놀
고 있는 것도 문제지만, 돈 많은 집의 아들이라고 해서 법망
을 빗겨나가는 건 정말로 말이 안 되기 때문이다.

　이석규는 답답한 듯 가슴을 탕탕 치며 말했다.

　"인마, 나랑 내랑 나가리 됐잖아. 밑으로 내려왔으면 다시
위로 올라가야 할 거 아이가. 언제까지 여기에 있을 긴데. 위
에 잘 보여야 위로 올라갈 수 있는 거 니도 알잖아."

　신은 아무 말도 하지 않았다.

　"그래, 니는 정의감 투철한 놈이고, 내는 썩어빠진 놈이라
이거제. 하지만 말이야! 니는 아무것도 몰라. 혈기 믿고, 니
잘난 맛에 방방 뛰는 놈이니까!"

　신은 주먹을 꽉 쥐며 입술을 닫았다.

　이윽고 신의 입술에서 억눌리는 듯한 목소리가 흘러나왔
다.

　"압니다."

　"…뭐?"

　"너무나도 잘 압니다."

　신은 담담하게 대사를 내뱉었다.

"대한민국 헌법 제1조 2항."

신의 목소리가 내부에서 울려 퍼지기 시작했다.

"대한민국의 주권은 국민에게 있고."

말만 나와도 감정이 저릿저릿해진다.

"모든 권력은 국민에게서 나온다."

정적이 주변을 휘감았다.

모두가 신의 입이 떨어지길 기다렸다.

신은 두 손을 책상에 짚으며 말했다.

"국가는 국민이고……. 국민은 국가다!"

이 말 한마디가 모두의 가슴을 울렸다.

'아…….'

'최고다 정말.'

'그래, 범인은 반드시 죗값을 받아야 해!'

지금 신의 눈빛은 이글이글 타오르고 있는 듯했다.

'뜨, 뜨겁다.'

선명한 감정의 불길이 진하게 그려진다.

'아나, 무슨 연기를 진짜…….'

거짓말 안 하고 엉덩이 쪽이 살짝 축축해졌다. 오줌을 저도 모르게 지린 것이다.

"그, 그게 뭐 어째서?"

신의 기세에 겁을 먹고 만 이석규. 그는 지금 마음속으로 '아, 살살 연기 좀 해주지.' 라고 투덜거리고 있었다.

그래도 이석규는 관록이 있는 연기자라 신의 감정 연기에 잡아먹히지 않았다.

신은 그가 감정을 추스를 때까지 기다렸다가 말했다.

"우리가 나서지 않으면 많은 사람이 죽습니다."

김재한은 조카 김현 덕분에 미래를 알게 된 상황이다.

그 미래 속에서 차태범은 망나니짓을 여전히 하고 있었고, 수많은 이들의 눈에서 피눈물이 흐르고 있었다.

이를 막아야 했다.

단지 형사라는 사명감 때문에 그를 막으려는 게 아니었다.

"그래, 좋다. 니 말이 백 번 맞다고 치자. 우리가 왜 나서야 하는데! 왜 하필 우리인데."

맞는 말이다.

이 두 사람이 굳이 나서야 할 당위성은 없다.

"나서지 않으면……."

신은 눈을 감으며 말했다.

"우린 죽습니다."

신의 마지막 말은 뒤통수를 100톤 망치로 후려갈기는 듯한 강렬한 충격을 주는 대사였다.

"컷!"

이종화 감독은 신과 이석규를 즉각 불렀다.

"크! 감정투사 정말로 좋았어! 특히 '국가는 국민이고, 국민은 국가다.' 라고 외칠 때는 정말……!"

여기서 말을 더 해봤자 미사여구밖에 되지 않을 테다.

이종화 감독은 신에게 엄지를 척 내세웠다.

스태프들도 소름이 돋았다고 난리였다.

"와, 진짜. 다른 연기자 연기랑 달라."

"감정이 찌르르해지는 게 정말……!"

정작 신은 사람들의 반응이 잘 이해가 되지 않았다.

'내 연기가 그렇게 훌륭했던 건 아닌 거 같은데.'

게다가 힘을 빼서 한 연기인데 이런 반응이라니.

이종화 감독이 무덤덤한 신의 반응을 보고는 헛기침하며 말했다.

"그런데 그 뚱한 표정은 뭐냐?"

신은 지금 느끼고 있는 심정을 솔직하게 털어놓기로 했다.

"제가 느꼈을 때는 조금 전 제 연기 그저 그랬거든요."

지금 신이 꺼낸 말은 겸손으로 말한 게 아니었다.

정말로 그렇게 생각하고 있어서 말한 것이다.

이석규는 신의 이야기를 들으며 속으로 뜨악해했다.

'아니, 잘만 감정 터뜨려놓고……!'

조금 전 장면에서 감정적인 울림이 분명히 있었다.

잔잔하게 이어지던 분위기에서 감정이 확 솟구치는 구간에서 이석규는 카타르시스를 느꼈다.

한데, 본인이 무덤덤하다는 건…….

'서, 설마 그 감정적인 터뜨림이 자신한테는 밋밋했다는 건가.'

이석규는 허탈한 표정을 짓고는 신을 괴물 보듯 바라보았다.

'하도 기가 막혀서 말조차도 안 나오는구먼.'

한편, 이종화는 신의 욕구가 무엇인지 정확히 눈치챘다.

"네가 연기를 끝냈을 때 뭔지 모를 위화감이 있었는데, 이 때문이었나 보군."

이종화는 말을 잠시 끊고는 마저 이어나갔다.

"너도 잘 알겠지만, 연기가 매번 감정적으로 **빵빵** 터뜨려질 필요는 없잖아."

텐션이 비슷한 연기가 반복되면 보는 사람은 피로감을 느낀다.

그래서 잔잔할 때가 있고, 격정적인 때가 있는 거다.

"그런데 말이야……. 넌 지금 카타르시스에 중독돼 있어."

이종화 감독이 콘 감독과 같은 말을 하자 신은 내심 놀랐다.

'역시 날카로우셔.'

"네 기준이 정말로 높아져서 이제 웬만한 연기로는 네 만족감을 채우지 못하는 것일 테지. 네 기분 충분히 이해하고 네 욕심도 그럴 만도 해. 그런데 말이야. 여유는 가지면 좋겠다."

이 말 외에 신에게 해줄 말이 딱히 없다.

연기에 관한 충고를 해 주는 건 어불성설이니까.

한편, 신은 이종화 감독의 지적에 틀린 말이 하나도 없다고 생각했다.

'그래, 지금 난 충동에 사로잡혀 있어.'

이 얽매임에서 벗어날 필요가 있었다.

이번에는 이석규가 말했다.

"그런데 왜 그런 강박증에 사로잡혀 있는 거지?"

"조만간 정말 멋진, 최고의 연기를 펼칠 수 있을 거라는 느낌이 와서요."

다른 사람이 이런 말을 했다면 말도 안 되는 개소리라고 치부했을 테다.

그런데 신이 이런 말을 하니, 반박할 수 없었다. 정말로 해낼 거 같다는 강렬한 직감이 들기 때문이다.

이종화 감독은 신의 말에 속으로 훗 웃었다.

'어마어마한 한 방을 준비하겠군.'

이석규는 신을 바라보며 침을 꿀꺽 삼켰다.

'최고의 연기를 그려내려는 천재 배우의 갈망이라……'

신이 어떤 연기를 펼칠지 정확하게 상상할 수 없었다. 그러나 신이 그리는 연기가 어떨지는 대략 엿볼 수 있었다.

'보나 마나 환상적이겠지.'

이때, 신이 말했다.

"역시 감독님 말이 맞는 거 같아요. 초심으로 돌아가 봐야겠어요."

"그래, 보자."

이석규가 말했다.

"그나저나 이러고 있으니 영화 〈양과 늑대〉를 촬영하던 때가 생각나네요."

신과 이종화는 동감을 표했다.

"그렇네."

"그러게요."

이윽고 세 사람은 서로 바라보며 하하 웃었다.

이종화 감독은 여기서 잡담은 마무리하고 본론으로 들어가기로 했다.

"어쨌건 내가 하고 싶은 말은 두 인물이 대화하는 부분을 찍는 게 좋을 거 같다는 거야."

이석규가 의문을 조심스레 제기했다.

"그렇게 하면 이야기 호흡이 늘어질 수 있지 않을까요?"

"그럴 수도 있는데, 차은택이라는 인물이 주인공 김재한을 돕는 사이드 킥(*히어로를 옆에서 돕는 캐릭터)이 될 텐데, 간단히 넘어가면 좀 그렇지 않겠어?"

"그럴 만도 하네요."

호흡을 한번 맞춰보고 촬영에 들어가기로 했다.

"레디!"

신과 이석규는 감정을 잡았다.

"액션!"

이석규는 어안이 벙벙한 표정을 짓고는 소리를 버럭 질렀다.

"그게 무슨 개소리고!"

이종화 감독은 고개를 끄덕였다.

'그래, 이렇게 나와줘야지.'

함께 해달라고 했을 때, 순순히 받아들이면 재미가 없다.

더군다나 차은택은 기업가들이나 깡패들에게 더러운 뒷돈을 받아먹고 그들의 뒤를 은근슬쩍 봐주는 인물이다.

이런 얌체 대마왕이 순순히 돕겠다는 반응을 보이는 게

사실 웃긴 일이었다.

이때, 신은 웃음을 피식 흘리며 말했다.

"이경수가 과장님을 뭐라고 생각할까요?"

이석규는 얼굴을 딱딱하게 굳히며 책상을 강하게 후려쳤다.

쾅!

"여기서 와 그 이름이 나오는데!"

이경수.

그는 차 과장을 부산으로 보낸 주범이다.

그 잊을 수 없는 이름이 튀어나왔으니 차 과장이 순하게 반응할 리 없다.

"과장님이 차태범을 이용하여 서울로 올라오려고 한다고 생각하겠죠."

"그래, 올라가서 다 뒤집을끼다. 날 여기로 처박은 놈들한테 그대로 돌려줄 끼다!"

침을 튀겨가며 대사까지 내뱉는 이석규의 두 눈은 붉게 충혈되어 있었다.

그것도 모자라 숨까지 씩씩 내뱉고 있었다.

차 과장이 쉽게 잘 흥분한다는 인물이라는 것과 캐릭터의 감정이 선명하게 잘 그려지고 있었다.

스태프들은 속으로 감탄했다.

'이석규 씨의 연기도 훌륭해.'

'와, 저 안면 연기 진짜 예술이다.'

이석규의 콧등이 실룩이고 있었다.

차 과장이 흥분할 때 보이는 특정한 습관.

어떻게 보면 사소한 디테일.

한데, 이러한 요소가 캐릭터 연기를 확 살리고 있었다.

이종화 감독은 속으로 후후 웃었다.

'질 수 없다 이건가.'

이석규가 감각을 비롯한 오성면에서 신에게 뒤질지 모르지만, 관록이라는 무서운 무기가 있었다.

또, 그도 한 사람의 어엿한 연기자였으니 신에게 자신의 연기를 제대로 보여주고 싶은 마음이 있을 것이다.

'훌륭하다, 석규야.'

이런 게 진정한 연기자의 자세일 터.

한편, 이석규는 무어가 그리 분한지 주먹까지 꽉 쥐고 있다.

"이경수가 그렇게 되도록 순순히 놓아두지 않을 낀데……."

스쳐 지나가는 듯한 혼잣말이나, 차 과장을 흥분시키기에는 충분했다.

"지금 그노마는 힘 못 쓴다!"

비리와 뇌물이 판치는 시대에서 우직한 인물이 힘을 못 쓰는 건 당연했다.

하지만 시대는 항상 변하기 마련이다.

"형님은 제5공화국이 영원히 갈 수 있으리라 생각합니까?"

이석규는 이 말에 반박하려다가 말을 말았다.

"큭……!"

정세 변화는 그 또한 몸소 느끼는 것이기도 했다.

신은 그를 바라보며 이전보다 누그러진 어조로 말했다.

"형님, 지금 시대가 급하게 변하고 있습니다."

과장이라는 호칭이 어느새 형님이 되어 있었다.

이는 그에게 개인적으로 호소하는 것이기도 했고, 지금 하는 말이 진심으로 꺼내는 말이라는 걸 강조하기 위한 것도 있었다.

"서울에 올라가는 것도 좋고, 그 노마들한테 엿 먹이는 것도 좋죠. 그런데 말입니다. 심상치 않은 일이 일어나려고 하는 데 함부로 움직여뿌면 나중에 되돌이킬 수 없을껍니더."

제5공화국의 억압과 폭거에 대항한 민주화 물결이 한창 일어나고 있었다.

앞으로 3개월 뒤인 6월에는 민주화운동도 일어날 것이고, 노태우가 대통령 간선제에서 직선제로 변경한다고 선언하기도 할 테다.

1년도 채 되지 않아 제6공화국이 출범하고, 1990년 10월 13일에는 노태우 대통령이 범죄와 폭력에 대한 전쟁을 선포하기도 한다.

김재한은 이 모든 건 김현으로 통해 들었기에, 시대가 급변한다는 걸 잘 알고 있었다.

이제 놀라운 게 있다면 이 급변하는 시대에서 차은택은 무사했다는 거다.

이는 불리한 쪽 냄새는 기가 막히게 맡고, 라인을 기막히게 잘 탔다는 말이기도 했다.

김재한이 그를 필요로 하는 게 이 때문이기도 했다.

한편, 이석규는 생각에 곰곰이 잠긴 것인지 아무 말이 없었다. 그의 손가락이 꼼지락거린 지 2초가 흘렀다.

이석규는 한숨을 쉬며 말했다.

"김재한이, 니 진짜 김재한이 맞나."

"그럼 제가 누굽니까."

"아니, 말이 청산유수라서 놀랬다이가!"

이석규가 껄껄 웃고는 말했다.

"그래, 니 말대로 차태범을 이용하려는 건, 좀 더 생각해봐야겠다."

"잘 생각하셨습니다."

"그래! 사나이 별거 있겠나! 못 먹어도 고!"

이 이상으로 두 사람 간에 대화는 없었다.

이로써 차은택이 완전히 설득된 것이다.

이종화 감독이 외쳤다.

"컷! 과정이 맛깔나게 돼서 좋았어! 두 사람 콤비가 이루어진 게 앞으로 전개를 잔뜩 자극하는 것도 있었고. 조금만 쉬고 다음 씬 가 보자고!"

신과 이석규가 대화를 나눴다.

"선배님의 연기 정말로 좋았습니다."

"아니야. 자네가 대단하다는 걸 또 겪고 가는군."

신이 연기하는 김재한의 채찍이 호되게 아팠다면 당근은 참으로 달았다.

그리고 이 당근을 신이 던질 때, 정말로 회유되는 듯한 걸 느꼈다.

이는 자신의 캐릭터를 자기 것으로 완전히 끌어들인 데다가 상대방을 자기 주변으로 끌어들인 것이다.

'기가 차서 이제 말도 안 나오는군.'

신이 하하 웃으며 말했다.

"칭찬 감사합니다, 선배님."

다음으로 촬영할 대목은 형사 김재한이 주인공 김현과 전화통화를 하게 되는 부분.

같은 세트장에서 이루어지는 촬영이라 다른 곳으로 이동할 필요가 없었다.

촬영에 들어가기에 앞서 잠시 쉬는 시간을 가지기로 했다.

신은 다음 대본을 보면서 속으로 입맛을 쩝쩝 다셨다.

'아쉽다……'

연기에 집중 좀 하나 싶더니 몰입이 또 끊겨버린 것이다.

'카타르시스 빨리 느껴보고 싶다.'

이는 참으로 강렬한 욕구였다.

그런데 이게 충족되지 않으니 참으로 짜증이 난다. 현기증도 나고.

이 광기의 갈증에 점점 사로잡히는 거 같다.

신은 문득 이런 생각이 들었다.

'이러다가 나 미쳐버리는 거 아냐?'

이전 같았으면 덜컥 겁이 나서, 광기에 휩싸이지 않으려고 자기 자신을 다스리려고 했을 테다.

하지만 이제 다르다.

'난 나 자신을 제어하지 않을 거야.'

콘 감독이 조언한 것처럼 적절한 때에 모든 걸 터뜨릴 작
정이다.

신은 눈을 빛내며 중얼거렸다.

'그래, 이번에는 제대로 미쳐봐야겠어.'

잠시 후.

신은 촬영에 들어가기로 했다.

이종화 감독이 외쳤다.

"레디! 액션!"

지금 신은 경찰서 내부 세트장 쪽 휴게실에 있었다.

이 휴게실은 사람들이 잘 찾지 않는 장소.

신은 혹시나 몰라 주위에 사람이 있는지 없는지 좌우를
잠시 살피고는 휴대폰을 바라보았다.

당시 핸드폰은 존재했다.

엄청 커다랗고 투박하게 생겼을 뿐이지.

이제 이 물건이 과거의 김재한과 현재의 김현이 통화할
수 있는 매개체였다.

아무 시간대에 이 전화기가 울리는 건 아니었다.

매월 15일 자정에 딱 한 번만 통화할 수 있었다

통화 시간은 짧았다.

딱 3분!

신은 중얼거렸다.

"와라, 와라……."

전화가 드디어 울렸다.

신은 전화를 받았다.

통화기 너머로 목소리(E)가 울렸다.

– 삼촌이에요?

"그래, 나다.

– 후 다행이다. 곤란한 일이 있었어요.

"잘 해결했어?"

– 그건 그렇게 중요한 문제가 아니니까요. 일단 제가 시킨 대로 하셨죠?

두 인물이 전화하는 부분을 촬영할 때, 혼자서 대사를 말하는 부분을 찍거나 각 인물의 대사를 따로따로 촬영해서 틀려주는 경우가 많다.

지금은 스튜디오 부조종실에서 사전에 녹음한 대화 내용을 스피커로 들려주고 있는 것이었다.

한편, 신이 고개를 끄덕였다.

"그래, 은택이 형님을 미래 아니 현재에서 나는 살아났나?'

– 잠시만요. 기억이 이제 바뀔 때가 됐는데.

통화기 너머로 아무 말도 없었다.

"역시 나는 살아나지 않았나 보구나."

– 네, 그런데…….

"혹시 예상치 못한 상황이 벌어졌나?"

– 차은택 아저씨가 죽었어요.

신은 눈을 크게 떴다.

"뭐?"

김재한이 죽고 난 후 김현을 돌봐주는 사람이 바로 차은
택이었다.

그런데 그가 죽었다?

– 혀, 현재가 바뀌었어요.

이는 김재한의 행동으로 인해 새로운 변수가 생겼다는 말
이었다.

이종화 감독이 외쳤다.

"컷!"

오늘 촬영은 이렇게 끝났다.

☆　★　☆

'어떻게 해야 선배님과의 기세 싸움에서 밀리지 않을 수
있을까.'

강윤이 드라마 웨이브 속 주인공 김현 역을 연기할 때, 신
이 연기를 살살 해주는 게 많았다.

내심 이런 점이 불만이었으나 어쩔 수 없었다.

신이 연기를 제대로 해버리면 강윤의 캐릭터가 증발해버
리고는 했으니까.

'크흑……. 더 노력해야 해.'

그래서 강윤은 지금 한강 공원 벤치에서 드라마 대본과
한창 씨름 중에 있었다.

이때, 모자를 얼굴이 안 보일 정도로 깊게 눌러 쓴 남자가 강윤이 있는 벤치 뒤에 앉았다.

"이야, 날 좋네."

남자는 강윤이 뭐 하고 있는지 슬쩍 보고는 말했다.

"그렇게 공부한다고 해서 나아지나."

강윤은 남자의 말에 귀 기울이지 않고 대본에 집중했다.

"노래로 치자면 말이야. 어떤 가수가 노래 피처링하러 왔다가, 노래를 너무 잘 부르다 보니까, 그 곡이 피처링한 가수의 곡이 돼 버린 거야. 한 마디로 주객전도가 된 거지."

"……."

"그 뒷이야기 들려줄까? 그 곡 원래 받기로 한 놈이 미친 듯이 고민하는 거야. 어떻게 하면 곡을 다시 빼앗아 올 수 있을까 하고."

강윤은 흠칫했다.

"누구세요?"

그리고 고개를 돌려 뒤쪽 벤치를 보려고 하자 남자가 말했다.

"내 얼굴 보지 마."

"아니, 누구냐니까요."

지금 강윤이 처한 상황을 잘 알고 있는 걸 보면, 남자는 평범한 인물이 아닌 게 분명했다.

"지나가는 조언자라고 생각해. 알 필요도 없어."

"아, 그러니까……!"

남자는 강윤의 말을 다짜고짜 끊고 본론을 말했다.

"너 강신 그 녀석과 제대로 연기해보고 싶잖아, 그렇지?"

"네, 그렇긴 한데……."

"그 녀석에게는 약점이 있거든."

강윤이 솔깃한 반응을 보이자, 청년이 씩 웃으며 말했다.

"가르쳐줄까?"

"거절합니다."

"호오? 왜지?"

"그런 걸 굳이 알고 싶지 않습니다. 이왕이면 스스로 해내고 싶은 것도 있고요."

남자의 눈에 이채가 서렸다.

'이 자식에게 좀 더 흥미가 생기는데.'

"내 말 들어서 손해 보는 건 없을 텐데?"

"그렇죠. 그런데 저는 그쪽 의도를 알 수가 없거든요."

한편, 남자의 머릿속에서는 강윤에 관한 세세한 분석이 이루어지고 있었다.

'목소리 톤 좋고, 발성 나쁘지 않고…….'

그가 내린 평가는 이랬다.

미래가 기대되는 풋내기 녀석.

"아무튼, 누구신지는 잘 모르겠지만, 연예계에서 활동하시는 선배님이시겠죠. 말씀만으로 감사합니다, 그럼."

강윤은 자리에서 벌떡 일어나 남자에게 고개를 숙였다.

그리고 뒤돌아서서 발걸음을 떼려는 순간.

"야! 넌 내가 누군지 궁금하지도 않냐?"

생판 모르던 사람이 나타나 도움을 준다고 말하면, 대부분은 그 사람의 정체를 어떻게든 알아내려고 할 것이다.

한데, 강윤은 뚱한 표정으로 말했다.

"아니, 아까 안 알려준다면서요."

'확실히 매력 있는 캐릭터군.'

남자는 입술에 침을 축이며 중얼거렸다.

이래서 그 녀석이 이놈을 가르치려고 한 건가.

아니, 그놈과 같이 있다 보니 성격이 닮아진 건지도 모른다.

'아무래도 그 녀석을 많이 믿고 따르는 건가 본데.'

강윤에게 있어 강신은 우상일 것이다.

그럴 만도 할 테다.

강신은 20대 청춘들의 워너비이니까.

'아마 그 녀석이 되려고 정말 많이 노력했겠지.'

그러나 결과가 본인이 노력한 만큼 나오지 않았다면, 자기 자신에게 정말로 실망했을 것이다.

그는 강윤에게서 씁쓸함과 자괴감을 읽어낼 수 있었다.

'쯧쯧……'

체형에 맞는 옷이 있듯 연기도 자신에게 맞는 스타일이 있는 법이다.

'이 녀석은 감정적이고 폭발적인 연기를 할 거 같은데.'

만일 강윤이 그동안 신을 단순히 따로 잡으려고 노력했다면, 자신만의 연기 스타일을 제대로 구축하지 못했을 가능성이 컸다.

'혹시 지금 이 녀석에게 실전이 필요하다고 생각한 건가.'

말로 직접 가르쳐주는 것보다 본인이 경험을 해보며 직접 깨닫는 게 효과가 더 큰 법!

또, 자신에게 맞는 길을 본인이 깨닫고 알아서 찾아가는 게 자신의 미래를 위해서도 좋았다.

'이 녀석 한번 가르쳐보고 싶네……'

지금 강윤의 연기 스타일은 미숙해서 누군가에게 영향을 받을 수 있는 상태. 그래서 검은색 크레파스를 들고 하얀색 도화지를 보는 기분이 들었다.

그는 내심 중얼거렸다.

이 녀석이 나에게 영향받은 걸, 놈이 보면 뭐라고 할까.

사내는 신이 보일 반응을 상상하며 킥킥거렸다.

강윤은 콧노래를 흥얼거리는 사내를 바라보며 속으로 투덜거렸다.

'사람을 앞에 두고 도대체 무슨 생각을……'

"누군지 물어봤자 안 가르쳐줄 거잖아요."

강윤의 볼멘소리에 남자는 생각에서 깨어났다.

"그렇지."

"전 이제 갑니다."

"잠깐!"

"이번에는 뭡니까?"

강윤의 어투에는 가시가 돋쳐 있었다.

"매일 이 시간 여기서 널 기다리겠어."

"……네?"

"기억해. 딱 10분이야."

그는 강윤이 여기에 또 올 거라고 확신하는 듯했다.

'어떤 자신감으로 이리 확신하는 거지.'

강윤은 무어라 대꾸하려다가 말았다.

이 이상 말을 섞었다가 피곤해질 거 같아서.

"그럼 가보도록 하겠습니다."

강윤은 뒤돌아보지도 않고 자리를 떴다.

'암만 봐도 저놈 진짜 물건인데.'

진작에 저런 새싹을 봤다면, 자기가 꼬셔서 키웠을 거다.

'그 돼지 같은 놈은 진짜. 자기 혼자서 다 처먹네.'

남자는 툴툴거리며 자리에서 일어났다.

그리고 정확히 일주일이 되던 날.

강윤은 한강 벤치를 다시 찾았다.

원래 여기에 오려고는 하지 않았다.

고민이 생기는 바람에 이곳에 오게 된 거다.

– 윤이야, 네 연기가 뭐야?

이는 촬영에 들어갔을 때 신이 한 호된 소리였다.

'내 연기가 뭐지……'

– 무슨 말씀인지 이해가 잘 안 되네요.

– 네 연기랑 다른 사람 연기랑 다른 건 뭐지?

'모르겠어.'

신이 한 질문들이 귓전에 자꾸만 맴돌았다.

아무리 생각해봐도 해결책이 뚜렷하게 보이지 않았다.

'그 사람이 여기에 올까.'

강윤은 벤치에서 10분이나 기다렸지만, 벤치 쪽으로 아무도 오지 않았다.

'에이, 없잖아.'

강윤이 "괜히 믿었네."라고 투덜거리며 뒤돌아서던 때였
다.

"내가 뭐랬어. 너 다시 올 거랬잖아."

"선배님 예상이 맞았군요."

강윤은 하하 웃고는 남자에게 고개를 숙이며 말했다.

"그보다 저번에는 실례했습니다. 서효원 선배님"

"오, 조사 많이 했나 보네."

"헤어지고 나서 아차 싶더라고요."

강윤은 이제 데뷔하는 배우다.

그를 비밀스럽게 찾아올 연예계 선배는 없다.

게다가 신의 약점을 알려줄 친절한 사람도 더더욱 있을
리가 없고.

신에게 앙심을 품은 업계관계자 일 수도 있으나, 강윤에
게 막무가내로 접근할 간 큰 인간은 없다.

그럼 남는 사람은 하나다.

신을 경쟁자로 의식하는 배우.

서효원!

"제의는 아직 유효합니까?"

"녀석의 약점을 가르쳐주는 거?"

"네."

서효원은 씩 웃으며 말했다.

"아직 유효해."

"그런데 혹시 몸 어디가 안 좋으신 건가요?"

"무슨 소리야 그게?"

"왜 영화에 보면 그런 거 있잖습니까. 몸이 안 좋으면 제자 한 명 구해서 자신의 은원을 해결해주길 바라는 거요."

서효원은 황당하다는 표정으로 강윤을 바라보았다.

"가르쳐 주면 그 녀석을 뛰어넘을 자신은 있고?"

"……."

"아무튼. 사정이 있긴 있는데 그걸 너한테 굳이 말해줄 필요는 없다고 봐."

"그렇군요."

"아무튼, 잘 생각해봐. 이번이 마지막 기회니까."

"근데 진짜로 저에게 뭘 바라는 건 아니시죠?"

"사람 못 믿고 살았나. 내가 풋내기인 네 녀석에게 바라는 게 있겠나?"

"그럼 가르쳐주시면 고맙겠습니다."

강윤은 고개를 숙일 때 서효원의 입가에 맺힌 미소를 보지 못했다.

'사실 너로 그놈이 얼마나 성장했는지 가늠해보려고 하는 거거든.'

세상에 그냥 공짜란 없는 법이다.

특히나 이 바닥에서는 더더욱.

☆　★　☆

웨이브 제작진과 홍보팀은 드라마를 본격적으로 홍보하기 위해 외부 장소에서 촬영을 진행하기로 했다.

촬영지는 서울 서대문구 북아현동 골목길.

인산인해가 이루는 곳을 고르지 않은 건 현장통제는 물론 제작진과 배우들 모두가 힘들어지기 때문이었다.

☆　★　☆

몇몇 행인이 골목이 통제되는 걸 보고 웅성거렸다.

"무슨 촬영을 하나?"

어떤 작품을 촬영하는 건지는 스태프들이 주변을 엄격하게 통제하고 있어서 알 수 없었다.

곧이어, 배우들이 촬영현장에 속속히 도착했다.

신을 본 누군가가 큰소리로 외쳤다.

"웨이브 촬영이다!"

웨이브라는 단어가 튀어나오자마자 사람들이 삽시간에 몰려들었다.

"그걸 여기서 찍어?"

며칠 전부터 이곳에서 드라마 촬영이 있을 거라고 하였으나, 사람들은 촬영 작품이 웨이브인 줄 몰랐다.

"와! 대박이다!"

사람들은 배우들을 구경했다.

"배우가 괜히 배우인 거 아니네."

머리는 조그맣고 팔다리는 길쭉해서 비율도 장난이 아닌데다 소위 아우라는 것도 풍기고 있었다. 그야말로 멋진 존재들.

한편, 사람들의 눈길을 사로잡은 사람이 있었다. 신 옆에 있는 신인배우였다.

"저 얼굴은 새 페이스인데."

"쟤가 그 강윤이란 애인가 보다."

사람들은 신과 함께 있는 강윤을 폰 카메라로 찍고는 SNS에 올렸다.

ㄴ 애 누구임?

ㄴ 오, 잘 생겼는데.

ㄴ 오빠! 잘 생기면 다 오빠라고 하던데!

ㄴ 드라마 웨이브 촬영하나 본데?

ㄴ 여기 서울 서대문구 북아현동 골목길이에요!

ㄴ 강신과 함께 있는 거 보니까 코칭한 애인가 보다.

ㄴ 드림 프로젝트 프로듀스 출신 강윤.

ㄴ 보나 마나 낙하산일 듯ㅋㅋㅋㅋㅋ

ㄴ 엥, 강신이 이 드라마에 출연한 거면 이거 완전히 성공한 드라마 아니냐?

ㄴ 됐고, 이제 지겹다. 뭔가 특별한 거 좀 보여주면 좋겠어. 그놈의 연기가 다 거기서 거기인 거 같아서.

사람들의 반응은 이게 다가 아니었다.

'당장 북아현동으로 가겠다.', '배우들 얼마나 연기를 잘하는지 부러 가겠다.'는 등등.

그리고 강윤이 연기를 잘할까, 하지 못할까로 사람들은 갑론을박하기도 했다.

연기력 논란은 강윤이 연기를 보여주면 자연스레 해결될 문제.

한편, 강윤은 서효원이 해준 조언을 떠올리고 있었다.

– 네 연기를 보고 있자면 말이야. 그 녀석의 카피캣이 아닐까 하는 생각이 들어.

이 말에 강윤은 반박하였으나, 서효원은 차갑게 대꾸했다.

– 그 녀석 따라 많이 해온 게 눈에 보여. 그 녀석 연기가 너에게 영향을 아예 미치지 않았다고 장담할 수 있어?

이 말에 강윤은 아무 말도 대답할 수 없었다. 영향을 받은 건 사실이었기에.

– 이제부터 그걸 잊도록 해. 그리고 지금 넌 기술 부분이 약해. 섬세한 기술로 네 감정을 자극하고, 네 감정을 자꾸 끌어내는 걸 연습해야 해. 그리고 녀석과 연기를 할 때 리액팅 액션을 강력하게 해봐.

강윤은 이를 되새기고 또 되새겼다.

이때, 모자를 눌러 쓴 스태프와 시선을 마주쳤다.

스태프가 강윤을 향해 눈을 찡긋했다.

– 아, 그리고 이건 노파심에서 하는 말인데. 촬영현장에서 나랑 마주치더라도 나 모르는 척해라.

그를 왜 모르는 척을 해야 하는지 알 수 없었으나, 강윤은 그의 부탁을 들어주기로 했다.

한편, 사람들이 촬영지로 점점 몰려왔다.

스태프들은 사람들의 출입을 통제했다.

"여기 들어오시면 안 돼요! 아주머니! 장비 건드리지 마세요! 그거 엄청 비싼 카메라에요. 아! 아저씨!"

촬영제작진은 촬영준비를 위해 분주하게 움직였다.

참고로 오늘 촬영할 부분은 추격신.

이곳 북아현동 골목 능안길은 추격신을 찍기에 안성맞춤인 곳이었다.

높은 건물이 들어서기도 하였으나, 층이 낮은 건물들이 즐비하기 때문이었다.

또, 골목길이 꼬불꼬불하기도 해서, 밤이 되면 분위기가 으스스해진다.

여기서 추격신을 촬영하면 쫓고 쫓기는 특유의 긴박한 느낌이 잘 살아날 게 분명했다.

추격신의 경우 촬영 콘티로 동선을 정확하게 잡아주는 게 중요했다.

그래서 이종화 감독은 신과 강윤을 불러 촬영용 콘티를 보여주며 촬영할 샷에 관해 설명했다.

"우선 김재한이 범죄자를 따라갔고, 범죄자는 어딘가에 숨었어. 이때, 카메라는 범죄자가 화면 바깥으로 사라질 때까지 잡을 거야. 그럼 범죄자가 도망가겠지. 신이가 이를 뒤쫓을 테고. 이 장면에서 풀샷에서 미디엄 샷 그리고 풀샷으로 변화를 줄 거야."

신은 상황을 머릿속으로 한번 그려보고는 말했다.

"역동적인 장면 연출이 가능하겠군요."

이제 척이면 척이다.

잠시 후.

이종화 감독이 외쳤다.

"레디! 액션!"

슬레이트가 탁 부딪쳤다.

지금 작중 상황은 김재한과 김현이 똑같은 범인을 쫓는 대목이다.

오해하지 말아야 할 건 강윤이 연기하는 김현은 현재 사람이고, 신이 연기하는 김재한은 과거 사람이라는 거다.

즉, 이 두 사람은 각자의 시간대에서 같은 범인을 쫓고 있는 것이었다.

신은 신 앞에서 열심히 뛰고 있는 배우를 뒤쫓아 가면서 소리를 질렀다.

"인마! 거기서!"

배우는 가쁜 숨을 내쉬며 대답했다.

"에라이! 너 같으면 멈추겠냐?"

"에이, 씨!"

골목길을 따라 달리던 신은 더 빨리 달렸다.

신은 1번 고정 카메라가 있는 곳을 지나갔다. 2번 카메라가 신의 시선을 따라갔고, 3번 카메라는 풀 샷으로 신과 배우를 담아내고 있었다.

풀 샷, 미디엄 샷 그리고 풀 샷이 교차하면서 역동적인 장면이 나오고 있었다.

이종화 감독은 속으로 중얼거렸다.

'이거 멋진 장면이 나오는데.'

그러던 그때.

범인이 어디론가 사라졌다.

"뭐야, 어디로 간⋯⋯."

놈을 찾기 위해 주위를 두리번거리던 신은 코너 골목에서 그만 미끄러지고 말았다. 마치 바나나 껍질을 밟은 것처럼 슬라이딩해버렸다.

한 마을 주민이 중얼거렸다.

"저거 진짜 미끄러진 거 아니야?"

"연기 아냐?"

"진짜 다친 거 같은데."

스태프들 사이에서도 소요가 일자 이종화 감독이 촬영을 잠시 멈추고는 신에게 말했다.

"컷! 신아! 괜찮아?"

신은 손을 들며 말했다.

"괜찮아요. 대본대로 미끄러진 거예요."

워낙 생생해서 진짜 넘어진 건 줄 알았다.

사람들은 신이 몸을 사리지 않는 걸 보고 속으로 감탄했다.

'저 정도 위치에 있는 배우라면 몸을 사리려고 할 텐데.'

'대단하다, 진짜.'

'진짜 배우를 위해 태어났어.'

스태프진에서 신의 연기를 지켜보던 서효원은 속으로 중 얼거렸다.

'저 센스는 여전하군.'

서효원이 이곳에 온 건 신을 상대할 전략을 짜기 위해서다. 한데, 신의 연기를 막상 보고 있자니 오만 생각이 다 든다.

'저 녀석과 부딪쳐야 한다니…….'

생각만 해도 끔찍하다.

서효원은 중얼거렸다.

그냥 이곳에서 벗어날까?

또, 마음 한구석에서는 이곳에 조금 더 있어야 한다고 외 치고 있었다.

서효원 스스로 제 본심이 무엇인지 알 수 없었다.

'난 어떻게 하고 싶은 걸까?'

서효원이 망설이는 사이 촬영 파트 1이 다시 진행되었다.

"레디! 액션!"

신이 도망치는 범인을 쫓고, 범인은 신과 거리를 어떻게 든 벌리려고 했다.

그리고 놈은 사라졌다.

이것도 잠시.

범인이 도망친 경로를 본 신은 놈을 쫓아 막다른 골목까 지 따라갔다.

숨을 몰아쉰 신이 "드디어 잡았네. 이 개자식아."라는 마 지막 대사를 외치자 이종화 감독이 외쳤다.

"컷! 아주 좋았어요!"

신은 이종화 감독과 영상 모니터링을 했다.

장면이 잘 뽑혔다.

"긴박감이 아주 넘치더라."

신은 숨을 고르며 대답했다.

"아이고, 이제 운동 좀 꾸준히 해야겠네요."

"그래, 보인다."

신과 이종화는 농담을 주고받으며 하하 웃었다.

이종화 감독이 말했다.

"잠시 쉬는 시간 가지죠!"

신이 물을 마시고 휴식을 취할 때, 장비를 점검하고 있는 스태프가 신의 눈에 들어왔다.

'아까부터 날 지켜보던 거 같던데…….'

신은 이상한 생각이 들어 주변에 물어보았다.

"저 사람 누구예요?"

사람들의 대답은 똑같았다.

"음, 누구지?"

"모르겠는데."

신은 의아한 생각에 그를 불렀다.

"저기요!"

그는 대꾸하지 않았지만 신은 그가 몸을 움찔 뜬 걸 볼 수 있었다.

"이봐요."

이번에도 대꾸는 없었다.

"들으신 거 다 아는데, 대답을 안 해주시네요?"

그는 목소리를 낮추며 말했다.

"제가 지금 심한 목감기가 걸려서……."

신은 남자를 살펴보았다.

후드티에 얼굴이 보이지 않을 정도로 깊게 눌러 쓴 모자에 이거 누가 봐도 수상해 보인다.

신이 그에게 다가가자, 그는 황급하게 손을 올리며 기침했다. 다가오지 말라는 뜻이었지만, 신은 이를 무시하고 그의 모자를 벗겨버리려고 했다.

"아니, 잠깐만……!'

그는 재빨리 신을 막으려고 하였으나 신이 더 빨랐다.

모자기 홀렁 벗겨졌다.

남자의 얼굴을 확인한 신의 입가에 진한 미소가 맺혔다.

"서효원!"

서효원이라는 말에 사람들은 깜짝 놀랐다.

"서효원이 왔다고?"

"잘못 본 거 아냐?"

사람들이 긴가민가한 반응을 보이는 것도 잠깐이었다.

"헉! 진짜잖아."

"미친, 대박!"

"이게 무슨 상황이래."

촬영을 구경하는 사람들의 손놀림이 바빠졌다.

┗ 님들! 님들! 전 대박 사건! 서효원 근황 떴어요!

┗ 무슨 소리예요. 서효원이 왜 튀어나와요. 걔 지금 잠수… 미친ㅋㅋㅋㅋㅋㅋㅋ. 진짜 서효원이다.

┗ 와, 나도 저기 살 걸 그랬다. 동네 주민들 완전 계 탔겠네.

┗ 근데 서효원은 저기 왜 왔지?

SNS에서도 지금 벌어진 상황을 이해할 수 없다는 게 대체적인 반응이었다.

그러나, 신과 서효원의 만남은 흥미를 불러일으키기에 충분했다.

┗ 그러고 보니 저 두 사람 연기 또 같이할 거라고 하지 않았나?

┗ 그럼 이 드라마에서 혹시……?"

┗ 두 사람의 연기를 이번 드라마에서 볼 수 있다니! 정말로 기대되네요.

한편, 강윤은 대화를 나누고 있는 신과 효원을 바라보고 있었다.

'저렇게 등장할 거면 왜 얼굴을 가리고 온 거야.'

사실 서효원의 계획은 어쩌다 꼬인 것이지만, 강윤이 이를 알 리가 없었다.

'그나저나 두 사람 연기에 관한 깊이 있는 이야기를 하고 있는 걸까.'

두 사람의 대화는 강윤의 예상과는 달랐다.

서효원이 훗 웃으며 말했다.

"나를 그렇게 찾았다고 해서 이 몸이 친히 와준 거다."

"넌 이전이나 지금이나 여전하네."

"칭찬으로 듣지."

"그동안 어디에 있었어?"

"그냥 여기서 좀 먼 곳에 있었지."

서효원은 '너 때문에 산속에 쭉 있었다.'고 대답하고 싶지 않았다.

말하면 자존심이 쪽팔릴 거 같으니까.

"도망친 건 아니고?"

"내가 왜 도망을 쳐!"

"그렇지? 천하의 서.효.원이 겁을 먹을 리가 없지."

신이 정곡을 찌르자 서효원의 속은 부글부글 끓어올랐다.

'아, 미친 척하고 이 자식 한 대만 때릴까.'

"그나저나 나랑 같이 연기할 거지?"

서효원은 침착하게 말했다.

"이 드라마에 출연해 달라는 거야?"

"어."

이 정도면 막가파다.

"아니, 내 의사도 중요하고, 작품결정권도 줘야 할……."

이어지는 신의 말에 서효원의 포커페이스는 무너졌다.

"나와 연기하기로 지난번에 약속했잖아?"

신은 여기서 비웃음을 살짝 흘려 주었다.

미소의 의미는 '약속 안 지켜? 이 자식아. 넌 안 지키면 나보다 아래야.' 였다.

눈에 뻔히 보이는 도발.

머리로는 이 도발에 넘어가면 안 된다고 외치고 있지만, 마음은 이성의 명령을 듣지 않았다.

"그래, 하자고."

자기도 모르게 툭 내뱉은 말에 서효원은 아차 하며 후회했다. 그러면 뭐하는가. 이미 엎질러진 물인데.

"또, 내빼는 건 줄 알았네."

"후후, 내가 그럴 리 있나."

서효원은 이렇게 말하면서도 속으로 눈물을 흘리고 있었다.

'아씨……. 이거 잘못하다가 완전히 나가리 되는 건데.'

신은 속으로 후후 웃었다.

'네 도움이 필요해. 서효원.'

신은 오직 서효원만이 연기에서 부족한 부분을 채워줄 수 있으리라 생각하고 있었다.

'넌 날 완벽하게 만들어 줄 테니까.'

서효원은 왠지 모를 섬뜩함을 느꼈다.

'갑자기 웬 오한이……'

이때, 이종화 감독이 두 사람에게 다가왔다.

"아니……! 이게 누구세요. 서효원 씨!"

신은 이종화 감독에게 서효원을 드라마에 출연시켜도 되냐고 물었다. 이종화 감독이 말했다.

"당연히 되지!"

서효원은 이제 자포자기 심정이었다.

'그래……. 결국 부딪쳐야 하는 거겠지.'

이종화는 껄껄 웃으며 말했다.

"이왕 이렇게 된 거 앞으로 잘 찍어봅시다."

"알겠습니다."

이때, 조감독이 이종화 감독에게 슬며시 다가와 속삭이듯 말했다.

"감독님! 캐스팅 비용은 어떻게 하시려고요? 게다가 제작 편성팀과 아무런 이야기 없이……."

"몰라. 투자팀 알아서 하겠지."

쌍욕이 목구멍으로 튀어나오려는 걸 애써 참았다.

"배역은요?"

"일단 카메오 형태로 해도 충분하잖아."

이번에는 멱살을 쥐고 싶어 주먹을 부르르 떨었다.

'이 양반 아무 대책도 없으면서 된다고 한 거냐고!'

"대본은 어떻게 하시려고요."

"그거야 작가가 알아서 해결할 문제고."

뭘 그런 걸 물어보냐는 대수롭지 않은 어투였다.

"아니……."

조감독이 "이건 무책임해도 너무 무책임하잖아요."라고 말하려고 하자, 이종화 감독이 "아, 눈빛 봐. 사람 잡아먹을 일 있어?"라고 말하고는 폰을 꺼내 전화를 걸었다.

신호음이 두 번도 울리지 않았는데 상대방이 전화를 받았다.

"국장님."

– 이 감독! 밤중에 무슨 일이야?

"배우 캐스팅 관련으로 말씀드릴 게 있어서요."

– 그건 이 감독이나 캐스팅 담당자가 알아서 하면 될 일인인데.

"한 배우가 드라마에 합류하고 싶다고 해서요."

– 아니, 지금 무슨 말도 안 되는 소리를……!

"그게 서효원입니다."

– 뭐……?

통화기 너머로 쿠당탕하는 소리가 울렸다.

– 다시 말해봐. 누구?

"서효원이 드라마에 출연하길 원한답니다."

– 왜? 아니, 이유가 중요한 게 아니고. 잡아. 어떻게든 잡아. 돈 걱정하지 말고! 내가 알아서 다 처리해줄 테니까!

이종화 감독은 보조 감독을 한번 보고는 다음 전화를 걸었다.

"아, 작가님! 다름이 아니라 이야기해드릴 게 있는데요. 예, 배역 문제요. 이야기에 배역을 추가해주시면 좋겠는데. 곤란하다고요? 서효원이 드라마에 나온다고……."

통화기 너머에서 '잠시만요! 감독님! 때마침 작품에 등장시키고 싶었던 캐릭터가 있었어요!' 라는 소리가 울렸다.

"아, 충분히 가능하시다고요? 하하! 우리 작가님. 진짜 최고예요. 네, 그래서 촬영은 일단 카메오 형식으로 해서……."

이종화는 메인 작가와 본격적인 이야기를 나누기 시작했다.

신은 일이 일사천리로 진행되는 걸 보면서 서효원의 옆구리에 팔꿈치를 스리슬쩍 찔렀다.

"니 이끽 살아있는데?"

서효원도 자신이 여전히 건재하다는 걸 느낀 것인지 웃웃었다.

"일이 이렇게 잘 진행되는 건 나라서 가능한 일이지."

"재수 없지만 인정해줄게."

신과 서효원이 농담 따먹기를 하는 사이, 이종화는 통화를 끊고는 조감독에게 말했다.

"자, 이제 돈 문제, 작가 문제, 대본 문제 다 해결됐지?"

일이 일사천리로 진행되니 딱히 할 말이 없다.

"이제 찍어보자고!"

"아니, 감독님. 이리되면 촬영계획도 수정해야 하잖아요."

"그건 우리가 차차 해결 해야 할 문제고."

'에이 씨, 오늘은 날밤 까게 생겼네.'

"야야, 울상짓지 마. 시청률 높게 나오면 우리도 좋잖아. 촬영현장 분위기도 좋고, 일할 맛도 나고!"

이종화는 제 머리를 손가락으로 툭툭 치며 말했다.

"유연하게 생각하자고. 여기서 찍을 만한 씬도 마침 있으니까."

"예, 예, 까라면 까야죠."

조감독이 촬영계획을 수정하고 준비하러 갔다.

이종화는 서효원을 불러서 곧 촬영할 부분을 설명해주기 시작했다.

"지금까지 촬영했던 게 과거의 김재한이 한 범인을 쫓아가는 부분이었는데. 아, 일단 작품부터 이야기해야겠죠."

"작품 이야기는 대략 알고 있습니다. 오늘 촬영하는 것도 쭉 봤고요."

신이 서효원에게 말했다.

"너 혹시 스토커야?"

"시끄러워!"

"두 사람 사이가 좋은 건지, 나쁜 건지 모르겠네."

두 사람이 이구동성으로 외쳤다.

"나쁜 거죠."

"나쁘죠!"

신과 효원은 지금 뭐 하냐는 표정으로 서로 바라보았다. 이종화는 터지려는 웃음을 애써 참으며 말했다.

"아무튼, 형사 김재한이 쫓은 범인이 과거에서 살아남아요. 이제 주인공 김현이 그 범인을 쫓는데, 현재에서 그 범인을 죽이는 킬러가 등장하거든요. 혹시 킬러 역이 마음에 안 드시면 다른 거로……."

"뭐든 상관없습니다."

무슨 배역이건 소화해낼 수 있다는 말 참으로 서효원다운 말이었다.

"이거 기대되네요. 아, 하마터면 이 설명을 빼먹을 뻔했는데. 과거에서도 킬러는 등장해요."

"같은 인물입니까?"

"네."

서효원이 이해되지 않는 듯 말했다.

"그 인물 혹시 시간 여행하는 건가요?"

"하하, 그런 건 아니고요."

어디까지나 웨이브의 설정은 과거의 인물과 현재의 인물이 서로 연락을 주고받는다는 거다.

"이제 김재한이 활동하는 과거에서는 젊은 시절로 나오는 거고 현재 시간대에는 늙은 모습으로 나오는 겁니다."

"그렇군요."

"어쨌건 작가님이 상황과 모습을 촬영해달라고 했어요."

서효원은 촬영 부분을 듣고는 고개를 끄덕였다.

"대사는 없고, 느낌을 잘 살려 보아라……. 알겠습니다."

서효원은 머리에만 특수분장을 받기로 했다.

어차피 얼굴 전체가 나오는 것도 아니니 분장을 받지 않아도 되었다.

잠시 후.

좁은 골목에서 촬영이 시작되었다.

"레디! 액션!"

서효원과 범인 단역은 뛰는 걸 찍지 않아도 되었다.

지금 장면은 '킬러'(서효원)가 과거 사건과 관련된 범인이 입을 쓸데없이 놀리는 걸 막으려고 그를 죽이려는 부분이었으니까.

단역 배우가 손사래를 쳤다.

"자, 잠시만요……."

어둠 쪽에서 무언가가 남자에게 다가가고 있었다.

그는 뒷걸음질 쳤다.

"난, 난 아무 말도 안 했어요."

카메라가 찍고 있는 것에는 암흑만이 있을 뿐.

무슨 일이 일어나는지 알 수 없었지만, 상상을 자극하는 구석이 있었다.

이윽고 남자의 비명이 울렸다.

"끄아아아악!"

빨간 모조 혈액이 바닥으로 흘렀다.

살해하는 장면이 없었지만, 지금 상황으로 살인이 일어났다는 걸 충분히 유추할 수 있었다.

신은 카메라가 찍고 있는 장면을 바라보며 중얼거렸다.

'이게 더 섬뜩하네.'

시각적으로 적나라하게 보여주는 것보다 상상할 수 있게 하는 게 훨씬 자극적이었다.

한편, 사람들은 감탄했다.

'오······.'

'이 짧은 순간에서 저런 캐릭터 표현이 가능하구나.'

이때, 서효원은 눈을 감고 호흡을 내쉬었다.

"후우······."

그리고 감고 있던 눈을 떴다.

눈동자가 미약한 가로등 불빛에 부딪혀서 번뜩였다.

사람들은 서효원의 눈동자를 보면서 동물 눈동자를 바라보는 거 같다고 생각했다.

발걸음 소리가 울렸다.

저벅.

저벅저벅.

서효원이 어둠 속에서 걸어 나왔다.

어둠 때문에 얼굴이 다 드러나지 않고 입가 쪽이 비스듬히 나왔다.

이때, 입가에 미소가 씩 맺혔다.

지금 서효원은 특별한 연기를 한 것도 아니었다.

소리를 친 것도, 감정이 들어간 표정 연기를 한 것도 아니었다.

그런데 시선이 절로 간다.

단순한 동작을 한 게 다인데!

이종화 감독이 속으로 외쳤다.

'씬 스틸러scene stealer!'

이어서 강윤의 연기도 시작되었다.

사람들은 신과 서효원의 연기를 보고 난 뒤라 별 감흥 없이 강윤의 연기를 바라보았다.

강윤이 연기를 못 하는 건 아니었다.

다만 두 사람에 비해 밀리는 것일 뿐.

강윤의 연기가 끝나자 이종화 감독이 강윤을 칭찬했다.

"컷! 잘 살렸어!"

강윤은 솔직한 심정으로 조그마한 구석 같은 데 있으면 쭈그려 있고 싶었다.

'내 신세야…….'

그리고 이날 SNS는 그야말로 난리가 났다.

서효원의 연기가 영상으로 공개된 것이다.

　└ 와, 진짜 지린다.

　└ 연기가 이전보다 훨씬 깊어진 듯.

　└ 눈빛 봤냐. 진짜 지리더라. 역시 클래스는 영원한 듯.

　└ 근데 주연 진짜 불쌍하다. 연기는 잘하는데, 두 사람이
시선을 아예 빼앗아버리네! ???

　└ ㅇㅈ합니다.

　└ 본격 주인공이 조연이 되는 드라마.

　└ 고래 싸움에 새우 등 터진다더니 ㅋㅋㅋㅋㅋ.

그리고 이날 서효원은 실시간 검색어 1위를 차지했다.

　한편, 매스컴에서는 서효원의 복귀를 두고 '화려한 귀환',
'강신과 연기를 같이 하게 되다', '그동안 얼굴을 보이지 않
았던 이유는?!' 이라는 헤드라인이 달린 기사가 마구 쏟아져
나왔다.

　이 정도면 화려한 복귀였다.

　이후 드라마 웨이브 촬영은 차차 진행되었고, 수많은 사
람의 관심 속에서 드라마 웨이브가 방영됐다.

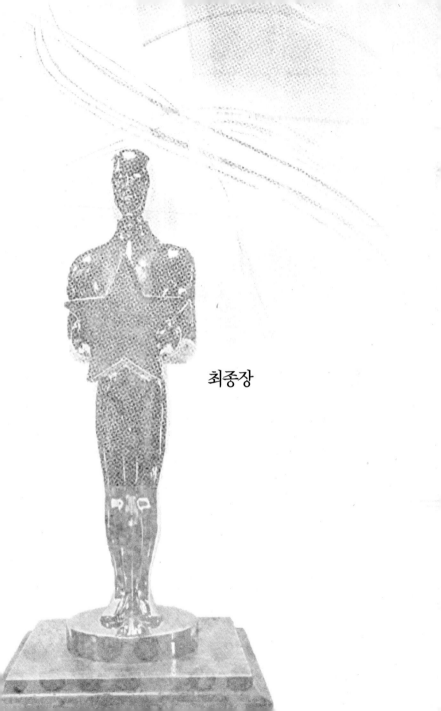

최종장

최종장

 – 하하하하!

전화기에서 이종화 감독의 웃음이 떠나질 않았다.

신은 깜짝 놀란 척하며 말했다.

"시청률이 12%나 나왔다고요?"

 – 그래! 완전 초대박 났어!

케이블 방송 드라마가 12%가 나왔다는 건 공중파 드라마
로 20%를 넘은 거나 다름없었다.

한편, 전화하는 장소가 술집 안인지, 왁자지껄한 소리가
났다.

 – 감독님! 이리 오세요!

 – 술이 들어간다 쭉! 쭉! 쭉!

신은 웃으며 말했다.

"지금 완전 난리 났네요."

― 애들 지금 정신 다 나갔다. 지금 국장님도 기뻐하고 완전 난리 났어!

"다 다른 분들이 고생한 거죠."

― 하하! 겸손하기는. 겸손이 지나친 것도 병이야! 그보다 지금 어디냐?

"집에서 쉬고 있어요."

신은 소파 위에 발을 쭉 뻗은 채로 누워있었다.

― 여기로 와. 얼마나 많은 사람이 널 찾고 있는데!

그런 곳에는 신과 어떻게든 엮여 보려고 하는 이들이 떼 거리로 있을 테다.

거기에 간다는 건 지옥에 머리를 들이미는 거나 다름없다.

'어찌 된 게 갈수록 인간관계가 점점 협소해지고 있네.'

이제 믿음이 가는 사람들이나 이전부터 알고 지내는 사람들과 만나는 게 일상이 되어 버렸다.

'내가 이렇게 지내려고 한 게 아닌데.' '

오늘따라 기분이 씁쓸해진다.

― 여보세요? 말 잘 안 들리나?

"아, 오늘은 좀 쉬고 싶네요. 지금 몸이 좀 안 좋아서."

― 뭐? 어디가 어떻게 안 좋은데. 사람이라도 보내줄까?

"괜찮아요. 그냥 좀 쉬면 될 거 같아요."

― 그래? 이거 내가 괜한 방해를 했네. 몸조리 잘하도록 하고. 촬영 스케줄 좀 바꿀까?

"그 정도까지는 아니고. 푹 쉬면 좀 낫겠죠."

전화기 너머에서 이종화를 부르는 소리가 났다.

- 감독님! 빨리 오세요!

- 아, 뭐 하세요! 감독님!

- 이 자식들이, 정말! 그럼 어쩔 수 없네. 일단 알겠다. 오늘 푹 쉬도록 하고 촬영장에서 보자.

"들어가 보세요."

통화를 끊은 신은 폰을 소파에 아무렇게나 던지고 TV를 켰다.

채널을 바꿀 때마다 이 채널에서는 웨이브, 저 채널에서도 웨이브가 방영되고 있었다.

신은 TV를 곧바로 꺼버렸다.

이종화 감독이나 배우들에게 미안할 말이지만, 신은 웨이브가 얼마나 잘 나가는지 관심이 없었다.

그래서 조금 전에 웨이브 성적을 들었을 때, '아, 그런 시청률을 얻었구나. 잘 됐다.' 정도의 감흥을 보인 것이다.

물론 성적이 좋지 않게 나오는 걸 바라는 게 아니다.

다만 지금 '신들린 연기'를 펼치는 것 외에는 에너지를 쏟고 싶지 않을 뿐.

모든 에너지를 여기에 쏟아부어도 모자랄 판인데 다른 곳에 신경 쓰는 건 솔직히 말해 '에너지 낭비'였다.

그리고 신은 오늘도 머리를 끙끙 싸매며 한창 고민하고 있었다.

'뭔가 느낌이 올 거 같으면서도, 안 오네.'

답이 좀처럼 보이지 않으니 피 말리는 기분이다.

그래도 그동안의 고민이 소득을 거두지 않은 건 아니었다.

'일단은 카타르시스를 터뜨리는 것과 관련이 있다는 건 알겠는데…….'

신은 서효원과 웨이브 촬영을 쭉 하면서 이를 확실히 느낄 수 있었다.

'자기 자신의 감정을 강렬하게 터뜨릴 때, 기분이 확실히 고무되고 정신적으로 고양되니까. 내가 생각하는 이상적인 연기도 이런 거랑 어느 정도 관련이 있을 거 같은데…….'

그러니까 쉽게 말해 신이 꿈꾸는 연기를 하면 무한한 갈증을 채울 수 있다는 거다.

한편, 콘 감독의 말이 신의 귀에 맴돌았다.

이제 자네 갈증을 많이 느끼겠어.

- 지금 내가 말하는 갈증이란 자신을 끊임없이 충족시키는 걸 말하는 거야.

- 그는 자신을 사로잡는 광기에 얼마나 시달렸을까.

또, 그는 어떻게 이 타오르는 광기에서 벗어났을까.

신은 콘 감독에게 이를 어떻게 극복했나 물어보고 싶었지만, 묻지 않기로 했다.

이건 스스로 해결해야 할 문제니까.

'정말 단 한 번의 연기, 인생 연기를 한번 펼칠 수만 있다면…….'

일단 신은 이 문제에 그만 생각하기로 했다.

계속 집중하고 있자니 뇌가 타오르는 거 같았다.

'일단 눈 좀 붙여봐야겠다.'

신은 이 문제가 잘 해결되길 빌며 잠을 청했다.

그러나 잠에서 도중에 깨어나고 말았다.

타오르는 갈증 때문에.

'아, 미친. 왜 이러지.'

신은 소파에서 일어나 냉장고로 향했다. 그리고 물통을 꺼내 물을 벌컥벌컥 마셨다.

한 통을 다 마셔도 갈증은 해소되지 않았다. 생수통을 한 병 더 깠다. 그래도 물을 마시고 싶은 건 여전했다.

'하, 진짜 미치겠네.'

신은 갈증을 억지로 참아내며 잠을 청하였으나 잠에 도통 들지 못했다.

그리고 이날 이후로 신은 점점 불면증에 시달리게 되었고, 나중에 잠도 못 자게 되었다.

신들린 연기를 펼쳐야 한다는 강박증이 신을 점점 사로잡기 시작했기 때문이다.

신은 정말로 미칠 거 같았지만, 주위에 이를 내색하지 않았다.

아무렇지 않은 척 꾹 참아냈다.

신의 속은 점점 타들어 가고 있었다.

그러나 신의 의지는 되려 타오르고 있었다.

서효원은 대기실에 도착했다.

신의 대기실을 바라보니 사용 중이라는 표시가 떠 있었다.

효원은 신에게 말하고 싶은 게 있어서 신의 대기실 문을 노크했다.

한데, 대답이 없다.

'뭐야, 이거?'

서효원은 대기실에 들어가 조용히 뻗어 있는 신을 보고 속으로 중얼거렸다.

'뭔가 이상한데.'

"야!"

신을 퉁명스레 불러봐도 대꾸가 없다.

신에게 다가가 박수를 쳐봐도 반응조차 없다.

서효원은 신의 상태를 자세히 살폈다.

'상태 진짜 안 좋아 보이는데…….'

겉으로 보기에 잠을 자는 것처럼 보이지만, 그렇지 않았다.

눈꺼풀 밑 눈동자가 데굴데굴 구르고 있으니까.

'설마 지금 그거 생각하는 중인 건가.'

만일 그런 거라면 참으로 미친놈이다.

"야! 안 일어나?"

서효원은 신의 몸을 격렬하게 흔들었다.

이제야 정신을 차린 건지 신은 눈을 떴다.

눈동자가 흐리멍덩해 보이는 게, 상태가 정말 심각해 보인다.

금방이라도 생명의 불빛이 꺼질 거 같이 보인다고 해야 할까.

"어……, 왔어?"

"너 어디 아프냐?"

"아픈 건 아니고……. 요새 잠을 통 못 자서."

신은 퀭한 안색으로 웃음을 흘렸다.

"잠을 얼마나 못 잤는데?"

"몰라, 기억도 안 나."

서효원은 이죽거렸다.

"자랑이다. 이 미친놈아. 너 혹시 그 신들린 연기인지 나발인지 그거 고민한 거냐."

신은 웨이브 촬영을 쭉 하면서 언제고 말해준 적이 있었다.

기술과 틀을 뛰어넘는 연기를 생각하고 있다고.

그리고 그 모든 것을 뛰어넘는 이른바 신들린 연기를 펼치고 싶다고.

"내가 말했지. 그건 너 자신을 피 말려 죽이는 연기라고. 그리고 그게 하고 싶다고 해서 저절로 막 펼쳐지는 거냐? 어? 평생 한 번 펼칠 수 있을까 말까 한 연기인데."

서효원은 자신이 왜 이렇게 화를 내는지 알고 있었다.

이 녀석은 자신이 바라보지 못하는 걸 바라보고 있으니까.

자신과는 달리 빛나는 존재니까.

"난 네가 왜 이렇게 자기 자신을 죽이려는 연기에 집착하는 건지 이해가 되지 않아. 그런 연기는 말로 하니까 그럴듯하지! 그건 자기 자신을 잡아먹는 연기야. 네 연기수명이 깎여 나갈 수도 있는 거라고!"

신은 희미하게 웃었다.

"나 생각해주는 거야?"

"아, 이런 상황에서 그딴 말이 나와? 어!"

서효원은 신을 설득하기로 했다.

"촬영 때려치워! 이런 상태로 촬영할 수 있겠어?"

신은 자리에서 일어났다.

몸을 비틀거리는 게 금방이라도 주저앉을 거 같았다.

신은 중얼거렸다.

"해야만 해……."

"안 돼! 절대 못 해! 지금 이 상태로는 안 된다고!"

"지금이 아니면 안 돼……."

신의 눈은 기이한 열기로 타오르고 있었다.

광기에 뒤덮인 눈빛과 마주한 서효원은 섬뜩함을 느꼈다.

'이 녀석은 정말…….'

신은 중얼거렸다.

"너라면 날 이해해줄 거야."

서효원의 눈동자가 흔들거렸다.

뛰어난 연기를 해보고 싶어 하는 건, 어떤 연기자든 한 번쯤은 꿈꿔본다.

그러나 이런 꿈을 이뤄보겠다고 설치는 미친놈은 없다.

꿈은 어디까지나 꿈이니까.

"넌 정말이지 어메이징하게 미친놈이야."

신은 웃음을 피식 흘리는 거로 대답을 대신했다.

"미쳐야 그런 연기를 할 수 있잖아."

"정신 아직도 못 차리네. 난 잘 모르겠으니까, 너 알아서 해라."

이 말을 끝으로 서효원은 대기실 바깥을 나가버렸다.

신은 대본을 주섬주섬 챙겼다.

손이 부들부들 떨린다.

'내가 과연 해낼 수 있을까?'

외로운 싸움이 될지 몰랐다.

해낼 수 없을지도 모른다.

그러나 해내어야만 한다.

지금 아니면 영영 못할 거 같은 직감이 드니까.

'서효원이 함께 해주면 좋았을 텐데.'

도와주지 않는다면 어쩔 수 없다.

'어디까지나 이건 내 욕심이니까.'

신이 체념하고 있을 때, 대기실 문이 열렸다.

안으로 들어온 사람은 서효원이었다.

신은 뜻밖이라는 표정을 지었다.

'네가 왜……?'

서효원의 손에는 제 대본이 들려 있었다.

"아, 씨! 진짜! 하, 진짜. 왜 내가 이런 놈이랑 엮여서! 아! 젠장!"

서효원은 제 머리를 벅벅 긁으며 투덜거렸다.

이런 말 꺼내길 주저하는 모양이다.

"……게."

"……?"

"…와줄게."

"뭐?"

"내가 도와준다고!"

이런 말 하는 게 부끄러운 것인지 소리를 빽 지르는 서효원이었다.

☆　★　☆

촬영하는 곳은 서울 서초구 반포대로(잠수교).

오래된 느낌이 나는 터널 산책로도 있고, 대로 주변에 한강이 흐르고 있었다.

이곳에서 형사 김재한과 킬러와 본격적으로 충돌하는 걸 촬영할 예정이었다.

김재한은 사건의 주요 참고인이 미래에서 죽게 된다는 걸 알게 된다.

이는 김현이 그에게 접촉해서 벌어진 일.

어쨌건 김현에게서 정보를 전해 듣는 건 불가능했고, 김재한은 직접 움직이기로 했다.

그리고 미래에 죽게 되는 남자가 한 비리 사건에 연루되어 있다는 걸 알게 되면서, 김재한은 이를 파내려고 한다.

위정자들이 김재한을 좋게 바라볼 리가 없다.

이러던 차에 한 기업 대표가 범죄 세계에서 유명한 킬러에게 김재한의 암살을 사주하고, 킬러가 김재한을 제거하려고 움직이는 것이었다.

이야기 구조적으로 볼 때, 이 부분은 극의 전환점이었다.

왜냐하면, 반전이 등장하기 때문이다.

한편, 촬영장은 촬영준비로 분주했다.

스태프들은 반사판, 조명, 카메라를 나르고 있었다.

신과 효원은 촬영에 들어갈 때까지 대기해 있기로 했다.

"괜찮아?"

서효원의 말에 신은 고개를 끄덕이는 거로 대답을 대신했다.

"그래, 말할 힘 아껴."

현장을 진두지휘하던 이종화 감독은 신을 힐끔 바라보았다.

'요새 컨디션이 좀 안 좋은 거 같던데.'

그의 생각과 달리 신의 외관은 멀쩡해 보였다.

'에이, 괜한 걱정이겠지.'

이종화는 평소 신이 자기관리를 얼마나 잘하는지 잘 알고 있기에 그러려니 넘어갔다.

그래서 지금 신의 상태가 최악일 거라고 상상조차 못 했다.

잠시 후, 사람들은 리허설을 간단하게 했다.

다행인 점이라면 격렬한 액션이 없는 거라고 해야 할까.

그러나 지금 컨디션으로 와이어 연기를 할 수 있을지 의문이다.

신은 눈을 잠깐 감고 정신 집중하기로 했다.

이때, 서효원이 신에게 다가와 속삭였다.

"정신 바짝 차려. 방금 너 넘어지려고 했어."

신은 서효원에게 알겠다는 듯 고개를 끄덕였다.

"못 따라오기만 해봐. 너 버리고 갈 테니까."

서효원은 이 말을 하고는 촬영 동선 쪽으로 향했다.

'그래, 짐이 되면 안 되겠지.'

정신을 단단히 차릴 필요가 있었다.

신은 입술을 꾹 깨물었다.

피가 살짝 났다.

피를 혀로 핥으니 비릿한 피 맛이 느껴진다.

정신이 얼핏 든다.

신은 문득 스포트라이트가 켜진 무대에 혼자 서 있는 듯한 기분이 들었다.

'이곳은 나를 위한 무대.'

신은 오늘 한번 미친 척하고 연기를 원 없이 펼칠 작정이었다. 그래서 스스로 자기최면 걸듯 뇌까렸다.

오늘 나 자신을 완전히 불태울 거야.

설령 쓰러지게 되더라도 좋아.

최고의 연기를 위해서라면……!

난 이미 각오가 돼 있으니까.

신은 몸에 와이어 조끼를 착용하고 자리를 잡았다.

그리고 속으로 수없이 되뇌었다.

'나는 김재한이다. 나는 김재한이다. 나는⋯⋯.'

곧이어, 촬영에 들어가기로 했다.

이종화 감독이 외쳤다.

"자! 스탠바이! 큐!"

슬레이트가 탁 부딪쳤다.

불그스름한 조명 아래.

신은 잠수교 1층 산책로 통로를 따라 걷기 시작했고, 카메라 1번이 신을 따라갔다.

터벅터벅 울리는 발걸음 소리와 거친 숨소리가 기묘한 화음을 만들어내고 있었다.

"후우⋯⋯. 후우⋯⋯."

한편, 신은 오른쪽 손으로 배를 붙잡고 있는데, 모조 핏물이 왼쪽 손을 따라 밑으로 뚝뚝 흘러내리고 있었다.

1번 카메라가 소매에서 바닥에 떨어진 피를 찍었다.

이는 불길한 일이 벌어질 거라고 예고하는 징조.

지금 신이 걷고 있는 곳이 어두컴컴해선지, 무언가가 튀어나와도 이상할 거 같지 않았다.

분위기는 고요했다.

원래 폭풍이 휘몰아치기 직전에 고요한 법!

이때, 신이 몸을 휘청했다.

사람들은 그만 오해하고 말았다.

'다리에 진짜 힘이 없는 거처럼 보이네.'

'연기가 정말로 실감 나.'

사실 신은 자리에 정말로 주저앉을 뻔한 걸 의지로 버틴 것이다.

이 진실을 알고 있는 건 서효원뿐.

'저 미친놈이 잘해야 할 텐데.'

지금 신은 살얼음판 위를 아슬아슬하게 걷는 거나 다름없었다.

그래서 신을 지켜보는 서효원도 불안했다.

눈을 돌리면 외면할 수 있지만, 서효원은 신의 연기를 계속 지켜볼 작정이었다.

'네가 말하는 연기가 도대체 어떤 거길래……'

이때, 바람이 살살 불어와 신의 헝클어진 머리카락을 어루만졌다.

신은 바람이 불어온 쪽을 바라보았다.

수면에는 잔잔한 물결이 일렁이고 있었는데, 신은 그 속에 그만 빨려들 것만 같았다.

사람들은 이 장면에서 나지막한 탄성을 터뜨렸다.

눈동자에 우수가 담긴 거 같았고, 분위기는 퇴폐적인 것이 뭐랄까, 신 혼자 다른 세상에 있는 것 같이 느껴진달까.

그때 신의 손에 들린 무식하게 큰 전화기가 울리면서 고즈넉한 조용함이 깨졌다.

띠리리리리리.

신은 통화를 받고는 잠시 머뭇거렸다.

대사가 떠오르지 않아서다.

1초, 2초, 3초……

이윽고 신의 입술이 옴짝 달싹거렸다.

"현이냐."

목소리(聲)가 스피커에서 울렸다.

– 삼촌.

신은 눈을 감았다.

순간이지만 정신이 아득해진다.

이대로 쓰러질 거 같았지만, 신은 이 악물고 버텼다.

신을 바라보던 서효원은 속으로 중얼거렸다.

'의지력 하나만큼은 정말로…….'

– 은택 아저씨가 살아났어요! 삼촌의 생각이 맞았어요!

신은 무덤덤하게 말했다.

"그거, 참 다행이네."

지금 김재한이 기뻐하지 않고 담담하게 말하는 건, 죽음
이 다가오고 있기 때문이었다.

신이 말을 잠시 멈추자, 김현의 목소리가 말했다.

– 사, 삼촌?

신은 대답하지 못했다.

지금 눈앞에 한 킬러가 서 있었고, 그는 한 손에 회 뜨는
기다란 칼을 들고 있었으니까.

지금 김재한이 상처를 입은 것도 그와 벌인 격렬한 사투
때문이었다.

싸움 당시 김재한이 그에게 한 방을 먹였으나, 김재한 쪽
상태가 훨씬 안 좋았다.

한쪽 손은 거의 쓰지 못하고, 갈비뼈도 두 대가 나갔다.

한 마디로 지금 상황은 그야말로 최악.

서효원이 말문을 열었다.

"징글징글한 놈이군."

말과는 달리 서효원의 입꼬리는 위쪽으로 삐죽 올라가 있었다.

그의 손에서 이토록 오래 살아남은 사람은 김재한이 유일해서다.

서효원은 혀를 입술을 축이고는 입맛을 쩝쩝 다셨다. 먹잇감을 어떻게 요리할까 고민하는 거 같았다.

전화기에서 목소리가 울렸다.

– 지금 무슨 일 생긴 거예요? 삼촌! 무슨 상황인지 말해주세요!

신은 전화기를 바닥에 놔두고는 웃음을 피식 흘렸다.

– 삼촌!

서효원의 시선이 전화기로 향했다.

"일개 형사가 들고 다니기에 꽤 비싼 물건인데."

그는 김재한이 미래의 인물과 통화하고 있는지 알지 못했다.

만일 이를 알았다면 전화기를 어떻게든 사수하려고 했을 터.

신이 대사를 내뱉었다.

"그보다 언제까지 그렇게 서 있을 끼고."

신은 손가락을 까닥하는 거로 서효원을 도발했다. 이에, 서효원은 웃음을 피식 흘렸다.

성치 못한 몰골로 서 있는 주제에 도발하는 게 같잖기 때문이었다.

"넌 오늘 죽을 거야. 내 손에서."

신은 리액팅 액션 대사를 찰지게 치며 서효원의 대사를 끊었다.

"입은 더럽게 살아 있네."

"이 새끼가!"

감정이 고조되면서, 연기 템포가 바뀌었다.

서효원은 신에게 재빠르게 다가가, 신의 몸쪽을 파고들었다.

신은 육탄전에서 어떻게든 버티려고 했으나, 서효원은 신을 간단히 제압하고는 발로 까버렸다.

퍽!

신은 바닥에 볼썽사납게 나뒹굴었다.

전신을 뒤덮는 뻐근한 통증에 신음이 절로 흘러나왔다.

"커, 헉⋯⋯!"

신은 몸을 배배꼬며 아등바등했다. 그리고는 좀처럼 일어나지 못했다.

서효원은 속으로 초조하게 중얼거렸다.

'일어나라, 자식아.'

신의 연기를 바라보던 사람들은 말을 할 수가 없었다.

지금 신이 몸을 부르르 떠는 게 최후의 발악을 하는 것처럼 보였기 때문이다.

지금 신의 안색은 곧 죽을 사람처럼 새하얗고, 시선은

멍했다. 분명 앞쪽을 바라보고 있는 거 같은데 다른 걸 보고 있었다. 시각장애인의 시선처럼 초점이 어긋나 있었다.

이 정도면 기가 찬다.

사람들은 속으로 중얼거렸다.

'무슨 연기가 이래……'

'그야말로 미친 메소드 연기군.'

사람들의 감상과는 달리 서효원은 신이 전심전력을 다 해 펼친 연기가 아니라는 걸 알고 있었다.

'이건 능숙한 연기자라면 누구나 할 수 있는 수준의 연기다, 강신. 넌 뭘 보여줄 거야.'

서효원의 냉정한 평가가 맞았다.

지금 신의 상태가 좋지 않아 더 현실감이 나는 것처럼 보이는 것일 뿐.

'일어나서 증명해봐! 이게 다가 아니라는 걸!'

그러나 신은 좀처럼 일어날 생각을 하지 않았다. 아니, 못했다.

'여기서 주저앉을 거냐고.'

서효원은 마음 같아서는 이렇게 외치고 싶었다.

'네가 보여주려고 하는 연기가 뭔지 이 사람들에게 보여주고 쓰러지라고! 이 똥멍청아아아아!'

만일 신이 일어나지 않는다면 이 외침은 그야말로 소리 없는 아우성이 될 테다.

그때였다.

신의 몸이 움찔거렸다.

혹시 서효원의 간절한 목소리가 신에게 기적적으로 전해진 것일까.

신은 부들부들 ~~뜨는~~ 손으로 땅을 짚었다.

"크윽……."

신의 몸은 추위에 떠는 사시나무처럼 떨고 있었고, 눈빛은 극도로 불안정했다.

누가 중얼거렸다.

"제발……."

차마 '그만하라는' 뒷말을 꺼내지 못했다.

지금 신의 연기는 참으로 처절했다.

살고 싶어 발버둥 치는 사람에게 삶을 포기하라고 말할 정신 나간 사람은 아무도 없었다.

사람들은 신 아니 김재한을 응원했다.

'일어나!'

'김재한, 저 자식에 한 방 먹여줘!'

그때 신은 돌연 웃음을 끅끅 토해냈다.

서효원은 신의 반응이 이해되지 않는 듯 바라보았다.

"크, 큭큭. 큭큭큭."

지금 신의 웃음에는 여러 의미가 담겨 있었다.

이 상황에 혼자서 아무것도 할 수 없는 것에 자조적인 것도 있었고, 그동안 개고생을 했는데 이렇게 맥없이 죽는 게 허탈한 것도 있었고…….

한편, 서효원이 신 가까이에 다가섰다.

신이 좀처럼 움직일 생각을 않자 도와주기로 마음먹은

것이다.

신의 시야에 서효원의 발이 보였다.

신은 고개를 들어 서효원을 올려다보았다.

서효원 뒤쪽에 카메라가 있지만, 앞쪽에는 카메라가 없었다.

서효원이 입을 움직였다.

신은 서효원이 말하고자 하는 걸 읽었다.

'포기하지 마.'

그리고 서효원이 눈을 깜빡였다.

'약속대로 도와줄게.'

서효원은 신의 멱살을 잡아 쥐고 벽에 밀쳤다. 신이 일어설 수 있도록 극의 상황에 맞춰 도와준 것이다.

사실 이는 대본에 없는 행동.

이에 토를 다는 이는 아무도 없었다.

두 배우의 연기에 대본에 맞지 않는 연기를 한다고 끼어드는 건 민폐였기에.

아무튼, 서효원이 할 건 다 했다.

이후는 신이 알아서 해야 했다.

'강신. 단, 한순간만 정신을 차려! 그럼 네 모든 걸 보여줄 수 있어.'

감정과 감정이 얽혔다.

이윽고 신과 서효원은 서로에게 동화하기 시작했다.

뜨거운 마음이 신에게 전해졌다.

그러자 흐리멍덩하기만 했던 신의 눈빛이 빛났다.

원래 초는 마지막 타오를 때 가장 밝게 타오르는 법이다.

자기 자신을 통째로 불태우기 때문이다.

신노 지금 자기 자신을 활활 타오르기 시작한 불꽃에 내 맡길 작정이었다.

일단 신은 대사로 감정을 서서히 끌어올리기로 했다.

"현이야, 듣고 있나."

─ ······.

"내 말 잘 들어라."

─ ······.

"세상 살다 보면 말이제. 이런 일도 있고 저런 일도 있는 거 아이겠나. 니는 무슨 일이 있어도 절대로 포기하지 마라."

─ 삼촌······.

서효원은 지금 무슨 개소리를 하냐는 듯 기다란 칼을 신의 배에 꽂았다.

푹. 푹. 푹.

배 쪽에 핏물이 번졌다.

신은 캡슐을 깨물어 피를 울컥 토해냈다.

"커헉······! 남자는 말이제. 못 먹어도 고다."

지금 신은 기력을 완전히 잃은 상태였다.

누군가가 툭 건들면 쓰러질 지경이다.

그러나 극 중에서 가장 강렬한 부분이 다가오고 있었다.

'아직은 아니야.'

신은 중얼거렸다.

조금만 더 버텨야 해.

김재한에 빙의한 신은 무언가를 단단히 결심한 듯 고개를 끄덕이며 중얼거렸다.

"현이야, 이 삼촌은 이렇게 믿는다……."

신의 입가에 희미한 웃음기가 맺혔다.

사람들의 눈시울이 붉어졌다.

곧, 김재한은 중대한 선택을 할 것이기 때문이었다.

"이 세상이 억수로 지랄 같아도, 나쁜 사람들이 천지삐까리라도 말이제."

담담하게 이어지는 신의 대사가 사람들의 심금을 울렸다.

"희망을 꼭 품으면……!"

신은 대사에 힘을 주며 우렁차게 말했다.

"내일은 분명 변한다!"

그리고 신은 서효원을 바라보았다.

신의 눈빛과 마주한 서효원은 저도 모르게 몸을 움찔했다.

"이제 고만하자. 내 억수로 많이 먹었거든."

신은 부들부들 떨리는 손으로 서효원의 칼을 손으로 잡았다.

"큭……!"

서효원은 신이 어떻게 이런 괴력을 낼 수 있는 건지 이해할 수 없었다.

지금 몸 상태로 힘을 낼 수 없는 게 정상일 텐데!

"죽어……!"

서효원이 외쳤다.

"죽으라고오오오!"

숙이려는 의기아 죽으려는 의지가 부딪쳤다. 신은 모든 힘을 다 토해냈다. 말 그대로 젖먹던 힘까지 다 쥐어 짜냈나.

"으아아아아!"

신은 서효원을 단단히 끌어안고 대교 쪽으로 향했다.

지금 김재한은 킬러와 함께, 동반 자살할 작정이었다.

무의미한 개죽음이 아니었다.

지금 김재한의 품 안에 주요 단서가 있었으니까.

그래서 아무런 두려움 없이 죽음을 택할 수 있는 것이었다.

신은 대교를 뛰어가면서 무전기를 바라보았다.

카메라가 이 화면을 이걸 잡은 건 정말로 우연이었다.

신의 눈가가 파르르 떨리고 있었다.

그리고 신의 눈빛은 정말로 애틋했다.

이를 바라본 사람들은 가슴이 먹먹해지는 걸 느꼈다.

신의 연기가 사람들의 감정선을 완전히 건드려버린 것이다.

- 조카. 내 사랑스러운 조카. 니는 무사해야 한 대이.

순간 김재한의 대사가 머릿속에서 울려 퍼지는 거 같았다.

'아······.'

'······.'

그리고 신과 서효원이 강물에 빠지려는 순간, 크레인이 두 사람을 잡아끌었다.

이렇게 클라이맥스 부분이 끝났다.

이종화 감독은 한참 있다가 외쳤다.

"커, 컷! 어, 음……. 씨……. 아……."

말을 꺼내야 하는데, 말을 도통 꺼낼 수가 없었다.

스태프들도 거의 넋 놓고 있다가 중얼거렸다.

"무슨 연기가 그런…."

"와, 나 소름이 정말 돋아서……."

"아니, 난 정말 슬펐어."

한 스태프는 눈물을 펑펑 흘리고 있었다.

"무슨 이런 미친 연기가 다 있는 거지."

인간의 언어로는 도저히 설명할 수 없는 연기였다.

아니, 설명한다는 거 자체가 언어도단이다.

이종화가 중얼거렸다.

"…연기."

"네?"

"신의 연기."

사람들은 아무리 생각해봐도 그보다 어울리는 표현은 떠올려 낼 수 없었다.

서효원이 외쳤다.

"빨리 앰뷸런스나 불러요!"

지금 신은 와이어를 단 채로 기절한 상태였다.

"기절했어?"

"세상에!"

"기절한 거냐고!"

"앰뷸런스 빨리 불러!"

주위로 소란이 일었다. 신은 가물거리는 시야로 중얼거렸다.

'난 느꼈어…'

신의 시야가 가물거리고 있었다.

한편, 하늘 너머로 동이 터 오르고 있는 게 보였다.

'내가 완벽했다는 걸……'

신은 중얼거렸다.

'그래……. 나는 완벽했어.'

그리고 의식이 뚝 끊겼다.

신의 입가에 미소가 맺혀 있었다.

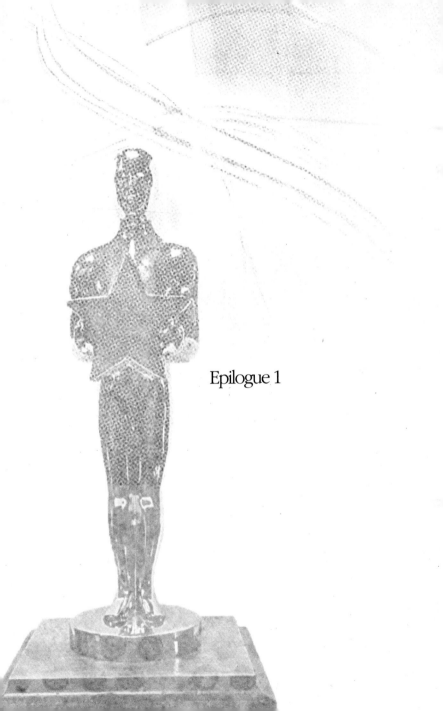

Epilogue 1

Epilogue 1

신이 쓰러졌다는 제보는 갤러리 사이트 게시판 '신의 연기 갤러리'에 제일 처음으로 올라왔다.

'님들! 님들! 완전 빅뉴스! 우리 신이가 촬영하다가 쓰러졌대요!'라는 제목의 글이었다.

게시글 반응은 폭발적이었다.

10초도 채 되지 않아 댓글 수십 개가 우르르 달린 것이다.

└ 대박ㄷㄷㄷ. 어쩌다가 그런 거래요? 사고라도 당한 건가.
└ 들리는 말로는 잠을 한동안 못 잤다고 하던데?
└ 왜요?
└ 저도 잘 모르는데, 연기 고민하느라 잠을 못 잤다고 하더라고요~

└ 아니, 아무리 연기에 미쳤다고 해도…….

네티즌들은 설마설마했다.

연기 때문에 잠을 못 잤다고?

그런데 신이라면 정말로 그럴 수 있을 거 같다는 생각이 들었다.

└ 그보다 님은 어케 잘 암?

└ 제 친구의 친구가 촬영장에 있었어요.

└ 아, 그러니까 건너의 건너 들은 거네? 못 믿겠다.

└ 님 허위사실유포 하지 마세요. 구라 치다가 감방에 갈 수도 있어요.

└ 아, 진짜라니까요. 정말 못 믿으시네!

└ 이거 100% 구라다. 이거 구라 아니면 내 손가락 지진다.

다른 사람의 말을 일단 의심해보는 것.

이곳 갤러리 사이트 전반적인 분위기가 이랬다.

자신의 말이 진짜라는 걸 말하려면, 소위 증명이라는 걸 해야 했다.

└ 사실 타 방송국에서 나온 안티 아니냐?

└ 맞아. 우리 신이를 왜……!

└ 아, 진짜라니까요. 기다려보세요.

└ 작성자 부들부들하는 거 봐. 귀엽네. 뭘 기다리는 건지 모르겠는데, 일단 기다려볼게요.

잠시 후.

촬영장을 찍은 영상이 K-튜브에 올라왔고, 이 영상 링크가 걸린 게시글이 갤러리에 올라왔다.

그리고 최초의 제보자가 갤러리에 등판했다.

└ 자! 보세요! 제가 진짜 쓰러졌다고 하잖아요. 왜 이렇게 사람 말 못 믿으세욧! 그리고 아까 장 지지겠다는 사람 빨리 지지세요.

갤러리 유저들은 링크를 타고 들어가서 확인하고는 깜짝 놀라고 말았다.

– 헐, 대박.

글 작성자를 의심한 네티즌은 당연히 나타나지 않았다.

갤러리 유저들은 댓글 작성자를 비웃는 댓글을 달았다.

└ 가만히 있으면 반은 간다.

└ 여기 애들은 지한테 불리하면 바로 튀어버리네.

어쨌거나 신이 쓰러진 게 제대로 확인된 상황.

신의 연기 갤러리에 올라온 제보는 스크린 샷으로 캡처되어 영상 링크와 함께 인터넷으로 급속도로 퍼져나갔다.

인터넷 언론에서 기사글을 마구 쏟아냈다.

이렇게 신이 실시간 검색어 1위에 오르면서, 많은 네티즌이 신이 쓰러진 걸 알게 되었다.

└ 와, 근데 애는 진짜 연기에 혼을 판 애인가. 왜 이렇게 연기에 목숨을 걸지?

이 댓글에 '맞아, 맞아. 진심 뭔가에 썰 거 같다.', '연기력을 위해 어쩌면 악마와 거래한 걸지도.' 와 같은 댓글들이 달렸다.

└ 그래도 난 강신이 좋다. 진짜 멋지게 미친놈인 거 같아서.

└ 맞아요. 자기가 좋아하는 거에 목숨 걸 수 있을 정도로 달려드는 사람 도대체 몇 명이나 될까요? 나 같으면 지쳐서 진작에 떨어졌을 거 같아요.

└ 진짜 열정 하나만큼은 대한민국 최고일 듯.

└ 인정!

└ 그나저나 말이에요. 이런 말 하면 안 되는데 어떤 미친 나온 연기가 나왔을지 기대되네요.

└ 말하면 안 된다 해놓고 말하는 건 무슨 심리? 근데 나도 기대되긴 하네 ㅋ

└ 우리 신복치……! 그만 좀 괴로웠으면! 보는 내가 다 조마조마하다.

ㄴ신복치?

ㄴ유리 멘탈 개복치 몰라요? 조그마한 충격에도 잘 죽는 대형생선인데, 바다 공기 방울이 눈에 들어가서, 자고 있다가 파도에 휩쓸려 사망. 암튼 스트레스로 잘 죽는대요.

ㄴ아니, 그거 사실 아니에요. 사람들이 말장난으로 지어낸 건데. 개복치는 잘 안 죽어요. 스트레스 잘 받고, 예민한 건 사실인데…….

사람들에게 사실이 중요한 게 아니었다.

사람들이 보고 싶어 하는 게 사실이었으니까.

ㄴ근데 신복치. 뭔가 어울리는데?

ㄴ신복치. 입에 찰싹 달라붙는 듯.

신복치!

이렇게 신에게 새로운 별명이 붙었다.

ㄴ아니, 사람이 쓰러졌는데 별명 붙이고 웃고 즐거워하고 있네. 진심 미친놈들인 줄.

ㄴ신복치 ㅋㅋㅋㅋㅋ 아, 열라 웃겨 ㅋㅋㅋㅋㅋㅋ

ㄴ심보 개 못됐네.

ㄴ어쨌거나 별 탈 없으면 좋겠고, 오래 보면 좋겠어요.

ㄴ동의합니다. 222.

한편, 웨이브 제작진은 여태 촬영한 건 방송으로 내보내고, 당분간 방영을 쉬겠다고 발표했다.

이 소식에 사람들은 다양한 반응을 보였다.

ㄴ 그래도 앞으로 3주간은 걱정이 없으니까 다행이네.

ㄴ 어떻게 기다려요. 난 매주 보고 싶다고!

그래도 사람들은 너그럽게 기다리겠다는 반응을 보였다.

이때까지는.

그리고 이로부터 몇 주 뒤. 신이 열연을 펼친 회차가 방영되었다.

이날 TVS 시청자 게시판이 난리 나는 건 물론, 인터넷 전체가 그야말로 뽤났다.

언제까지고 기다리겠다는 사람들조차 태도를 바꾸는 건 당연했다.

ㄴ 김재한을 살려내라!

ㄴ 우리 형사님! 김재한! 죽이지 마세요!

ㄴ 형사님 죽는 거 아니죠? 죽는 게 아니라고 해주세요.

ㄴ 아, '주인공' 죽으면 나 이거 안 볼 거야.

웨이브의 주인공은 김현이었지만, 사람들에게는 진짜 주인공은 '김재한'이었다.

└ 아씨, 미치겠다. 아니, 왜 여기에서 끝나는 거냐고.

└ 아, 여기서 휴방하는 거에요? 아나, 진짜 감질나는 데서 끝내버리면 어떻게 기다려? 현기증 나려고 하니까 빨리 방영해주세요.

사람들의 성토는 며칠이 지나도 수그러들지 않았다. 기세를 보아 앞으로 몇 주간이나 이어질 듯했다.

TVS 드라마국도 시청자들의 성토를 견딜 수가 없어서, 불만 전담반을 만들어 버리기까지 했다.

한편, 신의 연기 영상은 SNS를 비롯하여 여러 경로로 외국에 퍼졌다.

└ 그야말로 레전드 연기. 보고 소름 돋았어.

└ 난 봐도 솔직히 소름 돋는지 모르겠는걸.

└ 맞아. 저렇게 연기 잘할 줄 아는 사람 몇몇 있다고!

신의 연기에 여러 반박이 있었다.

원래 예술이란 건 주관의 영역이 개입하는 것이기에, 감상이 다를 수 있었다.

그러나 신이 〈바람의 공주〉, 〈양의 늑대〉, 〈광군〉 그리고 〈아만다〉에서 보인 열연은 사람들을 놀라게 하는 데 충분했다.

└ 미친……. 연기를 미친 듯이 잘한다는 건 인정해야겠어.

지금 신은 AWAKEN로 얼굴이 많이 알려진 상황이라 정말로 많은 사람이 신의 연기 영상을 보게 되었다.

　그리고 신이 연기한 〈아만다〉 Mr. 장도 주목받게 되었다.

　덕분에 여러 영상과 함께 시너지 효과가 일어났다.

　이러던 차에 신과 호흡을 맞췄던 할리우드 배우들이 SNS 계정에 이런 글들을 남겼다.

　앤드류가 남긴 멘션은 이랬다.

　└ 그의 연기가 정말로 훌륭하다는 걸 인정해야 해. 그의 연기에서 감정선이 선명하게 잘 그려지니까.

　기노무라 준스케가 이런 멘션을 남겼고.

　└ 킬러와 함께 강물에 뛰어들려고 할 때 말이야. 무슨 말을 하는지 알아들었어. 그러니까 말이 머릿속에 울렸다고! 난 한국말을 전혀 모르는데 말이야! 이게 말이 돼?

　그리고 아만다도 멘션을 덧붙였다.

　└ 나는 그의 연기가 그야말로 '신'의 연기라고 생각해.

　심지어 콘 아르톤 감독까지 등판했다.

　└ 그의 신들린 연기를 AWAKEN을 촬영하면서 직접 봤어야 했는데. 이렇게 영상으로 보는 게 정말로 아쉽다.

할리우드 최고의 감독과 톱스타들이 하는 말에 감히 딴지를 거는 사람들은 아무도 없었다.

☆　★　☆

신은 차를 타고 촬영장에 향하고 있었다.

'서효원이 없었다면 난 그 연기를 펼치지 못했을 거야.'

신이 생각하는 신의 연기란 단순히 틀과 기예를 뛰어넘는 연기가 아니었다.

누군가와 함께하는 연기였다.

'연기라는 게 혼자서 하는 게 아니니까.'

배우, 무대, 관객.

이것이 연극의 주요 3요소였다.

어쩌면 이게 연기의 본질인 걸지도 몰랐다.

'그동안 나는 이걸 잊고 있었던 걸지도.'

신은 최고의 연기를 펼치는 것에만 집중하고 있었다.

그러다 자기도 모르게 매몰된 것이다.

'나 참으로 바보였어.'

그래도 나름의 깨달음을 얻은지라 신의 입가에 미소가 맺혀 있었다.

'기분 참 좋다.'

한편, 모든 사람이 촬영장에서 신을 기다리고 있었다.

신이 촬영장에 당도하자 사람들이 손뼉을 치기 시작했다.

짝. 짝. 짝.

이종화 감독이 씩 웃으며 말했다.

"자, 쉴 만큼 쉬었고 이제 다시 달려봐야지?"

신은 싱긋 웃었다.

"그래야죠."

촬영장은 촬영준비로 분주했다.

신은 오늘 있을 촬영을 준비하기 위해 대본을 바라보았다.

'김재한의 죽음에는 놀라운 반전이 숨겨져 있지.'

김재한의 죽음은 사실 가짜였다.

그러니까 김재한은 김현에게 킬러의 정체와 비리 사건과 관련된 관계자들을 알려주기 위해 증거품을 품에 안고 강물에 뛰어든 것이다.

'김현은 이를 모르고 김재한이 죽은 줄 알지만……'

김현은 한강에서 죽은 걸 발견하고 오열하지만, 김재한의 증거를 이용하려고 한다.

김재한이 그에게 남긴 유지였기에.

이후 김현이 사건 사고를 해결하다, 우연히 만나게 된 남자에게서 기이한 말을 듣게 된다.

그러던 그때!

김재한이 남긴 유품이 김현의 눈앞에서 사라지게 된다.

이를 본 김현은 기뻐하고 만다.

김재한이 살아나면, 김현은 유품을 확보할 수 없다. 김현이 확보한 물건이 사라진 게 바로 이유에서다.

아무튼, 김재한의 죽음은 '반전'을 위한 극적 장치!

'오늘 김재한이 화려하게 부활하는구나.'

신의 입가에 미소가 맺혔다.

'이거 재밌겠는데.'

사람들의 반응이 벌써 기대되었다.

그리고 이로부터 이주 뒤.

김재한의 화려한 부활이 담긴 회차 부분이 방영되었다.

사람들은 김재한이 되살아나는 걸 보고 정말로 열광했다.

└ 와, 미친 소름……

└ 진심 말도 안 나온다.

└ 작가 큰 설계 그림 보소.

웨이브는 시청률 20%를 돌파했다.

케이블 드라 사상 최초이자 역대 최고의 기록이었다.

이후 신은 드라마 웨이브 촬영을 마무리했다.

작품은 해피 엔딩으로 깔끔하게 끝났다.

└ 그동안 즐거웠어요.

└ 김재한 형사님! 포에버!

└ 감독님, 작가님, 배우님. 드라마 찍느라 그동안 정말 고생 많으셨어요.

└ 정말 잊지 못 할거에요. 이런 인생 작품 정말 처음이에 요.

드라마가 끝났지만, 신의 행보가 끝난 게 아니었다.

신은 LA 비평가협회에 초청을 받아 할리우드 명예의 전당에서 손바닥 도장을 찍기도 했다.

이 손바닥 도장은 어중이떠중이가 찍을 수 있는 게 아니었다.

그리고 이 소식을 접한 사람들은 제 일처럼 기뻐했다.

ㄴ 대박이다. 진심…….

ㄴ 갓신과 같은 한국인인 게 정말 자랑스럽다!

또, 좋은 소식이 있었다.

AWAKEN 시즌2 출연이 확정 난 것이다.

그전에 신은 TVS 연기대상시상식에 가기로 했다.

그리고 서효원도 이 시상식에 참가하기로 했다.

☆　　★　　☆

시상식.

별들의 잔치.

보통 배우들의 시상식은 가수들의 유배지로 유명하다.

가수들이 열심히 춤추고 노래를 불러도 배우들이 호응을 잘 해주지 않아서다.

그러나 TVS 시상식은 여타 시상식과는 달랐다.

마치 축제와도 같은 분위기였다.

사람들의 입에서 웃음꽃이 내내 떠나지 않았다.

그리고 시상식 짤막한 막간마다 가수들이 공연할 때, 사람들은 뜨거운 호응을 보냈다.

"최고다!"

"앵콜! 앵콜!"

이에 고무받은 가수들은 성을 다해 춤을 추고 노래를 불렀다.

시상식 현장은 시간이 흐를수록 뜨거운 열기로 후끈 달아오르고 있었다.

사람들은 이 화끈한 열기에 땀에 흠뻑 젖었다.

그리고 대망의 '연기대상'의 차례가 다가오고 있었다.

사람들은 누가 연기대상을 받을까 생각했다.

'아무래도 강신이 아닐까.'

'갓신이겠지.'

'아무래도……'

"네, 이번 순서는 연기대상입니다."

아름다운 드레스를 입은 여자 사회자가 우아한 자태로 무대 위에 올랐다.

"정말 아름다운 밤이에요. 여러분."

그녀는 사람들에게 공손하게 인사하고는 목을 가다듬었다.

"흠! 흠! 네. TVS 연기대상 수상자가 제 손에 들려 있는데요."

모두의 시선이 봉투에 향했다.

"일단 대상 후보부터 보고 오시죠."

사실 볼 것도 없다.

대상 후보는 신과 서효원 딱 두 명이었으니까.

대형패널에 영상이 떠올랐다.

처음 후보는 신이었다.

사람들이 손뼉을 짝짝 쳤다.

그리고 두 번째 후보도 아니나 다를까 서효원이었다.

서효원 쪽의 박수도 만만치 않았다.

신이 상대적으로 많은 주목을 받아서 그렇지, 서효원도 꿀릴 게 없었다.

장내에 있는 모두가 서효원이 신의 연기와 비교했을 때 뒤지지 않을 연기를 했다는 걸 잘 알고 있었다.

"자, 이제 대상 수상자를 보도록 하겠습니다."

여인은 손에 들고 있던 봉투에서 속지를 꺼냈다.

"흐음……."

사회자의 반응이 뭔가 심상치 않다.

혹시 이변이 벌어진 걸까.

사람들은 기대하기 시작했다.

"네, 이번 대상의 주인공은요……."

시상식장에 있는 모두가 그녀의 입이 열리길 기다렸다.

"대상을 발표하기 전에 북소리 좀 내주세요."

사람들이 입으로 북소리를 내는 한편 손으로 허벅지를 두드리기도 했다.

스피커에서도 북 음악이 내리깔렸다.

두구.

두구. 두구.

신의 옆에 앉아 있는 서효원은 초조한 표정을 짓고 있었다.

'아, 강신이 탈 거 같은데.'

"그럼 연기대상! 발표하도록 하겠습니다!"

사람들은 심장이 쫄깃해지는 걸 느꼈다.

결과가 거의 예상되기는 했지만. 까보기 전에는 모르는 것이었다.

"연기대상은 누구에게로 돌아갈까요!"

"아……."

"장난하나."

사람들의 입에서 탄성이 흐르는 것도 잠시.

사람들이 야유했다.

"우우우!"

"빨리 발표해!"

북소리는 최고조를 향해 달려가고 있었다.

"바로……!"

여인이 씩 웃으며 말했다.

"시청자분들입니다!"

신과 서효원은 서로를 바라보고 어안이 벙벙한 표정을 지었다.

"와, 이게 무슨……."

"……."

솔직히 말해 지금 상황 참으로 어이가 없다.

뭔가 맥 빠지는 기분이 든달까.

사람들도 어안이 벙벙한 표정을 지었다.

신과 서효원은 서로를 바라보았다.

"야, 이거 예상했냐?"

"너는?"

예상했을 리가 없다.

이윽고 두 사람은 웃음을 터뜨렸다.

"풉."

"큭."

장내에 있는 사람들은 두 사람이 이해되지 않는 듯 바라
보았다.

"하하하하!"

"하하!"

두 사람의 웃음이 장내를 떠나지 않았다.

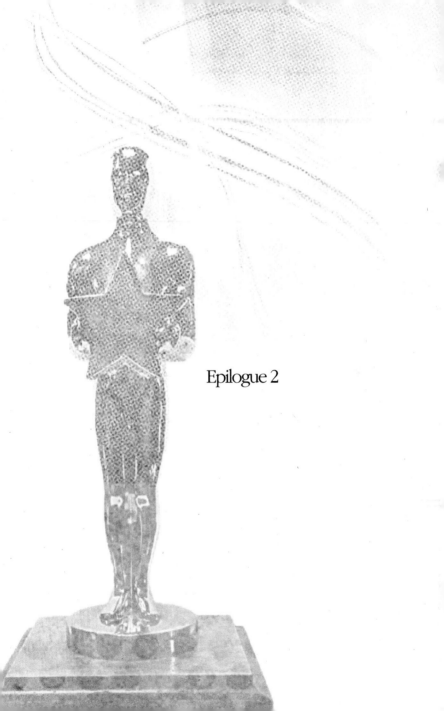

Epilogue 2

Epilogue 2

내 주변 사람들은 다 이상하다.

특히 소파 위에서 잠자고 있는 우리 아빠.

내 눈에는 그냥 아저씨다.

솔직히 말해, 난 우리 아빠가 유명한지 모르겠다.

그런데 주위에서는 나만 보면 '아, 네가 그분의 딸이구나.' 라고 한다.

나는 아빠에게 다가가 아빠의 얼굴을 물끄러미 바라봤다.

역시, 내가 보기엔 평범한 아저씨 같단 말이지.

아, 그래도 아빠한테 특별한 게 있긴 있다.

바로 마음을 색깔로 본다는 거다.

나도 마음을 볼 수 있고.

그러고 보니…….

옛날에 아빠와 이런 이야기를 나눴던 거 같다.

기억이 가물가물하지만.

－아빠! 아빠! 있잖아. 내 눈에 알록달록한 게 보여.

당시 아빠는 가슴 쪽을 툭툭 치며 말했었다.

－여기 말하는 거야?

－응!

－이 아빠도 보인단다.

나는 그때까지만 해도 마음의 색깔을 누구나 다 볼 수 있
는 건 줄 알았다.

그런데 그게 아니었다.

－그럼 엄마도 이거 볼 수 있어?

－아니. 아빠와 너만 볼 수 있어. 그리고 할아버지랑!

나는 당시 이 말을 이해하지 못했다.

왜 엄마는 못 보는 거지?

아빠는 쉿 하며 말했었다.

－이건 비밀이야. 누구한테 말하면 안 돼.

－왜?

－우리만 알면 재밌잖아.

－으응, 그렇구나.

그로부터 시간이 흘러 왜 나에게 이런 능력이 있는지 알
게 되었다.

가문의 내…… 뭐였지.

아, 그래! 유전!

그건 그렇고 지금 너무 심심하다.

나는 아빠 몸 위에 올라가 칭얼거렸다.

"아빠, 아빠."

"으, 응. 율이야. 놀아줄까?"

아빠는 신기한 게 내 생각을 곧바로 알아듣는다.

그래서 엄마보다 아빠가 훨씬 좋다!

아빠 최고!

"율이야! 아빠 쉬게 놔둬."

엄마의 목소리에 나는 툴툴거렸다.

"아, 왜! 나 아빠랑 놀 거란 말이야!"

엄마는 나를 잡고 바닥에 앉혔다.

나는 툴툴거렸다.

"힝. 놀고 싶은데."

"안 돼요. 아빠는 곧 미국 가야 돼."

"아……. 벌써 시간이 그리됐나."

아빠는 하품하고는 엄마 입에 입을 가볍게 맞췄다.

나는 손으로 내 눈을 가렸다.

자식인 내가 봐도 참으로 낯뜨겁단 말이지.

"자, 이거 잊지 말고."

엄마의 손에 들린 대본집에는 알파벳이 A, W, A, K, E, N 그리고 숫자 6이 적혀 있다.

아빠가 찍는 드라마가 시리즈라고 하는데, 사람들에게 인기가 꽤 많은 모양이긴 했다.

지난번에 포스터를 본 적이 있었다.

아빠가 활을 들고 있는 것이었는데. 음, 좀 멋지긴 했다.

그런데 이상하게 생긴 괴물이 있어서 좀 무서웠다.

사람들은 어째서 그런 걸 잘만 보는 걸까.

이해가 잘 안 된다.

아빠가 씻으러 간 사이 엄마가 TV를 켰다.

"율아, TV에 효원이 아저씨 나온다던데?"

"뭐?"

나는 자리에서 벌떡 일어나 TV에 다가갔다.

"가까이 다가가지 말고. 눈 나빠져."

"알았어."

TV 화면에서는 서효원 아저씨가 나오고 있었다.

난 저 아저씨가 정말로 좋다.

만나기만 하면 맛있는 과자나 아이스크림을 사주기 때문이다.

가끔은 아빠 모르게 용돈을 쥐여 주기도 하는데, 아빠는 이를 신기하게 알아차린다.

아빠가 웃긴 게 "그런 거 주지 마! 버릇 나빠져."라고 말하며 내 용돈을 싹 들고 간다.

나중에 내가 크면 돌려준단다고 하는데 진짜일지 모르겠다.

아빠가 그 말 한 게 수백 번도 더 되는 거 같은데.

– 아니! 나 2 인자가 아니라니까.

그런데 2 인자라는 게 안 좋은 호칭인 거 같은데.

왜 저리 좋아하는 걸까?

– 누가 뭐래도 서효원 씨는 2 인자잖아요.

MC의 말에 개그맨들이 웃었다.

나는 서효원 아저씨 얼굴을 자세히 바라보았다. 말과는 달리 즐기고 있어.

저 아저씨도 역시 이상해.

하지만 나에게 착하고 다정한 남자니까

띵동.

벨이 울렸다.

"누구세요."

– 응, 나야.

나는 목소리를 듣고 현관 쪽으로 뛰어갔다. 엄마가 나를 말렸다.

"율이야, 뛰지 마!"

잔소리도 참.

현관문으로 예쁜 여인이 들어왔다.

"정화 언니!"

나는 그녀에게 안겨들었다.

"율이야, 오오. 많이 컸네."

정화 언니는 드라마에서 자주 나오는 언니다.

엄마가 정화 언니에게 말했다.

"왔어?"

"우리 귀여운 건이 보러 왔어요."

엄마가 사과를 깎으러 간 사이 나는 언니와 함께 내 동생 건이의 방 안으로 갔다.

건이는 특유의 뚱한 표정으로 책을 보고 있었다.

저럴 때 보면 리틀 아빠 같단 말이야.

"건이야, 뭘 그렇게 신기하게 바라보는 거야?"

"안 알랴줌."

이 어린 게 말버릇 좀 봐.

언제 한번 버릇을 들여놓아야겠다.

정화 언니가 건이에게 말했다.

"누나에게도 안 알려 줄 거야?"

"응! 비밀이거든."

"피."

"근데 나 누나한테 할 말이 있는데."

"뭔데?"

정화 언니가 건이에게 가까이 다가갔다. 건이는 조그마한
목소리로 중얼거렸다.

"누나가 너무 좋아."

어린 게 벌써 발랑 까져서는.

나는 고개를 절레절레 흔들었다.

내 동생이지만 답이 안 보여서다.

그런데 정화 언니의 반응 이상하다.

"귀여워."

아니, 어디가 도대체 어떻게 귀여운 거지?

이해가 안 된다.

겉을 보기에 귀엽지만 속은 시꺼먼 뱀 같은 녀석인데.

정화 언니는 이 진실을 모르고 건이의 볼에 **뽀뽀**를 퍼부
었다.

건이는 나를 바라보며 씩 웃었다.

저거 노렸네, 노렸어.

"율이야! 건이야! 아빠 미국 간다!"

나는 자리에서 벌떡 일어나 거실로 나갔다.

아빠는 엄마의 배웅을 받고 있었다.

"가면 언제 올 거야."

나는 아빠 다리를 잡고 흐느끼기 시작했다. 몇 초도 채 되지 않아 내 눈에서 눈물이 펑펑 흘러나왔다.

"정화야! 뚝!"

아빠는 나를 안고 내 등을 다독거렸다.

"올 때 아이스크림 케이크 사 올게."

"응!"

목적달성을 했으니 이 울음은 그쳐야지.

정화 언니가 아빠에게 말했다.

"와…… 볼 때마다 느끼는 건데 진짜 타고난 거 같아요."

나는 천진난만한 표정으로 정화 언니를 바라보았다.

뭐가 어때서?

그보다 뭐가 타고났다는 걸까.

정화 언니는 건이를 꼭 끌어안고 말했다.

"아, 선배님. 건이 너무 귀여워요."

역시 정화 언니도 이상하다니까.

저 징그러운 게 도대체 어디가 귀엽다는 거지.

도대체 왜일까.

도무지 이해가 안 되네.

"아빠, 나 정화 누나랑 결혼해도 돼요?"

이 말에 아빠와 엄마는 각각 다른 반응을 보였다.

엄마는 '역시 피는 속일 수 없어.' 라는 표정을 짓고 있었고, 아빠는 어쩔 줄 모르겠다는 표정을 지었다.

정화 언니가 말했다.

"전 완전 OK인데요!"

역시 내 주변 사람은 너무 이상하다.

아, 물론 나는 빼고!

〈완 결〉

작가 후기

안녕하세요.

글쟁이 백락입니다.

드디어 신의 연기를 완결 내서 정말로 기쁘네요.

〈신의 연기〉는 제 알량한 욕심에서 시작한 작품이었습니다.

그래서 연기 서적도 읽어보고, 연극을 하는 분들도 만나보기도 했습니다.

이 글을 쓰면서 가장 어려웠던 건 연기를 표현하는 것이었습니다.

짧은 순간인데 이를 표현하다 보니 내용이 길어지는 경우가 생기더군요.

또, 주인공이 연기하는 작품 내용을 생각하는 것도요.

이 작품을 쓰면서 정말 제 부족함을 많이 느끼기도 했습니다. 그래도 정말로 즐거웠습니다.

만일 독자님들의 응원과 질타가 없었다면 이 작품의 끝을 보지 못했을 거로 생각합니다.

3년 뒤, 제 실력이 오르고 나면 작품을 한번 개정해볼 생각입니다. 애착이 가는 작품이다 보니 아쉬움이 많이 남네요.

그동안 즐겁게 봐주셔서 감사했습니다.

                                        – 백락 올림.